IRÈNE NÉMIROVSKY

Pariser Symphonie

Erzählungen

Aus dem Französischen übersetzt
von Susanne Röckel

Nachwort von Sandra Kegel

 **PENGUIN** VERLAG

Verlagsgruppe Random House FSC® N001967

PENGUIN und das Penguin Logo sind Markenzeichen
von Penguin Books Limited und werden
hier unter Lizenz benutzt.

1. Auflage 2020
Copyright © der deutschsprachigen Ausgabe 2016
by Manesse Verlag, München,
in der Verlagsgruppe Random House GmbH,
Neumarkter Straße 28, 81673 München
Umschlag: bürosüd
Umschlagmotiv: Getty Images/Cavan Images
Satz: Greiner & Reichel GmbH, Köln
Druck und Bindung: GGP Media GmbH, Pößneck
Printed in Germany
ISBN 978-3-328-10517-6
www.penguin-verlag.de

 Dieses Buch ist auch als E-Book erhältlich.

DIE GEISTER

Die Zeit macht uns hart; sie lässt uns in einer Haltung erstarren, die zunächst vielleicht nur die Folge eines Zufalls war und keinesfalls einer Wahl oder einer zwingenden inneren Notwendigkeit entsprang. Wenn meine Söhne mich allein lassen, sagen sie: «Maman langweilt sich nie.» – «Maman? Gebt ihr ihr Strickzeug, einen Sessel am Kamin und ein paar Rechnungen, die sie prüfen kann – damit ist sie völlig zufrieden ...»

Als sie klein waren und der höllische Krach, den sie machten, erst abends aufhörte, war dieser Teil des Tages wirklich schön. Georges, mein Mann, schlief über einem Buch ein; im Zimmer meiner vier ältesten (ich nannte es den «Löwenkäfig») hörte man noch ihr ersticktes Gelächter, das Geräusch ihrer bloßen Füße auf dem Fußboden. Die Zwillinge tranken sich mit Milch satt und waren endlich still, und ich ... ich dachte seufzend: «Ach, wie friedlich wird es sein zwischen dem Nähkorb voller löchriger Socken und dem Rechnungsbuch der Wäscherin! Wie froh werde ich sein, mein Gott!» Still und friedlich, ja. Aber zufrieden? Heute flieht mich selbst der Frieden. Es ist die Stunde der Reue. Wenn Georges wenigstens ... Aber er ist nur noch mit seiner Magenkrankheit beschäftigt; der Arme ist immer von zarter Gesundheit gewesen. Ich erinnere mich, wie er am Tag unserer Heirat (ich trug noch das Hochzeitskleid) Maman um eine Wärmflasche bat und sie sich mit einem schwachen, gezwungenen Lächeln auf den Bauch legte. Jetzt seufzt er also und schweigt, und ich stricke, und unsere Söhne werfen – wenn sie daran denken – diesem lebenden Bild einen gerührten Blick zu und werden später zu ihren Kindern sagen: «Papa und Maman waren so glücklich miteinander. Sie haben sich nie gestritten.» Nein, nie. Und sie hatten sechs Kinder, sechs hübsche Jungen, die alle groß wurden. Es gibt Existenzen, die, wenn sie zu Ende gehen, einem den Geschmack von kaltem Kalbfleisch im Mund hinterlassen, nahrhaft, weiß und fade. Ich glaube, das wird es sein, was ich empfinden werde, wenn ich sterbe.

Wir wohnen in der Rue de Rome. Als wir heirateten, war klar, dass wir so bald wie möglich dieses rußgeschwärzte Haus verlassen würden, das vom Keller bis zum Dach zu zittern begann, wenn Züge vorbeifuhren, unter den schrillen Pfiffen vom Gare Saint-Lazare erbebte und umhüllt war vom Rauch der Lokomotiven. Aber wir hatten immer weniger Geld und immer mehr Kinder, und jetzt haben wir hier unsere Gewohnheiten, und es gibt eine Metro ganz in der Nähe, die Georges ins Büro und die Zwillinge ins Gymnasium bringt ... Außerdem gibt es keinen bestimmten Ort in Paris, an dem ich gern wohnen würde. Ich brauche eine ländliche Umgebung, ich brauche Monjeu, aber das heutige Monjeu ist auch heruntergekommen, verfallen, nachdem unser alter Pächter, Simons Vater, es gekauft hat, es würde mir nicht gefallen. Es ist das Monjeu von früher, das ich im Herzen trage. Doch das ist verschwunden. Ich bin Madame Georges Dufour, ich bin vierundvierzig Jahre alt. Mich haben die Geister noch nie heimgesucht.

Die Geister? Als ich klein war, hatten wir einen alten Gärtner, der uns – meiner Schwester und mir – erzählte, dass die Toten nach Monjeu zurückkehrten. Wir waren schwer zu überzeugen und machten uns über ihn lustig. Doch es beeindruckte mich, dass der gute Mann unbeirrbar sagte: «Sie waren traurig, und sie weinten.» Warum? Ich stellte sie mir immer glücklich vor, die Toten, da sie ja zu ewiger Jugend zurückgefunden hatten, im Jenseits mit denen vereint waren, die sie auf Erden geliebt hatten, und ihre Freude mit ihnen teilten. In Monjeu sah man vom oberen Zimmer aus, das mein Cousin Marc bewohnte, den alten Friedhof, wo die Toten der Choleraepidemie von 1830 begraben waren. Marc hatte sich dieses Zimmer ausgesucht. Ich weiß noch, dass die Dienstboten Angst davor hatten. Nie kam jemand dort oben hin, wenn es dunkel war. Wir wurden nie von ihnen gestört. Nie hat jemand irgendetwas entdeckt ... Aber der alte Gärtner, von dem ich sprach, schüttelte den Kopf: «Sie kommen zu Monsieur Marc», sagte er von den Toten. «Er hat diese Gabe.» Wie wir uns über ihn lustig gemacht haben, mein Gott, wie unmäßig wir über ihn lachten ...

Monjeu ... Während ich älter wurde, wurden die Ländereien immer weiter aufgeteilt; ein Grundstück nach dem anderen fiel in die Hände von Pächtern oder reich gewordenen Viehhändlern. Wie ich das Land liebte, das Schloss, die Terrasse, den Obstgarten ... Die Pflaumen von Monjeu. Riesengroß, durchscheinend, gelb wie Bernstein, und dieser süße Saft, der uns über die Hände lief ... Meine Schwester sagte übrigens erst kürzlich zu mir: «Ach, du hast ja aus Monjeu eine Legende gemacht. Es war ein großes, kaltes, ungemütliches Haus, und im Winter kamen wir vor Langeweile um. Außer dir, nicht wahr ...» Lächeln. Unausgesprochen: «... Du, du hattest Marc in den Ferien, und in der restlichen Zeit hast du auf ihn gewartet.» Ich zuckte die Achseln, gab mich gleichgültig, ein wenig melancholisch (es ist unglaublich, wie heuchlerisch sich Schwestern zueinander verhalten können und wie unnötig das ist), und sagte: «Der arme Marc ... Das ist ja schon so furchtbar lange her ...» Morgen vor vierundzwanzig Jahren ist er gestorben.

Ein großes, kaltes, ungemütliches Haus ... Zwei Jahre nach unserer Hochzeit habe ich es wiedergesehen. Ich hatte solches Heimweh, dass selbst Georges es bemerkte. Die Fahrt dorthin war schon nicht einfach: Wir hatten Gaston, und ich war mit Robert schwanger. Aber mein Mann hat dieses Opfer gebracht. Wir nahmen acht Tage Urlaub. Armes Monjeu ... Auf der Terrasse und unter der Kastanie, die im Frühjahr diese herrlichen hellroten Blüten bekam, hing Wäsche. Glasscherben und zerbrochene Töpfe auf den Wegen. Eine Schafherde zog unter dem kleinen Säulentor hindurch. Es regnete; vom Teich stieg ein widerlicher Geruch auf, weil er seit unserem Auszug nicht gereinigt worden war. Die Simons hatten Monjeu schon haben wollen, als es noch nicht zum Verkauf stand; sie hatten geduldig unseren Bankrott abgewartet, doch trotz allem hatten sie sich mit dem Kauf übernommen; sie waren verschuldet und kamen nicht mehr auf die Beine. Monjeu zog sie – wie zuvor uns – ganz langsam auf den Grund hinab.

Am Anfang, als Gaston und Robert noch klein waren, habe ich versucht, ihnen von Monjeu zu erzählen, aber es interessierte sie nicht, es ging ihnen sogar ein wenig auf die Nerven; vielleicht ahmten sie unbewusst die Haltung ihres Vaters nach («Ach! Hélène will wieder mal aufs Land ... wenn ich an das Haus denke, dieses Rattenloch», sagte er).

Ich frage mich manchmal, ob es nicht auch eine Spur von Neid war ... Aber nein, das kann nicht sein.

Nach Gaston und Robert wurden noch zwei Jungen geboren, Didier und Henri, im Abstand von kaum zehn Monaten, und Henri konnte noch nicht laufen, als ich die Zwillinge bekam. Ich war vorzeitig alt geworden und doch stolz auf den «Kranz meiner Söhne», wie ich sie nannte. Diese Kinder, hübsch und kräftig, waren der einzige Schmuck, den ich mir erlauben konnte. Donnerstags, wenn ich in der Rue de Rome oder im Park von Batignolles mit ihnen spazieren ging, lächelten die Frauen und sagten: «Was für hübsche Jungen! Wie gesund sie sind ...», und ich ahnte, dass sie sich vorstellten, mit wie viel Sorge und Liebe einen diese Kinder erfüllten, wie viel Zeit und Geld sie kosteten; all diese kleinen Körper, die zu nähren und zu kleiden waren, diese Gehirne, die man bilden und belehren musste. (Und viele dachten: «Ich gönne es ihr! Aber für mich wäre das bestimmt nichts!») Egal! Es war das, was ich gewollt hatte. Nach Marcs Tod habe ich den ersten heiratsfähigen Mann genommen (kaum heiratsfähig, dieser Georges Dufour, der kleine Angestellte, den meine Eltern verachteten), weil ich glaubte, dass das Mutterglück die Liebe vergessen machen könnte. Es stimmt ja auch: Wenn man sich um die Kinder kümmert, wenn sie da sind, man sie in den Armen hält, sie an einem hängen, weinend, lachend, streitend, und sie alles von einem verlangen, hat man eindeutig keine Zeit mehr zum Nachdenken. Nachts werden selbst die Träume friedlich und unschuldig, wenn eine Wiege neben einem steht.

Nach der Geburt des dritten kam der Name Monjeu nicht mehr über meine Lippen. Deshalb fand ich es ja so eigenartig, was nachher passierte. Aber ich muss zuerst unsere Wohnung beschreiben. Was sie so klein und bedrückend macht, was auch daran schuld ist, dass der Haushalt mir trotz aller Mühe, die ich mir damit gebe, immer wieder über den Kopf wächst, ist der Umstand, dass meine Schwester und ich nach dem Verkauf von Monjeu die verbliebenen Möbel unter uns aufteilten. Georges hat die Auflösung des Hausstands immer abgelehnt, weil er meinte, dass die Möbel in dem schlechten Zustand, in dem sie sich befanden, kaum die Hälfte ihres Wertes abwerfen würden und dass es besser sei, sie zu behalten und sie eines Tages restaurieren zu lassen. Alle armen Familien kennen diesen Ausdruck: «Eines Tages», dieser zwangsläufig irgendwann einmal kommende Tag, an dem man wunderbarerweise genug Geld haben würde, um das Badezimmer streichen zu lassen, neue Teppiche zu kaufen, eine Reise zu machen … In der Zwischenzeit wurde ein Zimmer geopfert, in dem das alte Kanapee, die großen Sessel des Salons, der Toilettentisch und die Kommode aus meinem alten Mädchenzimmer lagerten. Einmal in der Woche räumte ich dort gründlich auf; den Rest der Zeit blieben die Läden geschlossen; Säckchen mit Mottenkugeln wurden in die Schonbezüge eingenäht; niemand wohnte in diesem Zimmer. Wie ich machten auch die Kinder einen Bogen um seine Tür: «Wir können da nicht spielen, überall stößt man sich, es sind zu viele Sachen darin», sagten sie. Aber einmal gingen die Zwillinge hinein, um eine Murmel zu suchen, die unter der Tür hindurchgerollt war. Ich weiß noch, dass sie sich wie üblich stritten. Sechs Jungen erzeugen in der Nähe der Mutter ein solches Gewitterklima, dass einen Stille unweigerlich betroffen macht. Das war es, was mich überraschte: diese plötzliche

Stille. Da ich sie nicht mehr hörte, rief ich nach einer Stunde: «Jean, René, was macht ihr?»

Sie gaben keine Antwort. Ich wollte die Tür öffnen, da riefen sie: «Wir spielen, Maman!»

Ich ließ sie in Ruhe; sie waren brav; es kam selten vor; damit gab ich mich zufrieden. Sie waren damals sechs und empfindlicher und nervöser als die älteren. Es war nicht einfach gewesen, sie großzuziehen: zwei kleine, blasse Jungen, einer brünett, der andere blond, deren Gesichter kaum Ähnlichkeit aufwiesen – bis auf den Blick, der bei ihnen beiden gleich war. Man könnte sagen, sie hatten Katzenaugen, leicht schräg und grün, aufmerksame Augen, durchdringend und scharfsichtig, außerordentliche Augen für so kleine Kinder. Seit diesem Tag war es eine abgemachte Sache: Das Zimmer mit den alten Möbeln wurde das Reich der Zwillinge; man konnte ganz beruhigt sein, wenn sie dort waren; sie schrien nicht, stritten sich nicht. Das ging eine ganze Weile so, mehrere Monate vielleicht. Manchmal fragte ich sie: «Was macht ihr denn dort? Man hört euch ja gar nicht ... Was spielt ihr?»

Sie tauschten Blicke, bevor sie antworteten, und die Antwort war immer dieselbe: «Wir haben unseren Spaß ...»

Ein einziges Mal, im Winter, betrat ich das Zimmer, um sie zu holen, denn auf all meine Rufe hin hatte ich nichts von ihnen gehört. Meine Schwester war zu Besuch und wollte sie sehen. Ich öffnete die Tür und sah sie auf dem Kanapee sitzen, Seite an Seite, reglos und schweigend; aus dem Schonbezug hatten sie eine Art Zelt gemacht, unter dem sie Schutz suchten. Sie sahen mich nicht.

«Eure Tante ist da.» Meine Stimme schien sie aufzuwecken. Zu meiner großen Überraschung begannen sie zu weinen: «Warum bist du gekommen? Du sollst hier nicht hereinkommen! Das darfst du nicht, es ist verboten!», riefen sie.

Ich vermutete eine Laune. Ich schimpfte. Dann wollte ich sie an mich ziehen. Sie waren widerspenstig, wehrten sich. Ich öffnete die Läden, und erst dann, als das Licht auf mich fiel, waren sie wieder sie selbst. Ohne Protest ließen sie sich hinausführen. Doch kaum war meine Schwester wieder fort, schlichen sie sich erneut in das Zimmer.

Eines Abends hatte ich sie gerade ins Bett gebracht, und Jean schlief schon. Ich war dabei, Spielsachen in den Schrank zu räumen, als ich René in seinem Bett summen hörte. Ich lauschte.

«Was ist es nur, was er da singt?», dachte ich. «Wo habe ich dieses Lied schon einmal gehört?»

Es war ein Lied meiner Heimat. Marc kannte es, und es rief so viele Erinnerungen wach, dass ich es meinen Kindern nie beigebracht hatte. Ich hatte sogar geglaubt, es vergessen zu haben. Von mir konnten sie es nicht gehört haben:

«Alle gehn tanzen bei uns zu Haus,
　Nur ich muss den Esel hüten.
　Alle gehn tanzen bei uns zu Haus,
　Nur die arme Marie bleibt drauß'.
　Ach, an einem fernen Tag,
　Soll den Esel hüten,
　Ach, an einem fernen Tag,
　Soll den Esel hüten, wer mag!»

Ich erhob mich geräuschlos, näherte mich dem Bett; sang das Ende des Liedes (wie hätte ich es je vergessen können?):

«Alle leben in Saus und Braus,
Nur ich muss den Esel hüten.
Alle leben in Saus und Braus,
Ich träume nur von süßem Schmaus ...
Ach, an einem fernen Tag,
Soll den Esel hüten,
Ach, an einem fernen Tag,
Soll den Esel hüten, wer mag!»

Plötzlich lachte René auf eine so leichte, so fröhliche Weise, dass es mich im Innersten anrührte. Meine Jungen hatten ein lebhaftes und vergnügtes Wesen, doch dieses Lachen war anders als ihr übliches Lachen, es war so zart und so spöttisch ... Er warf die Decke zurück, und ich sah, dass sein kleines Gesicht ganz rot und bewegt war, und mit glänzenden Augen sagte er: «Maman, kennst du das Lied auch?»

«Aber natürlich, mein Schatz. Ich habe es doch selbst gesungen, als ich klein war.»

«Du? Nein!»

«Doch, doch, ganz bestimmt. Ich dachte, ich hätte es vergessen. Ich muss es eben ganz unwillkürlich gesungen haben.»

Er schüttelte den Kopf. «Nein, nein, du warst es nicht ... Es war der kleine Junge.»

«Welcher kleine Junge?»

Er antwortete nicht. Ich strich ihm übers Haar, küsste ihn und sagte ganz leise: «Wie heißt er? Wo hast du ihn gesehen? Du kannst es mir ruhig sagen, weißt du ...»

Er hatte sich umgedreht; mit dem Finger zeichnete er etwas auf die Tapete; schließlich sagte er: «In dem Zimmer

mit den alten Möbeln, da kommt ein kleiner Junge rein ...
Aber man darf es nicht sagen!»

«Und Jean sieht ihn auch?»

«Ja, natürlich! Er spielt gern mit uns ...»

Ich umarmte ihn und drückte ihn an meine Brust; wir flüsterten. Das Zimmer war sehr dunkel und still, so lebendig und erfüllt von den Atemzügen all dieser schlafenden Kinder.

«Wie war er angezogen? Sag's mir. Weißt du, du kannst es mir ruhig sagen ... Als ich so alt war wie du, habe ich diesen kleinen Jungen auch gekannt.»

Ich wusste, dass er mir Marc beschreiben würde, mit seinen langen Haaren, seinem weißen Matrosenanzug, einer Narbe am Mundwinkel, einem Pfeifchen zu einem Sou in der Tasche, das an einem schwarzen Bindfaden hing. Ich hörte meinen Sohn den Jungen beschreiben, den ich geliebt hatte, den Freund, den ich verloren hatte.

«Weißt du, wie er heißt?»

Ich hatte zu laut und zu schnell gesprochen; ich hatte ihn bei den Schultern gepackt, und er warf mir plötzlich einen tiefen und argwöhnischen Blick zu: «Ich bin müde. Ich will schlafen. Mach die Lampe aus, Maman ...»

«Hör zu, mein Schatz ... Träumt ihr vielleicht zusammen, Jean und du? Oder ist es ein Spiel, das ihr spielt? Sag es mir bitte, ich werde auch nicht schimpfen. Ich würde es nur so gern ... verstehen.»

Aber ich hätte wissen müssen, dass es unmöglich ist, ein Kind zum Sprechen zu bewegen, das nicht sprechen will! Er lag auf dem Rücken, und jedes Mal, wenn ich mich ihm näherte, drehte er sich um und entglitt mir mit einer vorsichtigen und geschickten Bewegung. Manchmal kam es mir vor, als würde er sich über mich lustig machen; mit seinen zusammengekniffenen Lidern und den hochgezogenen Mundwinkeln wirkte er spöttisch, was mich ein wenig irritierte, aber mich auch beruhigte.

«Sie haben ein Foto von Marc gefunden, das irgendwie in das Zimmer mit den alten Möbeln geraten ist. Sie haben sich einen Streich ausgedacht, sie spielen – aber was für ein seltsames Spiel, finster, fremd ... Sie wissen nicht, die armen Kinder, dass sie mir wehtun ...»

Außerdem, hätten sie es gewusst ... Es ist merkwürdig, dass Kinder, so empfindsam und gefühlvoll sie auch sein mögen, nicht davor zurückschrecken, einem ein wenig wehzutun, wenn sie können. Doch in diesem Fall waren Jean und René wirklich unschuldig. Was konnten sie wissen von dem Leben, das ich mit Marc geteilt hatte, von unseren Spielen, unseren ersten Liebkosungen und von jenem Frühling, der seiner Abreise vorausging, jenem letzten Frühling vor seinem Tod 1916? Schließlich rief mich mein Mann. Ich musste die Lampe ausknipsen und den Jungen allein lassen.

Am nächsten Tag eilte ich in das Zimmer mit den alten Möbeln, sobald ich allein war. Ich durchsuchte alles; nahm die Schonbezüge ab; suchte unter allen Federkissen den Brief, das Foto, das vergessene Album, das den Zwillingen jenen toten Cousin hätte vorstellen können, der vor ihrer Geburt gestorben war. Ich fand nichts. Ich setzte mich im Dunkeln auf das Kanapee, genau dorthin, wo ich meine Kinder hatte sitzen sehen. Ich weiß nicht, was ich erwartete. Ich weinte. Ich rief die Toten. Marc und meinen Vater und alte Dienstboten und eine weiße Katze, die ich geliebt hatte, die ganze entschwundene Vergangenheit. Nein! Ich glaubte nicht eine Sekunde lang, dass die Geister sich zeigen würden, hoffte es nicht. Ich dachte nur: «Ohne es zu merken, bin ich inzwischen so besessen von der Erinnerung an Monjeu, dass mein Inneres bestimmte Bilder erzeugt, die von mir auf sie übergehen. Sie sind noch so klein; ihr Geist erhält seine ganze Nahrung von mir, wie früher ihr Körper. Ohne davon zu wissen, gebe ich meine Träume an sie weiter.»

Wie machtvoll, wie beherrschend waren diese Träume! Ich hatte geheiratet, um die Vergangenheit zu vergessen; ich hatte ein beschränktes und ärmliches Leben akzeptiert, es mir fast sogar gewünscht, um mich völlig davon erschöpfen zu lassen, um nicht mehr die Zeit zu haben zu weinen, zu bereuen, mich zu erinnern. Es war ganz unnütz gewesen. Jetzt weiß ich es. Man vergisst nur das Leid. Wie seltsam wir doch sind! Unser schwaches Gedächtnis bewahrt die kleinste Spur des Glücks, die zuweilen so tief eingeprägt ist, dass man an eine Wunde denken könnte.

Ich blieb kaum eine Viertelstunde für mich. Es war immer so: Eine Frau wird von tausend kleinen Fäden gefesselt, die, einzeln genommen, kaum dicker sind als ein Haar, doch zusammen so gut halten, dass sie aus dem engen Kreis der täglichen Verpflichtungen nicht herauskommt. Meine Kinder konnten es sich erlauben, allein in diesem verzauberten Zimmer zu verweilen, aber ich ... Oh, ich schwöre, ich stand kurz davor, Marc wiederzusehen, und mit ihm, in seinem lieben Schatten, das Haus, den Garten von Monjeu, all meine alten Erinnerungen, als ich die Stimme des Mädchens hörte, die mich rief: «Madame, bitte sehen Sie sich das an!» Ich erkannte den durchdringenden und indignierten Ton, den ihre Stimme annahm, wenn sie entdeckte, dass die Jungen irgendeine Dummheit gemacht hatten. Und

Gott weiß, wie gut sie darin waren, Dummheiten zu machen! Ich weiß nicht mehr, was sie sich an jenem Tag wieder hatten einfallen lassen. Bis zum Abend fand ich keinen Moment mehr, in dem ich still für mich sein konnte.

Danach habe ich noch ein- oder zweimal versucht, in jenes Zimmer zurückzukehren. Vergebens! Die neidische Gegenwart riss mich unaufhörlich aus der Vergangenheit. Nicht nur die Menschen störten mich, sondern meine eigenen Gedanken fanden keine Ruhe und quälten mich mit Gewissensbissen: «Was suchst du dort? Du weißt genau, dass es Zeit ist, die Kinder vom Unterricht abzuholen. Du weißt genau, dass Didier ohne dich seinen Katechismus nicht lernen wird. Du weißt, dass sie dich brauchen.»

Ach, wie weit waren sie weg, Marc und Monjeu! Ich verlor sie ein zweites Mal. Und aufgrund eines schweigenden Übereinkommens zwischen den Zwillingen und mir überließ ich ihnen den Schlüssel zur Vergangenheit: Ich überließ ihnen das Zimmer. Ich stellte ihnen keine Fragen. Monatelang sprach ich sie nicht mehr darauf an, aber dann, eines Abends, nach einer Debatte mit Georges, die noch kleinlicher und törichter war als gewöhnlich, brachte ich René zu Bett, verbarg mein Gesicht in seinem Haar und fragte: «Du erzählst mir gar nichts mehr von euren Spielen in dem Zimmer mit den alten Möbeln. Ist der kleine Junge wiedergekommen?»

«Ja», sagte er und legte mir die Arme um den Hals, als wollte er mir ein Geheimnis verraten – doch dann begnügte er sich damit, mich zu umarmen. Er hob den Kopf: «Ist das dein Herz, das so laut schlägt?», fragte er.

Es klopfte wirklich mit dröhnenden Schlägen, die mir wehtaten. Er lauschte verwundert, ohne etwas zu sagen.

«Das weißt du nicht, Maman? Wir spielen dort, wir wären in einem großen Garten, sehr, sehr groß, mit Bäumen, die wie Tiere oder Menschen aussehen.»

«Ach so», sagte ich, denn ich erkannte, dass es sich um den Barockgarten neben den Gemüsebeeten handeln musste, «aber alles dort ist verlassen, nicht wahr?»

«Nein, nein, alles ist freundlich und gut gepflegt, mit schönen Blumen bepflanzt, und der Sand in den Alleen ist rot.»

Das war der Garten, wie ihn mir meine Eltern beschrieben hatten; sie waren jungverheiratet und gerade in Monjeu angekommen; alles war fruchtbar, still und ordentlich. Es war lange vor meiner Geburt. Ich nahm die Hände meines kleinen Jungen. Sie waren feucht, pummelig und weich. Er hatte kein Fieber, er delirierte nicht. Zudem konnte kein Fieber, kein Delirium diese seltsame Vision erklären. Ich wagte nicht, ihn auszufragen. Ich zögerte lange. Schließlich fragte ich: «Was ist am Ende der großen Allee? Weißt du, die von der Terrasse abgeht?»

Zu meiner Zeit gab es dort ein Bassin, von Schilf überwuchert und schlammig; es war kreisrund und von sieben Trauerweiden mit langen, grünen Zweigen umgeben. Es war uns nicht erlaubt, an seinem Ufer zu spielen; der Boden war rutschig, und beim kleinsten Regen bedeckte er sich mit flüssigem Schlamm, der unsere Schuhe und Strümpfe schwarz färbte. Nirgends sonst habe ich so schöne blaue Libellen gesehen. Ich weiß, dass das Bassin, als meine Eltern jung waren, jedes Jahr gereinigt wurde und durchsichtiges, tiefes Wasser hatte, das mein Vater und meine Mutter oft tranken, wenn sie mit ihren Freunden dorthin kamen, doch von jenem verflossenen Leben wusste ich sonst nichts. «Ach, ihr seid zu spät gekommen, meine armen Kinder», sagte Maman oft zu meiner Schwester und mir. Sie lachte darüber; sie war immer unbeschwert und heiter, und mein Vater war wie sie. Sie hatten sich so sehr geliebt; sie hatten so harmonisch, so glücklich miteinander gelebt, dass sie alle Sorgen des reifen Alters mit ruhigem Herzen erduldeten … Wie man sich einer Schuld entledigt.

War es möglich, dass etwas von der Jugend meiner Eltern, ein Rest dieser Freude, dieser Liebe geblieben war und in den Geist ihrer Enkel überging, etwas Übernatürliches? Es ist sonderbar. Man frage Leute, die weder mystisch veranlagt noch übermäßig empfänglich noch krank sind, ganz gewöhnliche Leute: «Glauben Sie an das Übernatürliche? Glauben Sie zum Beispiel an Vorahnungen, an Warnsignale aus der Ferne? Glauben Sie, dass die Toten mit uns in Verbindung treten können?» Lachend werden sie antworten: «Natürlich nicht! Was für ein Gedanke! Selbstverständlich glauben wir nicht an so etwas.» Doch fragen Sie nach, bleiben Sie hartnäckig. Die zweite Antwort wird sein: «Ich glaube nicht daran, aber … Es ist mir schon passiert …» Vielleicht macht uns unser großer Wunsch, an das Übernatürliche glauben zu können, leichtgläubig und schwach. Das könnte sein. Was mich betrifft, so weiß ich nur, dass René, während er in der Dunkelheit mit meinen Händen und meinen offenen Haaren spielte, mir die Allee vor der Terrasse beschrieb, die er nie gesehen hatte, und die Form des Bassins: «Ganz rund, Maman, so rund wie ein Sou.»

«Und die Leute, René, siehst du auch Leute?»

Er zögerte einen Moment. «Ich weiß nicht … Ich achte nicht darauf … Ich höre, dass jemand lacht … und ganz laut neben mir spricht. Aber ich spiele, verstehst du, und habe nie so genau hingesehen. Aber ich weiß, dass da Herren und Damen sind und dass ein Wagen mit einem Pferdchen große Körbe bringt für ein Picknick.»

Ich hatte von diesem kleinen Pferd gehört, das Rustaud gerufen wurde. Ich wusste sogar, dass ich als Kind auf ihm geritten war; ich saß in einem ausgepolsterten Körbchen, das man am Sattel befestigt hatte. Aber das war in der Zeit, als ich noch nicht laufen konnte; schon bald waren Pferd und Wagen verkauft worden.

Mein Sohn fuhr indessen fort, heiter und fröhlich zu erzählen, und in seinem Geplauder fand ich bekannte Einzelheiten wieder, aber auch anderes, von dem ich nichts gewusst hatte, das Beet mit Feuertulpen zum Beispiel, mitten auf dem Rasen, und den kleinen Pavillon, der durch einen Blitz zerstört worden war. Marc und ich spielten in seinen zerfallenen Überresten. Zwischen den lockeren Steinen der Wände verbarg er verbotene Bücher. Später fand ich dort seine Briefe, denn wir waren in dem Alter, in dem man einen solchen Hunger nach dem anderen empfindet, dass weder seine Anwesenheit noch Liebkosungen ihn stillen können; sobald man nach einem Treffen wieder allein ist, schreibt man einander; auf diese Weise dauern die Umarmungen fort. Doch René erzählte von diesem Pavillon, wie er ausgesehen hatte, als mein Großvater ihn für meine Mutter baute, in ihrer Kindheit.

«Es ist das Haus für die Puppen», sagte René. «Sie haben da ihre kleinen Betten und Schränke mit Kleidern drin.»

Bis dahin hatte ich geglaubt, dass Jean schliefe, aber jetzt sah ich, dass seine schrägen, glänzenden Augen mit den dichten schwarzen Wimpern mich prüfend betrachteten.

Dann sagte er in verschwörerischem Ton: «Und ein Schlitten steht da, in dem ist innen alles aus rotem Samt …»

«Aber die Leute?», wiederholte ich mit einer solchen Angst, dass ich sie fast nicht ertragen konnte, einer Angst, die man aus Träumen kennt und die einen tränenüberströmt erwachen lässt. «Seht ihr sie?»

Aber nein. Was man sich aus ihren Worten zusammenreimen konnte, war, dass sie in ihrer Vision, ihrem Traumbild (ich weiß nicht, wie ich es nennen soll) niemals Erwachsene sahen, sie waren unter sich, unter Kindern, wiewohl es Erwachsene in der Nähe gab, dessen waren sie sich sicher; man sah sie nicht, doch sie bewachten sie, ohne je das Wort an sie zu richten; und sie schenkten ihnen eine heitere Fröhlichkeit, Liebe und Zuneigung, die sie jetzt mir mitteilten, ich weiß nicht wie. Eine übernatürliche Hoffnung ließ mein Herz höherschlagen.

Ich schwieg; und auch die Jungen hörten auf zu reden und schliefen gleich danach ein. Über eine Stunde blieb ich an ihren Betten sitzen. Ich hatte plötzlich Angst. Um sie … Es kam mir vor, als würden ihnen diese Traumbilder nicht guttun. Ich beobachtete sie in ihrem Schlaf. Doch nein, es gab keine Spur von Beunruhigung oder Leiden, ihre Wangen waren rosig, ihr Atem war frisch, ihr Puls ruhig. Ich kehrte zu Georges zurück. Zu Georges … Hatte ich wirklich jemals eine Nacht bei ihm geschlafen, seit wir verheiratet waren? Ja, ich hatte neben ihm gelegen, doch mein Schlaf trug mich weit von ihm fort.

Ich sprach über all das mit meiner Schwester. «Du glaubst, ich bin verrückt?», sagte ich ihr. «Du lachst. Aber ich bitte dich, frage die Kinder; sie werden dir sagen, was sie in dem Zimmer mit den alten Möbeln gesehen haben.»

Sie zuckte die Achseln. «Sie sehen, was du sie sehen lässt. Du bist von Monjeu besessen ...»

«Ja, das kann sein! Aber selbst wenn, ist es erschreckend und seltsam.»

Sie nahm meine Hand. «Hélène, was war denn eigentlich zwischen Marc und dir?»

«Nichts», sagte ich hastig (ich weiß, es war absurd zu lügen, nach so vielen Jahren, aber ich weiß auch, dass sie immer eifersüchtig auf Marc war, und schließlich wäre es nicht der Mühe wert gewesen, unsere Liebe so viele Jahre lang geheim zu halten, wenn ich ihre Existenz jetzt zugegeben hätte), «nichts. Ich habe ihn geliebt wie einen Bruder, das weißt du doch.»

«Ja», sagte sie mit einem eigenartigen Lächeln, «wie einen Bruder ...»

Ich rief Jean und René, und sie bewies großes Geschick darin, sie zum Reden zu bringen; dabei warf sie mir zuweilen einen Blick zu und murmelte leise: «Ja, so war es, genau so ... das ist äußerst seltsam ...»

«Erkennst du Monjeu wieder, Louise?»

«Ja.»

«Und unsere Eltern? Glaubst du, dass sie unsere Eltern sehen?»

«Sie sehen sie mittels deines unbewussten Gedächtnisses, Hélène.»

Sie zog die beiden Jungen an sich. «Jetzt erzählt mir von dem Haus», sagte sie zu ihnen. «Es ist groß und kalt, nicht?»

«Wir spielen nicht besonders gern im Haus», sagte Jean mit einer kleinen Grimasse, «weil es draußen so schön ist. Aber einmal hat uns der Junge auf sein Zimmer mitgenommen.»

«Wo ist dieses Zimmer?»

«Ganz oben, am Ende eines langen Ganges, und es gibt eine Fliese, die wackelt, wenn man drauftritt.»

«Auf der Schwelle, nicht?»

«Ja, in der Tür. Aber wir gehen dort nicht gern hin. Wenn man aus dem Fenster schaut, sind da lauter Kreuze. Außerdem, weißt du» – René senkte die Stimme und nahm meine Hand –, «es ist jemand in diesem Zimmer …»

«Ein junger Mann und ein Mädchen?»

«Ja.»

«Sie küssen sich, nicht?», fragte meine Schwester.

«Ja, sie küssen sich. Woher weißt du das, Tante Louise?» Ich stand auf: «Genug! Genug! Seid still. Geht in euer Zimmer, geht spielen, in der Diele, in der Küche, wo ihr wollt, aber geht nie mehr in das Zimmer mit den alten Möbeln! Nie mehr, hört ihr? Nie mehr! Ich verbiete es euch.»

Am nächsten Tag ließ ich einen Antiquitätenhändler kommen und verkaufte alles: das Kanapee, die Sessel, den Toilettentisch, alles verschwand noch am selben Tag. Georges war wütend, er konnte es nicht glauben: «Das hast du gemacht, ohne mich vorher zu fragen? Ist dir klar, dass du übers Ohr gehauen worden bist? Bist du verrückt?»

«Ich bin nicht verrückt, aber ich wäre es geworden, wenn diese Möbel noch länger hiergeblieben wären.»

«Ich verstehe dich nicht.»

Ich entschloss mich, das Einfachste zu tun, das «Weiblichste». Ich brauste auf: «Glaubst du, das wäre ein Spaß, bei alldem, was ich zu tun habe, mich auch noch um diese Möbel zu kümmern, sie jeden Tag abzustauben und zu polieren? Außerdem waren die Polstersessel schon ganz von

Motten zerfressen. Was passiert ist, ist nun mal passiert. Reden wir nicht mehr darüber.»

Ich wartete auf die Reaktion der Zwillinge. Sie fingen an zu weinen. Ich nahm sie in die Arme. Ich führte sie in jenes Zimmer – es war hell, leer, gewöhnlich und fröhlich.

«Jetzt könnt ihr wieder hinein», sagte ich.

Sie sahen mit dem gleichen erstaunten und gekränkten Ausdruck um sich, wie wenn ich sie an Wintermorgen aufweckte, weil sie zum Unterricht mussten.

«Es macht keinen Spaß mehr», sagte René.

Jean, mit den Händen in den Taschen, untersuchte aufmerksam die Rillen im Parkett.

«Was suchst du?»

«Eine Pfeife ...»

Plötzlich duckte er sich und hob ein halb zerdrücktes Pfeifchen auf, ein billiges Spielzeug, das er in die Tasche steckte. Ich streckte die Hand aus; er überließ es mir, doch unversehens schienen er und sein Bruder jedes Interesse an dem Zimmer zu verlieren. Sie liefen davon, und ich blieb mit dem Pfeifchen in Händen allein zurück.

Ich erinnerte mich nicht, je einen Gegenstand dieser Art bei den Zwillingen gesehen zu haben. Sicher kam er von einem ihrer älteren Brüder. Ich hob das Pfeifchen zum Mund; es war unter dem Absatz eines der Jungen fast zerquetscht worden und gab nur einen schwachen Ton von sich. Ich versteckte es in meiner Handtasche.

Diese Handtasche wurde mir einige Wochen später gestohlen, oder ich verlor sie; sie war schon ziemlich abgenutzt und enthielt nur ein paar Metrobillets und einen Fünffrancschein. Alle lachten über mich, als ich mich an zwei Vormittagen auf den langen Weg von meinem Haus zur Polizeipräfektur machte, um im Fundbüro nach meiner Handtasche zu fragen. Vergebens.

Heute sind die Zwillinge fünfzehn Jahre alt. Ich habe versucht, ihnen das Zimmer mit den alten Möbeln in Erinnerung zu rufen, doch sie sind in dem Alter, in dem man Erinnerungen aus der Kindheit verächtlich und mit dumpfer Feindseligkeit von sich weist, als enthielten sie etwas, was die Selbstachtung eines jungen Mannes antasten könnte.

In gekränktem Ton haben sie mir geantwortet, dass sie alles vergessen hätten und dass das Ganze außerdem völlig uninteressant sei. Georges hat nie etwas davon erfahren.

Mit meiner einzigen Schwester könnte ich mich über Marc und Monjeu unterhalten, aber wir haben nie wieder davon gesprochen.

DIE DIEBIN

Das Geld, das die Bäuerin am Vorabend in den Schrank gelegt hatte, war gestohlen worden; es war der Erlös für vier Schweine gewesen, zwei Tausendfrancscheine, die die ganze Nacht unter einem Stapel gelber Bettlaken gesteckt hatten.

«Ich habe das Geld gestern eigenhändig abgezählt, bevor ich ins Bett ging, und heute Morgen noch einmal», sagte die alte Frau zu den Polizisten, die auf den Hof gekommen waren, um ihre Untersuchungen durchzuführen. «Messieurs, es ist eine Schande. Ich bin hinausgegangen, um die Tiere zu versorgen. Dann wollte ich die Kleine ins Dorf schicken, um Brot zu holen. Ich komme zurück, mache den Schrank auf. Ich schaue noch mal hin. Nichts.»

Die Polizisten saßen im großen Saal von Malaret. Malaret ist ein verfallenes Schloss; es hatte einmal den Baronen du Jeu gehört, die es wegen Geldmangels weder bewohnen noch instand setzen konnten und es daher verpachteten; dann hatten die reich gewordenen Pächter das Schloss und die dazugehörenden Ländereien gekauft, doch aus Geiz oder Gleichgültigkeit reparierten sie nichts. Hühner- und Kaninchenställe standen im großen Ehrenhof des Schlosses. Der einst schönste und fischreichste Teich der ganzen Region war verschlammt und diente als Viehtränke. Die Kastanien um die Terrasse waren gefällt worden. Jetzt wurde dort Wäsche aufgehängt. Die Leute von Malaret waren unfreundlich, misstrauisch; sie machten einen stolzen und wilden Eindruck. Im Winter sahen sie sechs bis acht Monate lang keinen anderen Menschen: Malaret war weit vom Dorf entfernt und von Wald umgeben; in der kalten Jahreszeit waren die Wege unpassierbar. Von den dicken Mauern regnete es Steine, und an windigen Tagen flogen die Ziegel vom Dach. Den alten Gardesaal hatte man in eine Küche verwandelt. In den anderen Zimmern waren die Fußböden abgesackt, die Fensterscheiben zerbrochen; Schaffelle hingen in den Kaminen. Dort wurde niemals Feuer gemacht; sie waren so groß, dass man in wenigen Nächten die gesamten Holzvorräte des Winters verbraucht hätte. In der alten Bibliothek zog man Lämmer auf; im Musiksaal wurden Äpfel aufbewahrt. Neben der Küche befand sich ein reizendes kleines Kabinett mit bemaltem Alkoven und einem runden Fenster. Der Alkoven diente als Kartoffelkeller, und vor dem Fenster hing ein Kranz Zwiebeln. Im Dorf waren «die von Malaret» nicht sehr beliebt, doch man lobte sie dafür, dass sie trotz ihres Reichtums weiterhin wie Bauern lebten und keine Bürger geworden waren. «Sie sind reich, aber sie halten ihr Geld zusammen», sagte man voller Hochachtung. «Die Alte passt auf jeden Sou auf.»

Die Alte war eine kleine, magere und gebieterische Frau, die den Polizisten sehr aufrecht gegenübertrat, die Hände unter dem Bauch verschränkt. Ihr Mund war sehr schmal, fast ohne Lippen, die scharf eingeschnittenen Mundwinkel herabgezogen. Sie war Witwe; sie herrschte über das Gut und hatte bekanntermaßen nur eine einzige Schwäche: Sie vergötterte ihre Enkelin, ein Kind von zwölf Jahren, unehelicher Sprössling ihres ältesten Sohnes, der bei einem Jagdunfall ums Leben gekommen war. Die Leute wussten, dass der junge Mann sich vor seinem Tod – er war zwanzig Jahre alt gewesen – seiner Mutter anvertraut hatte. «Marguerite, das Dienstmädchen, war meine Geliebte», hatte er gesagt. «Jetzt erwartet sie ein Kind von mir. Schwöre mir, dass du es aufziehen wirst.»

Die Mutter hatte es versprochen. Das Kind, ein Mädchen, Marcelle, wurde geboren. Nach und nach hatte die alte Frau ihre Enkelin lieb gewonnen, hatte sie adoptiert und sie zu ihrer Erbin gemacht. Marguerite indessen hatte ein Schmuckstück gestohlen, eine goldene Brosche, die der Herrin gehörte, und man hatte sie hinausgeworfen. Marcelle war erst ein paar Monate alt gewesen. Das Dienstmädchen war, nachdem es den Hof verlassen hatte, nach Paris gegangen und dort nach kurzer Zeit gestorben; sie hatte ihre Tochter nie zurückverlangt.

Die Großmutter verwöhnte Marcelle; sie sorgte dafür, dass sie im Dorf Klavierstunden nahm und zog ihr an Feiertagen weiße Kleidchen an; sie wollte sie nicht in einer Pflegefamilie unterbringen, sondern sie verheiraten und ihr das Gut überschreiben. Marcelle war ein hübsches Kind, sehr groß für ihr Alter, die beste Schülerin im Dorf. Sie lauschte dem Gespräch, das ihre Großmutter mit den Polizisten führte. Sie trug eine schwarze Schürze, und ihr blondes Haar war zu Zöpfen geflochten, mit einer blauen Schleife an jedem Ende.

Neben ihr stand ein junges Mädchen von achtzehn Jahren, grobschlächtig, rothaarig, mit einem dicken weißen Kinn, das ihr Ähnlichkeit mit einer Kuh verlieh. Ihre bloßen Arme, frisch und rosig, von goldenen Härchen bedeckt, schimmerten in der Sonne. Sie hatte gerade die Hühner gefüttert, und an ihrem Unterarm baumelte noch der

Metallkübel. Zwei junge Leute in Arbeitskleidung zogen vor der Tür ihre Schuhe aus, traten ein und gingen ohne ein Wort zu sagen zum Tisch. Diese Jungen und ihre Schwester waren die Neffen und die Nichte der Alten und verdingten sich bei ihr als Knechte und als Magd. Sie beschäftigte keine Fremden auf dem Hof; die Familie genügte für alles. Nur für die großen Arbeiten holte man Hilfskräfte von außerhalb, aber jetzt war März. Es war ein schöner, sonniger Tag. Zum ersten Mal nach dem langen Winter ließ man die Tiere ins Freie; eine Schafherde graste zwischen den Ruinen der Kapelle und dem Teichufer; ihr Blöken erfüllte die Luft; der Himmel war von zartem Blau. Die Polizisten waren schläfrig geworden, nachdem sie ihr kleines Glas Tresterschnaps getrunken hatten. Um sie herum stiegen die leisen Geräusche eines Bauernhofs im Frühling auf: das Murmeln des Wassers zwischen Steinen, auf denen der Schnee schmilzt; das Gurren der Tauben auf dem Dach; die Sprünge der Fohlen auf der nah gelegenen Wiese und das träge Geschnatter des zufriedenen Federviehs, das seine Körner pickt, während das zerzauste Gefieder, weiß wie Schnee, sich leicht sträubt und wieder glättet. Was gibt es an solchen Tagen Schöneres, als auf seinem Stuhl sitzen zu bleiben, neben der offenen Tür, den Kopf im Schatten und die Füße in der Sonne, ohne an etwas zu denken – doch nun musste man die Befragung durchführen.

Die Polizisten zündeten ihre Pfeifen an, und einer von ihnen fragte: «Also, wenn ich recht verstehe, war am Morgen des Diebstahls niemand im Haus, Madame?»

«Ich war bei den Tieren», sagte die Alte; «die zwei Jungen haben die Zäune repariert. Meine Nichte Cécile war bei mir, und Marcelle war bei den Lämmern. Wir haben welche, deren Mütter eingegangen sind, die müssen wir mit der Flasche aufziehen. Das macht die Kleine.»

«Sie hatten das Ganze hier im Blick?»

«Das habe ich immer», sagte die Frau mit einem dünnen Lächeln.

«Jemand von hier kommt also nicht infrage?»

«Jeder hier gehört zur Familie und kann nicht in Verdacht stehen», erwiderte sie, indem sie den Polizisten verächtlich ansah. «Wegen meiner Familie habe ich Sie nicht gerufen, sondern wegen denen von draußen. Heute Morgen sind Leute auf den Jahrmarkt gegangen, ins Dorf. Ein paar Viehtreiber sind zu uns gekommen und haben um etwas zu trinken gebeten, das kommt gelegentlich vor. Unter diesen Viehtreibern befindet sich Bracelet, ein Junge, der im Gefängnis gesessen hat, und Ladre, der trinkt und für eine Flasche Wein seine Mutter verkaufen würde. Ich glaube, sie sind ins Haus gegangen, haben gesehen, dass es leer ist, haben das Geld genommen und waren gleich wieder im Hof. Als ich aus dem Stall kam, haben sie mit mir geredet.»

«Gut möglich», sagte der Polizist nachdenklich. «Und gleich nachdem sie weg waren, haben Sie den Diebstahl entdeckt?»

«Ja, ich habe sie weggehen sehen, dann fiel mir ein, dass ich noch Brot brauchte. Marcelle war bei den Lämmern. Ich habe ihr zugerufen, dass sie kommen soll. Sie sollte ihr Fahrrad nehmen. Ich bin ins Haus gegangen, um ihr Geld zu geben, habe unter den Laken nachgesehen und es bemerkt.»

«Zeigen Sie uns den Schrank.»

Geführt von der Alten, gingen sie in das angrenzende Zimmer. Die Großmutter und die Enkelin schliefen in zwei großen Betten, die einander gegenüberstanden. Auf jedem lagen eine rosafarbene Daunendecke und ein gehäkelter Überwurf. Der Schrank war alt, tief und sehr schön; in seinem Innern sah man Stapel von Handtüchern, Bettbezügen und Laken; außerdem befanden sich darin eine Sparbüchse, ein kleiner Metallkoffer, eine Lederbörse und eine Schmuckschatulle. Dort war das Geld aufbewahrt worden. Weder Bank noch Sparkasse für die Leute von Malaret. Sicher hätte man, wenn man etwas tiefer gegraben hätte, auch Goldmünzen von vor 1914 gefunden, Silberbesteck, gekauft bei der Weltausstellung von 1900, Ringe, Halsketten, Uhrketten aus mehreren Generationen.

«Sie schließen Ihren Schrank also nicht ab?», fragte der Polizist die Frau.

Sie warf ihm einen verächtlichen Blick zu. «Glauben Sie, ich würde das alles offen herumliegen lassen? Jedes Mal verschließe ich den Schrank, und den Schlüssel lege ich dorthin», sagte sie und zeigte auf die Schublade des Tisches. «Gut versteckt unter meinem Gesangbuch.»

«Und das wusste niemand?»

«Die Familie wusste es.»

«Aber wie hätte ein Fremder das herausbekommen können?»

«Ich glaube, dass Bracelet und Ladre mich einmal ausspioniert haben, als sie hier waren und in der Küche meinen Wein tranken. Sie werden gesehen haben, wie ich hier hineinging, das Geld aus dem Schrank holte, den Schrank wieder verschloss und den Schlüssel ins Schubfach legte.»

«Ist nichts anderes gestohlen worden?»

«Nein. Bestimmt haben sie nicht genug Zeit gehabt, bevor sie mich aus dem Stall kommen sahen.»

«Möglich», sagte der Polizist und nickte.

Er betrachtete die weiß gekalkten Mauern, die mit einem Porträt des Papstes, einem farbigen Kalender und zwei gerahmten Fotografien geschmückt waren. Eine davon zeigte Marcelle als Kommunionkind, die andere einen jungen Mann von zwanzig Jahren, ihren Vater. Über dem riesigen Kamin sah man das in Stein gehauene Wappen der Barone du Jeu; in einem am Fenster befestigten Käfig sang ein Buchfink.

«Wir geben Ihnen Bescheid», sagten die Polizisten.

Als sie sich zum Gehen wandten, trat die kleine Marcelle vor, die bis jetzt schweigend und aufrecht neben ihrer Großmutter gestanden hatte. «Messieurs, ich möchte mit Ihnen sprechen. Weder Bracelet noch Ladre haben das Geld gestohlen. Ich war es.»

Sie sprach mit klarer, kalter Stimme. Ihre Miene war undurchdringlich.

«Du?», rief einer der Polizisten. Er umfasste ihr Kinn, sah ihr in die Augen. «Du hast deine Großmutter bestohlen? Was hast du mit dem Geld gemacht?»

Marcelle hob die Decke, die auf ihrem Bett lag; zerriss mit den Zähnen eine Naht, griff mit der Hand in die Federn und holte zwei zerknitterte Tausendfrancscheine heraus, die sie den Gendarmen zuwarf.

«Nehmen Sie sie. Ich war es, ich bin in das Zimmer gekommen, als alle dachten, ich wäre bei den Lämmern.»

«Schämst du dich nicht?», sagten die Polizisten empört. «Du hast doch immer alles bekommen, was du wolltest! Du Nichtsnutz!»

«Ja», sagte sie still.

«Schlimmer geht es nicht: eine Diebin!»

«Ja.»

«Weißt du, dass du ins Gefängnis kommst?»

«Ja», sagte sie wieder.

«Aber was wolltest du denn mit diesen zweitausend Franc?»

«Mir Sachen kaufen.»

«Was für Sachen?»

Sie antwortete nicht.

«Und warum gibst du es plötzlich zu?»

Sie schien unsicher zu werden. Sie erbleichte, und ihre Lider zuckten.

«Du hattest Angst davor, entdeckt zu werden, was?»

«Ja, genau», murmelte sie eilig.

«Du weißt, dass dein Name in die Zeitung kommt? Das ganze Land wird erfahren, dass Madame Malarets Enkelin eine Diebin ist.»

«Ja», sagte sie trotzig.

Die Familie hatte kein Wort gesagt. Die dicke Cécile lächelte, als wäre ihr die größte Freude zuteilgeworden. Es musste ihr gefallen, dass man die kleine Cousine jetzt so demütigte, dass sie jetzt als Diebin dastand, das Hätschelkind der Großmutter, der Bastard, die Erbin. Céciles Gesicht leuchtete. Die Alte hob die Hand und gab Marcelle zwei Ohrfeigen, was diese wortlos und mit glänzenden Augen hinnahm.

«Das ist noch nicht genug, Madame», sagte der Polizist. «Man muss sie mit der Peitsche traktieren, bis sie halb tot ist. Ein Kind, dem Sie so viele Wohltaten erwiesen haben! Wenn Sie mir nicht versprechen, sie zu züchtigen, wird sie heute Nacht im Gefängnis schlafen», sagte er und machte Miene, das Mädchen an der Schulter zu packen.

Sie wehrte sich nicht. Die Großmutter ließ ein ersticktes Schluchzen hören.

«Lassen Sie sie los, Messieurs. Ich werde sie bestrafen», versprach sie. «Ja, bestimmt. Aber gehen Sie jetzt, gehen Sie. Das ist Familiensache, das geht nur die Familie etwas an. Ich ziehe meine Anzeige zurück.»

Nachdem die Polizisten gegangen waren, wandte sie sich ihren Neffen zu, bedeutete ihnen, sich zu entfernen, und schloss die Tür hinter ihnen ab. Als sie auf Marcelle zukam, schrie das Mädchen wild: «Mémé, du kannst mich schlagen, mich töten, aber du wirst nie mehr so überheblich sein. Jetzt wissen alle, dass ich auch eine Diebin bin!»

Die alte Frau ließ sich auf einen Stuhl sinken. «Warum hast du das getan?», sagte sie mit schwacher Stimme.

Das Mädchen, das sich zweifellos auf Schreie und Schläge eingestellt hatte, schien irritiert zu sein. Leiser wiederholte sie: «Du kannst mich schlagen, du kannst mich töten, Mémé.»

«Warum hast du das getan?», fragte die Großmutter noch einmal.

Sie sah Marcelle an. Sie hob nicht die Hand. Sie hatte ihre Enkeltochter ohne Liebkosungen und zärtliche Worte großgezogen, hatte ihr höchstens – an Neujahr oder nach der Zeugnisvergabe, wenn Marcelle mit Preisen beladen aus der Schule kam – einen flüchtigen Kuss auf die Wange gegeben.

«Marcelle, sieh mich an», sagte sie schließlich.

Das Mädchen hob mit Mühe den Blick.

«Seit einem halben Jahr bist du mir böse. Du sprichst nicht mit mir. Du gehst mir aus dem Weg. Warum? Du bist ein Sturschädel, Marcelle, wirklich ein Sturschädel. Niemand weiß, was in deinem Kopf vorgeht. Bei den Leuten von Malaret ist es immer so gewesen, man wusste nicht, was in ihnen vorgeht, bis es eines Tages zu spät war. Aber glaub nicht, dass ich es nicht bemerkt hätte. Es geht schon seit dem Sommer so. Du hast deinen bösen Streich lange vorbereitet. Was hast du gegen mich?»

Das Mädchen schrie: «Mémé!» und schwieg.

«Du willst nicht reden, Sturkopf?»

Marcelle verneinte.

«Als ich dich vorhin geschlagen habe, war ich unbeherrscht. Du hast mir solche Schande gemacht. Aber es hat mir mehr wehgetan als dir.»

«Ich weiß, Mémé.»

«Ich arbeite für dich. Ich arbeite hart. Alles hier ist nicht für Cécile oder irgendjemand anders, sondern einzig und allein für dich. Wenn du mich bestiehlst, bestiehlst du dich selbst. Gibt es etwas, was du unbedingt haben willst? Bücher? Schmuck? Zweitausend Franc sind eine hübsche Summe, aber wenn du mich gefragt hättest und es wäre für etwas Vernünftiges gewesen, hätte ich dir das Geld gegeben. Weißt du das?»

«Ja, Mémé.»

«Marcelle, sag mir, warum du das getan hast.»

Das Mädchen weinte jetzt. Es rang seine mageren Hände und rief dann verzweifelt: «Du wirst es nicht verstehen! Es nützt nichts, wenn ich versuche, es dir zu erklären. Du verstehst es nicht, niemand versteht es!»

Sie schluchzte lange, reglos. Endlich sagte sie: «Weißt du noch, wie wir den Weizen gedroschen haben?»

«Ja», sagte die Großmutter aufmerksam.

Das Mädchen suchte nach Worten. Alle beide, die Großmutter und die Enkelin, erinnerten sich an jenen Septembertag, an dem man auf Malaret den Weizen gedroschen hatte. Es war die letzte der großen Arbeiten im Spätsommer: ein Tag der Arbeit und ein Fest. Am Vortag waren schon morgens riesige gelbe Kuchen gebacken worden; sie sollten mit dem Obst belegt werden, das die Kinder die ganze Woche lang geerntet hatten. Der Tisch bog sich unter großen Körben voller Pflaumen; aus ihrer goldenen, rissigen Haut trat zuckriger Saft aus, und ihr Duft zog Bienen und Wespen an; unter den hohen Decken vibrierte die Luft von einem tiefen, unaufhörlichen Summen, freudig und ernst zugleich, die Musik des Sommers, die das Herz festlich stimmte. Auf dem Land gehört dieser Tag demjenigen, der Freunde, Arbeiter und Nachbarn am üppigsten bewirtet. Man bereitete fettes Geflügel zu, trank guten Wein, aß Pasteten mit Kirschen und Sahne und butterglänzende Pfannkuchen; die Herrin des Hauses eilte geschäftig hin und her; die Kinder entkernten das Obst.

«Weißt du noch, Mémé, als ich mit Cécile allein im Saal war? Sie ist immer böse zu mir gewesen. Vor zwei Jahren, als die blaue Zuckerdose heruntergefallen ist, da hat sie behauptet, ich wäre es gewesen, aber ich war's nicht, sie ist es gewesen.»

«Warum hast du das damals nicht gesagt?»

«Darum.»

«Du bist zu stolz gewesen, wie?, zu stolz, um dich zu verteidigen», murmelte die Großmutter. Und sie schüttelte mehrmals nachdenklich den Kopf. «Und dann, Marcelle?»

«Es hat Streit gegeben. Zum Spaß und um ihr einen Streich zu spielen, habe ich ein paar Pflaumen vom Teller stibitzt, als sie zum Herd ging, um nach dem Braten zu sehen. Sie hat sich aufgeregt und mich eine Diebin genannt.

Ich hab' gelacht. Das ist doch kein Diebstahl, oder, Mémé, wenn man am Dreschtag Pflaumen isst? Als sie mich lachen sah, ist sie plötzlich wütend geworden und hat zu mir gesagt: ‹Ja, du bist eine Diebin, wie deine Mutter, deine Mutter ist Hausmädchen hier gewesen, sie hat deiner Großmutter eine goldene Brosche gestohlen, man hat sie hinausgeworfen, und sie ist im Gefängnis gestorben.› Ich habe geschrien: ‹Das stimmt nicht!› Da hat sie meine Cousins gefragt, die gerade hereinkamen, ob es die Wahrheit war oder nicht, und sie haben ja gesagt, dass meine Mutter eine Diebin war und dass man sie vom Hof gejagt hat. Ich hab' gewusst, dass ich ein Bastard bin, Mémé, das habe ich immer gewusst, aber es war mir egal, ich bin nicht der einzige Bastard. Die Jeanne aus Montmort ist auch ein Bastard und die Jeanne aus Moulin-Neuf und die Marie vom Schuhmacher, und die Hortense vom ‹Hôtel des Voyageurs› hat ein Kind, das keinen Vater hat. Ich habe einen Vater gehabt, und er ist nie mit Maman verheiratet gewesen, das war mir egal, aber noch nie hatte jemand zu mir gesagt, dass meine Mutter eine Diebin ist!»

«Marcelle!»

«Das konnte ich nicht vergessen. Ich habe ständig daran gedacht. Ich hab' mich geschämt und ich habe dich … ich habe dich beinahe gehasst, weil du das allen gesagt hast, weil du zugelassen hast, dass das ganze Land erfährt, dass meine Maman eine Diebin war. Wir auf Malaret, wir sind stolz. Wir schulden niemandem etwas, das hast du mir immer gesagt, und dass wir die Leute von oben herab ansehen können, weil wir niemandem ein Unrecht tun. Und ich musste immer an die Leute denken, die mein ganzes Leben lang hinter meinem Rücken tuscheln werden: ‹Ihre Mutter war eine Diebin!› Ich konnte nichts tun, um sie daran zu hindern. Dass ich in der Schule gut bin, schöne Kleider habe, Klavier spiele wie eine vornehme Dame und später die Herrin von Malaret sein werde, all das hat nichts genützt. Und du bist schuld daran. Meine Mutter hat genug leiden müssen, weil Papa sie nicht geheiratet hat; man hat ihr das Kind weggenommen, und man hat überall verbreitet, dass sie gestohlen hat. Deshalb wollte ich dich bestrafen. Ich hab' mir gesagt: ‹Auch Mémé wird erfahren, was es heißt, sich für seine eigene Familie zu schämen, dass man rot wird. Mich liebt sie, durch mich wird sie bestraft werden.› Und außerdem wollte ich nicht glücklicher sein als Maman, verstehst du? Man hat sie hinausgeworfen, man hat die Polizei gerufen. Ich dachte, dass du auch wegen mir die Polizei rufen würdest und mich hinauswerfen würdest; ins Gefängnis zu kommen, macht mir nichts aus. Über dich würden die Leute im Dorf sagen: ‹Wisst ihr, ihre Enkelin, die Marcelle, ist eine Diebin.› Und du hättest es verstanden, du hättest es selber gespürt … Da habe ich die Taufmedaille von Papa aus dem Schrank genommen, die aus Gold, und habe sie in der Streu der Lämmer versteckt, aber dann, am selben Abend, habe ich Angst bekommen, ich weiß nicht warum, und sie zurückgelegt. Aber ich dachte immer öfter an Maman. Ich sah sie im Traum. Stimmt es, dass sie im Gefängnis gestorben ist?»

«Nein, das stimmt nicht. Sie ist nach Paris gegangen, dort ist sie gestorben.»

«Ich hab' sie im Gefängnis gesehen und bin aufgewacht. Du hast zu mir gesagt: ‹Hast du im Traum geweint? Deine Backen sind ja ganz nass.› Ich bin ins Dorf gegangen, ich hab' gehört, wie sie sagten: ‹Ihre Mutter war ja nicht viel wert, aber sie! … Ihre Großmutter ist stolz auf sie.› Ich war … Ich war dir böse, immer mehr, Mémé, und ich hab' das Geld genommen. Cécile freut sich darüber, aber auch das ist mir egal.»

Sie schwieg. Auch die alte Frau verharrte stumm und reglos. Doch ihre Lippen bewegten sich, als wollte sie sprechen und hätte den Mut nicht dazu. Ihr mageres Gesicht war bleich geworden. Mit einer Handbewegung rief sie Marcelle zu sich und flüsterte mit erstickter Stimme: «Deine Mutter war gar keine Diebin. Die Brosche, die man nie wiederfand, habe ich selbst im Kamin versteckt, hier, unter einem lockeren Stein. Bestimmt ist sie immer noch dort. Seit zwölf Jahren habe ich nicht nachgeschaut.»

Nun war es an Marcelle zu fragen: «Warum hast du das getan?»

«Ich konnte sie nicht leiden, Marcelle», sagte die Großmutter, und ein bitterer und zorniger Ausdruck verzerrte ihr Gesicht. «Du hältst mich für stolz. Ja, ich war stolz – um meines Sohnes willen. Er hätte die beste Frau heiraten können, die es gibt, aber diese Nichtswürdige ist die Mutter meiner Enkelin! Sie hätte dich aufziehen können, wie sie wollte, mit dir machen können, was sie wollte! Sie hatte das Recht dazu wie ich, mehr als ich. Ich wollte sie loswerden. Ich habe ihr Geld versprochen, damit sie geht und dich hierlässt. Aber nein! Sie wollte nicht. Da … habe ich gesagt, sie wäre eine Diebin, und sie vom Hof gejagt. Sie hat sich gewehrt, aber niemand hat ihr geglaubt. Und sie hat nicht gewagt, dich zurückzufordern. Marcelle, sieh im Kamin nach. Du wirst einen Stein sehen, der wackelt. Bring mir, was du findest.»

Das Mädchen gehorchte und kam mit einer goldenen

Brosche zurück, altmodisch, mit kleinen Perlen besetzt, die ein Kreuz bildeten. Die alte Frau betrachtete sie einen Moment lang schweigend.

«Ich bin nicht stolz, mein Kind, schließlich erzähle ich dir das alles», bemerkte sie am Ende.

«Mémé!»

«Du hast mich falsch beurteilt, und du sollst Achtung vor mir haben. Ich sage dir alles, damit du dich deiner Mutter nicht mehr schämen musst, denn sie war unschuldig, und damit du nicht denkst, ich wäre hochmütig. Anderen gegenüber bin ich vielleicht hochmütig, aber … Wir sind stolz geboren, es liegt uns im Blut, doch dem lieben Gott gegenüber sieht man sich so, wie man ist, Marcelle.»

«Mémé, du hast meiner Mutter so schrecklich unrecht getan», rief das Mädchen weinend.

«Du hast mir heute auch unrecht getan, Marcelle. Wegen der anderen», fuhr die Alte fort, «muss ich dich bestrafen. Ich schicke dich nach Chauffailles, zu meiner Schwester, als Hausmädchen. Du wirst morgen abreisen.»

«Darf ich nach dem Dreschfest wiederkommen?», fragte Marcelle ängstlich.

Die Großmutter schüttelte den Kopf. «Nein, das geht nicht. Die Leute werden sagen, dass ich dir zu schnell verziehen habe, verstehst du? Sie müssen wissen, dass du ordnungsgemäß bestraft wirst, das ist Ehrensache, und die Ehre ist uns heilig. Sie werden mich dafür hochschätzen, und dich später auch. Verstehst du?»

«Ich verstehe, Mémé.»

«Komm jetzt.»

Sie kehrten in den leeren Saal zurück. Die Großmutter kochte die Suppe; die Enkelin setzte sich mit einem Buch ans Fenster. Ihr brach das Herz; sie hatte Malaret noch nie verlassen. Wie es ihr fehlen würde, dieses stolze und wilde Land! Von Zeit zu Zeit verschleierten Tränen ihren Blick; sie ließ es nicht zu, dass sie ihr die Wangen hinabrollten. Sie presste fest die Lippen zusammen und drängte die Tränen zurück, damit sie von einem inneren Feuer getrocknet würden.

Zur Essenszeit tauchten die Cousins an der Tür auf; sie warfen ihr von Weitem einen neugierigen Blick zu, ohne etwas zu sagen; sie zogen die Schuhe aus, wuschen sich unter dem kupfernen Wasserhahn die Hände und setzten sich an ihren Platz am Tisch. Die Mützen behielten sie auf dem Kopf, wie es Brauch war. Schweigend löffelten sie ihre Suppe. Dann schob die Großmutter ihren Teller zurück. Sie verschränkte ihre harten, rissigen Hände vor sich und sagte ruhig: «Morgen wird Marcelle den Hof verlassen. Sie geht nach Chauffailles, zu meiner Schwester, und arbeitet dort als Hausmädchen. Es ist die Strafe für ihr schlechtes Verhalten. Sie hat mir alles gestanden. Sie wollte mir einen Streich spielen, und obwohl das kaum Diebstahl genannt werden kann, verdient sie es, bestraft zu werden, um zu lernen, die Dinge zu ehren.»

Sie schwieg. Das Mädchen betrachtete sie mit starrem Blick. Ihre Cousins, die Gabel in der Hand, warteten. Die Großmutter fuhr mit fester Stimme fort: «Auch das Unglück dient zu etwas! Als ich überall dieses verfluchte Geld suchte, habe ich die Brosche gefunden, die ich vor zwölf Jahren verloren hatte. Marguerite hat sie also nicht gestohlen, wie ich immer glaubte. Ich bedaure, dass sie tot ist, ich wurde sie gern um Verzeihung bitten, weil ich ihr unrecht getan habe.»

«Die Brosche?», rief Cécile mit stockendem Atem.

Die Großmutter öffnete ihre Hand, und das Schmuckstück fiel auf den Tisch. Niemand sprach. In der Stille hörte man den tiefen Seufzer, den Marcelle ausstieß, und plötzlich war das Mädchen in Tränen aufgelöst. Die Großmutter schien es nicht zu bemerken. Sie stand auf, räumte den Tisch ab, faltete die Tischdecke und machte Wasser heiß zum Geschirrspülen. Dann befahl sie mit gleichmütiger, ruhiger Stimme: «Holt die Tiere herein. Du, Marcelle, pack deine Sachen, mein Kind.»

Und das Mädchen antwortete: «Ja, Mémé.»

MAGIE

In Finnland, während der Revolution von 1918, gehörte ich zu einer Gruppe junger Leute, die sich abends mit Tischerücken die Zeit vertrieb. Wir lebten mitten im Wald, und es war Winter: Dort oben dauert der Sommer nur drei Monate. Jetzt aber waren die Waldwege gefährlich, sobald die Sonne untergegangen war. Flüchtige Aufständische versteckten sich hinter den Bäumen, in den mit Schnee gefüllten Schluchten, und die Soldaten der gegnerischen Armee verfolgten sie, trieben sie von einem Dickicht zum nächsten. Schüsse wurden gewechselt, und wenn eine verirrte Kugel einen russischen Reisenden traf, der sich vor der Revolution bei sich zu Hause in dieses weit entfernte Land geflüchtet hatte … nun, wir hatten keinen Konsul, der uns hätte verteidigen oder unsere Familie von unserem vorzeitigen Ableben in Kenntnis setzen können.

In diesem Dorf gehörten wir zu einer kleinen russischen Kolonie, die mehr schlecht als recht in einem alten Holzhaus lebte, einer heruntergekommenen Familienpension, die aus großen, dunklen Zimmern und großen, leeren Salons bestand. Einer dieser Salons war für die Jugend reserviert; in den angrenzenden Zimmern spielten unsere Eltern Bridge oder Whist.

Seit November gab es keinen Strom mehr; man gewährte uns sechs Kerzen pro Abend: Vier beleuchteten den Tisch

43

der Spieler, zwei den unseren. Stellen Sie sich ein riesengroßes Zimmer mit niedriger Decke und bogenförmigen Fenstern vor, die weder von Vorhängen verhüllt noch von Läden geschützt wurden; die Scheiben waren mit Eis überzogen. Es gab ein Klavier in einer Ecke, unter einem grauen Baumwolltuch, einen Wandspiegel mit Holzrahmen, einen Schrank, in dem einige Bände Balzac neben leider zumeist leeren Marmeladentöpfen standen, und in der Mitte des Zimmers einen Tisch.

Wir setzten uns um diesen Tisch; die zwei Kerzen steckten in Flaschen. Wie kann man die Stille dieser nordischen Nächte beschreiben? Kein Windhauch, kein Ächzen von Rädern, kein freudiger Ruf auf einem Weg, kein Laut, kein Lachen. Nur manchmal das leichte, trockene Klacken eines Schusses im Wald oder das Weinen eines aus dem Schlaf hochgeschreckten Kindes in den Zimmern des oberen Stocks. Dann warf die Mutter die Karten hin und lief zur Treppe, und das Rascheln ihres langen Kleids verlor sich in den Gängen. Sie waren endlos, eisig und düster, diese Gänge. Gewöhnlich sprachen wir uns ab und gingen alle zusammen hinauf; wir liefen sie gemeinsam entlang, lachend und singend, während sich uns die Brust vor Entsetzen zusammenschnürte. Ich weiß nicht, ob der nervöse Zustand, in dem wir uns damals befanden, die Ursache dafür war oder ob es sich um das Werk eines Spaßvogels handelte, doch ich habe seither nie mehr Tische gesehen, die sich unter unseren Händen so bereitwillig bewegten, von einer Wand zur anderen flogen, schwankten wie ein Schiff im Sturm und endlich einen solchen Krach machten, dass unsere Eltern kamen und uns inständig baten, uns einen anderen Zeitvertreib zu suchen. Sie sagten, die Geräusche dieses verfluchten Tisches und der Lärm der Gewehrschüsse seien wirklich mehr, als sie ertragen könnten, und das Alter verdiene Rücksicht.

Daraufhin änderten wir unsere Methode, und nach einiger Zeit hatten wir sie auch perfektioniert. Wir gingen folgendermaßen vor: Wir schrieben die Buchstaben des Alphabets auf ein Blatt Papier und stellten eine umgedrehte und mit einem Bleistiftstrich markierte Untertasse in die Mitte des Tischs; dann legten wir unsere Fingerspitzen ohne Druck auf den Rand der Untertasse, und sie bewegte sich von einem Buchstaben zum nächsten, wodurch mit erstaunlicher Geschwindigkeit Worte und Sätze gebildet wurden.

Keiner von uns – wir waren zwischen fünfzehn und zwanzig, im skeptischen Alter –, keiner glaubte an eine Manifestation des Übernatürlichen, doch wir glaubten mit gutem Grund, dass die Dunkelheit, die Stille und sicher auch die Gefahr, an die wir uns zu gewöhnen begannen, die uns jedoch seit Monaten in Atem hielt – wir glaubten, dass das alles genügte, um die unbewussten Kräfte unserer Seelen anzuregen, und dass wir unsere Wünsche, unsere geheimen Sehnsüchte, unsere Träume intensiver und schärfer als sonst wahrzunehmen vermochten. In Wahrheit – das können Sie sich vorstellen – ging es nur um die Liebe, und die magische Untertasse enthüllte, kommentierte und präzisierte unermüdlich unsere Hoffnungen und Gelüste.

Dieser Abend also war der 6. Januar. In Russland ist es die Nacht, in der die jungen Mädchen aus der Tür treten und Vorübergehende bitten, ihnen ihren Namen zu nennen, und dieser Name wird der ihres noch unbekannten Verlobten sein. Andere gießen flüssiges Wachs in kaltes Wasser und versuchen, aus der rasch erstarrenden Form ihr Schicksal zu lesen. Zuweilen entstehen grobe Formen im Wasser, in denen man Kreuze, Ringe oder Kronen erkennen kann. Es gab noch viele andere Spiele, doch uns war jenes das liebste, mit dem wir uns schon so viele Abende lang in diesem eisigen Salon vergnügt hatten.

Es geschah nun, dass einer von uns – wir werden ihn Sascha nennen, ein junger Mann von zwanzig Jahren – fragte: «Geist, sag mir den Namen der Frau, die mir bestimmt ist.»

Sascha machte einem blonden, robusten Mädchen namens Nina den Hof. Wir erwarteten also, dass der Geist folgsam diesen Namen schreiben werde, doch die Untertasse drehte sich sehr schnell unter unseren Händen, und wir lasen: Doris.

Dieser Name, im Englischen recht gebräuchlich, existiert im Russischen nicht.

Nina sagte mit einer gewissen Nervosität: «Ist das ein Witz? Ich hab' euch doch lachen gehört.»

Sie zeigte auf mich und auf meine Nachbarin. Unser Protest war aufrichtig.

«Fangen wir noch mal an. Der Geist soll den Namen wiederholen!»

«D. O. R. I. S.», las Sascha sehr leise.

«Den Familiennamen!», forderten wir.

«W. I. L. L. I. A. M. S.»

Nina rief mit einem Achselzucken: «Den Namen habt ihr aus einem englischen Roman! Wie dumm das ist! Gebt zu, es ist ein Witz!» Nichts konnte sie von ihrer Überzeugung abbringen. Sie schob heftig ihren Stuhl zurück. «Das ist ja idiotisch! Spielen wir etwas anderes! Was machen wir?»

Schüchtern – denn ich war die Jüngste und wurde nur von ihnen geduldet – schlug ich vor: «Das Spiegelspiel?»

Es handelte sich um einen weiteren Zeitvertreib am Abend des 6. Januar. Man ist allein in einem dunklen Zimmer und stellt zwei Kerzen vor einen großen Spiegel; zwei kleinere Spiegel stellt man rechts und links von sich auf. Man wartet. Man wartet, dass es Mitternacht schlägt. Aus den Kerzenflammen im Spiegel wird ein langer, gewundener und düsterer Weg. Nach einiger Zeit sieht man das eigene blasse, ängstliche Gesicht nicht mehr. Aus der Tiefe des Spiegels tauchen Schatten auf, und man gibt ihnen die Form der eigenen Träume.

Also fingen wir an. Nacheinander blieb jeder von uns allein mit seinem Spiegelbild; die anderen warteten im dunklen Gang, drückten sich an die Tür und erzählten leise Gespenstergeschichten, um die Sache nach Möglichkeit noch ein wenig unheimlicher zu machen.

Dann war Sascha an der Reihe. Als er den Raum wieder verließ, wirkte er verstört. Er sagte: «Ich schwöre euch, und es ist mir egal, was ihr sagt, aber ich habe das Gesicht einer Frau gesehen. Sie lächelte. Sie trug einen kleinen schwarzen Hut mit Rosen, und sie machte eine Handbewegung, als würde sie einen Schleier hochheben, einen Hutschleier, ich weiß nicht, was …»

«Hast du ihr Gesicht gesehen?»

«Nur einen Moment, und dann ist sie verschwunden …»

«War sie wenigstens hübsch?»

Er schien so gebannt zu sein, dass er nicht antwortete. Sie können sich die Spötteleien vorstellen, die folgten und die Nina noch weniger ertrug als er.

Dann ... verging die Zeit. Eine lange Zeit. Jahre. Von den Russen in unserer Gruppe kehrten einige in ihr Land zurück und verschwanden später wie Steine, die man in einen tiefen See geworfen hat. Andere gingen nach Paris, so auch Sascha und Nina, die einige Monate nach diesem 6. Januar in Helsingfors geheiratet hatten.

Ich sah sie oft. Sie schienen nicht unglücklich zu sein. Auch nicht glücklich, wie ich zugeben muss. Doch ein russischer Emigrant, der damit beschäftigt ist, Arbeit zu suchen, Schulden zurückzuzahlen und seinen Ausweis erneuern zu lassen, hat kaum Zeit, von ehelichem Glück zu träumen. Man lebt zusammen, weil man eines Tages damit angefangen hat, und nach und nach vergehen, mehr schlecht als recht, die Jahre.

Eines Tages traf ich Sascha bei gemeinsamen Freunden. Abends brachte er mich nach Hause. Es war Herbst, und er fragte: «Weißt du es schon? Ich habe Doris Williams gefunden.»

Ich brauchte keine weiteren Erklärungen. Ich erinnerte mich sofort und mit außergewöhnlicher Deutlichkeit an den großen, dunklen, kahlen Salon, den Wandspiegel und den alten Tisch aus hellem Tannenholz ...

«Wo?»

«Bei ...» Er nannte den Namen von Russen, die ich kannte. «Ich ging sie einmal besuchen», sagte er, «und da war eine Frau, die einen schwarzen Hut mit Rosen trug. Bei meinem Eintreten war sie im Begriff, sich eine Zigarette zu nehmen, und als ich ihr Feuer gab, hob sie einen kurzen schwarzen Hutschleier. ‹Wo habe ich sie schon einmal gesehen?›, dachte ich, aber es gelang mir nicht, mich erinnern ... Ich erfuhr, dass die Frau eine englische Journalistin war, nicht mehr jung, um die vierzig. Sie erzählte uns, dass sie viel gereist sei, und ich entdeckte, dass ich mich in jedem Land, das sie kannte, für kurze oder längere Zeit auch aufgehalten hatte, auf meinen Irrfahrten während oder nach der Revolution, doch nie zur gleichen Zeit wie sie. Ich war 1919 in Persien, sie 1921. Ich war acht Tage lang in Bournemouth, vor drei Jahren, und sie im letzten April. Einmal haben wir uns um nur achtundvierzig Stunden verpasst, vor vier Jahren in Salzburg. Als sie plötzlich aufstand, um zu gehen, fiel mir jene Nacht in Finnland ein, und ich sagte: ‹Sie heißen doch Doris Williams, nicht?› Sie war überrascht: ‹Das war mein Mädchenname. Heute bin ich verheiratet.› Damit ging sie. Ich ließ sie gehen.»

«Doris Williams ist ein sehr häufiger Name», sagte ich, um ihn zu trösten.

Er brachte ein Lächeln zustande. «Ja, nicht wahr?»

«Und doch», sagte ich, «wenn …»

Er antwortete mit einem Achselzucken: «Ich bin verheiratet. Ich habe Kinder. Zum Teufel mit dem Schicksal! Es hat sich zu spät bemerkbar gemacht.»

«Ach, wenn es wirklich geschrieben steht, dass du für diese Frau bestimmt bist und sie für dich, werdet ihr euch wiedersehen …»

«Gott bewahre mich davor», murmelte er. «Mein Leben ist schwer genug. Gefühle, Leidenschaften sind das Letzte, was mir fehlt.»

«Du wirst sie wiedertreffen», sagte ich.

Und doch war er es, der recht behielt. Heute Morgen habe ich gelesen, dass man in London, in ihrer Wohnung, die Leiche einer Frau gefunden hat, einer Journalistin namens Doris Milne-Williams, die von eigener Hand starb. Weiter hieß es, dass sie privaten Kummer hatte und von ihrem Ehemann getrennt lebte.

Irgendwo in den Fäden, die das Schicksal für uns spinnt, muss ein Fehler sein, eine Unregelmäßigkeit.

UMSTÄNDEHALBER

Sie waren vorbei, jene Septemberabende zu Beginn des Krieges, als über der menschenleeren, heißen Stadt langsam die silbernen Fesselballons in einen Himmel aus grünem Kristall aufstiegen und weiterschwebten wie dicke blinde Fische. Jetzt war es Winter. Paris bildete einen schwarzen Abgrund unter dem Firmament, das im Gegensatz zur Stadt fast weit weg zu sein schien. Der Tageszeit, dem Regen, dem Nebel zum Trotz zitterte ein ängstliches Licht vor einem Dachfenster und erlosch wieder. Paris, benommen, zu allem bereit, die Waffen in greifbarer Nähe, atmete sacht im Dunkeln.

Die Mutter konnte nicht schlafen. Sie ging zwischen Tür und Fenster des dämmrigen Salons hin und her und dachte an Aline, ihre älteste Tochter, die an diesem Morgen geheiratet hatte. «Ein anstrengender Tag», dachte Marie-Louise Seurat. «Bald Dezember, und noch zum Ersticken warm.» Sicher, die Hochzeit war im kleinsten Kreis gefeiert worden, und es hatte weder einen Empfang noch ein Essen gegeben. Eine kurze Zeremonie auf dem Standesamt; eine Messe, ein Glas Champagner für die Trauzeugen und die Eltern des Bräutigams. Und doch war sie erschöpft; fast hätte sie sich noch mit Aline gestritten, die sich einfach irgendwie frisiert und irgendetwas angezogen hatte. Am Tag ihrer Hochzeit ... Seltsames Kind! Und sie schien es nicht zu bedauern, schien sich weder Brautjungfern zu wünschen noch einen Schleier, nichts von dem ganzen feierlichen und ein wenig lächerlichen, aber auch rührenden Getriebe der bürgerlichen Ehezeremonien. Und in achtundvierzig Stunden würde sie allein sein, das arme Mädchen, denn Gilles würde am Montag wieder zurückfahren in den Krieg. Aber das Mädchen hatte es nun einmal so gewollt. Heutzutage nützte es nichts, der Jugend Vorschriften machen zu wollen.

«Jetzt rede ich schon wie meine eigene Mutter», dachte Marie-Louise Seurat auf einmal und erinnerte sich an ähnliche Seufzer, die den inzwischen längst verschlossenen Lippen entflohen waren … Wie lange war das her? Nicht so lange. Es war während des letzten Krieges gewesen. «Wahrscheinlich gehören die Jahre des letzten Krieges für Aline zu einer prähistorischen Zeit …»

Ein leicht bitteres Gefühl angespannter, schmerzhafter Zuneigung füllte ihr Herz. Sie wischte ein paar Tränen weg. Ihr Mann rief sie aus dem benachbarten Zimmer: «Willst du nicht schlafen gehen?»

«Später, später», erwiderte sie.

«Was machst du denn?»

«Ich schreibe eine kleine Notiz für den ‹Figaro›.»

«Glaubst du nicht», sagte Georges müde und geduldig, «dass das bis morgen Zeit hat?»

Sie sagte nichts; oft hatte sie das Bedürfnis zu schweigen, kurz bevor sie ihrem Mann eine Antwort gab, weil sie eine zornige Aufwallung in sich spürte, wenn sie die demütige und liebevolle Stimme hörte, und um nichts in der Welt hätte sie ihm gegenüber diesen merkwürdigen und unerklärlichen Groll erkennen lassen. Lieber Georges … so gut ... Sie liebte ihn so sehr ... Sie führten eine vorbildliche Ehe. «Die Seurats, wissen Sie, das sind zauberhafte Leute, so harmonisch ...» Ja, sie lebten sehr harmonisch miteinander. Doch er hatte eine Art, sich an sie zu wenden, schüchtern, ehrerbietig, resigniert, wie an eine kapriziöse und auch ein wenig furchterregende Gottheit, die ihn reizte. Ja, das war es, sie war heute Abend gereizt. Lieber Georges ... Sie liebte ihn so sehr. Im Stillen zählte sie bis fünf und sagte dann fröhlich: «Ich komme, Liebling.»

Sie war eine blonde, gutmütige, etwas füllige Frau, jedoch kaum schwerfälliger als vor ihren vier Schwangerschaften. Ihre Lippen waren voll und sinnlich, ihre großen, schönen, sanften blauen Augen blickten verschmitzt und arglos. Ihre Nase war klein, ihr Kinn ein wenig zu stark; sie wirkte phlegmatisch. Ein freundliches, liebenswürdiges Lächeln, eher ergeben als strahlend, lag auf ihren Zügen; sie ähnelte einem saftigen, etwas fleckigen Pfirsich, mit Zucker und Creme überzogen; ein ausgezeichnetes, wenn auch ein wenig langweiliges Gericht, bis man zum Kern der Frucht vorgestoßen ist, jener leicht bitteren Mandel, den sie birgt. Sie hatte schöne, runde Arme und eine weiche Taille, von einem braunen Gürtel umgeben, der in die feine Haut einschnitt. Sie trug einen Morgenrock aus Samt, sehr warm und lang, weil es jederzeit zu einem nächtlichen Alarm kommen konnte; ein seidenes Netz hielt ihr Haar zusammen.

«Komm, Liebling», wiederholte nach einer Weile Georges' Stimme.

Sie stieß einen fast unhörbaren Seufzer aus, ging ins Schlafzimmer zurück und setzte sich aufs Bett. «Hör mal, was hältst du davon: ‹Die Eheschließung von Monsieur Gilles

Barcy und Mademoiselle Aline Pecquet ist am 28. November umständehalber im engsten Familienkreis gefeiert worden …›?»

«Das ist sehr gut, Liebling …»

Zerstreut strich sie Georges über das feine graue Haar. «Wie leer es in der Wohnung ist …»

Die drei anderen Kinder befanden sich auf dem Land, in Sicherheit. Wie groß und still diese Wohnung in der Stadt nun zu sein schien. Georges Seurat musste wegen seiner Arbeit in Paris bleiben, und Marie-Louise hatte ihn nicht allein lassen wollen; er war von zarter Gesundheit und so traurig, so verloren – das wusste sie. Doch ihr Herz war bei den drei Jungen, die jetzt allein waren. Der älteste war zwölf, der jüngste sieben Jahre alt.

«Aline wird dir Gesellschaft leisten, wenn ihr Mann fort ist …»

«Ach, Aline …»

«Sie liebt dich sehr …»

«Sie hat ein gutes Herz, aber sie ist so verschlossen …»

«Diesen Charakterzug hat sie», sagte Georges mit leiser Stimme, ein wenig blass, wie immer, wenn er das brennende Thema, das verbotene Thema anschnitt, «ganz sicher von ihrem armen Vater geerbt …»

«Nach dreizehn Jahren», dachte Marie-Louise, «ist meine erste Ehe immer noch eine Quelle der Beunruhigung und des Schmerzes für ihn. Er will nicht mit mir darüber sprechen, und doch … Wenn er wüsste, wie weit weg das alles für mich ist – wie weit weg es wenigstens bis vor wenigen Tagen noch gewesen ist.»

Wenn Georges mit ihr über diese untergegangene Zeit sprach, wich sie im Allgemeinen aus, wie man einen Hund daran hindert, sich mit seiner verletzten Pfote zu beschäftigen. Er war heute noch ... ihr alter Gatte ... eifersüchtig – eifersüchtig auf einen Toten. Manchmal antwortete sie sanft: «Er ist tot, Liebling ...», was bedeuten konnte: «Ich kann ihm keine Vorwürfe machen oder mich über ihn beklagen, da er tot ist», doch sie sagte es in zuversichtlichem Ton, wie um Georges daran zu erinnern, dass er nichts zu befürchten hatte, da der unbekannte Rivale, der erste Ehemann, Alines Vater, tot war.

Heute Abend hatte sie Lust, über diese erste Ehe zu reden. Es gab zu große Ähnlichkeiten mit Aline. «Sie macht dieselbe Dummheit wie ich», sagte sie.

«Ach, Dummheit», murmelte Georges demütig und neugierig.

Sie begriff; sie wiederholte mit fester Stimme: «Ja, eine Dummheit. Man heiratet nicht den Freund aus Kindertagen, den man bisher als den besten Kameraden betrachtete, eine Art Cousin und nichts anderes, nur weil Krieg ist. Weißt du, ich ...»

Sie hielt inne.

Er war aufs Äußerste gespannt, saß mit gesenktem Blick im Bett, doch seine Lippen bebten. Sie betrachtete ihn; es geschieht so selten, dass man den Mann, mit dem man lebt, mit dem man seit fünfzehn Jahren schläft, wirklich eingehend betrachtet. Wie mager und blass er war und vor der Zeit gealtert, weil ein geheimes Leiden an ihm nagte. Armer Georges. Er war so besorgt; die Geschäfte machten ihm schrecklich zu schaffen. Noch in den glücklichsten Momenten ließen ihn seine dunklen Ahnungen nicht los. Wenn er gesund war, fürchtete er sich vor der Krankheit, wenn es ihm gut ging, dachte er an den Ruin; seit Hitler an die Macht gekommen war, hatte er den Krieg erwartet, jedes Jahr in den ersten Frühlingstagen. Jetzt, da er da war, schien Georges ruhiger zu sein: Alles war verloren, man konnte nichts mehr tun. Doch er war tatsächlich um zehn Jahre gealtert, dachte seine Frau, die jetzt seine Hand nahm. Einen Moment lang schwiegen sie, während draußen die zwölf Schläge der Mitternacht leise über der dunklen Stadt verhallten.

«Vorhin sah es so aus, als würde der Himmel heller werden. Vorausgesetzt, es gibt keinen Alarm ... Wie idiotisch es ist, dass die Kinder in Paris übernachten wollten, aber sie sind in einem Alter, in dem ein kleiner Anschein von Gefahr den größten Spaß macht – und der Liebe so viel Würze gibt», sagte er leiser.

«Es wird keinen Alarm geben. Wie aufgeregt du bist.»

Manchmal waren sie erstaunt, diese vertrauten Geräusche zu hören: die Uhr des Lycée Jeanson-de-Sailly in der Stille der Nacht und in der leeren Wohnung das Pfeifen der Wasserrohre, das man früher nie gehört hatte. Im Allgemeinen waren alle Geräusche viel lauter als früher; die Schritte in der Wohnung unter ihnen, in der nur eine alte Großmutter lebte, hörte man so deutlich, weil keine Teppiche mehr auf dem Boden lagen.

«Es betrübt mich furchtbar, dass es so gekommen ist, dass Aline so wenig davon hatte, kein ruhiges, unschuldiges Glück, keine Verlobungsfeier, keine Empfänge, keine Geschenke, keine Hochzeitsfahrt zur Kirche. Sie war kaum vierzehn Tage verlobt ...»

Sacht erhob er Einspruch. «Vierzehn Tage ... Im Herbst, als Gilles eingezogen wurde, war noch nichts zwischen ihnen.»

«Doch, Georges. Ich bin mir sicher. Eigentlich hätte ich

es mir damals schon denken können. Es gab ein paar Briefe, und genau am 19. November hat sie uns gesagt, dass sie heiraten würden. Egal, was wir sagen oder machen würden. Und heute, am 29. November, haben sie geheiratet; sie waren zwei Wochen verlobt.»

«Aber das ist doch völlig egal. Sie kannten sich doch schon lange.»

«Ja, wie man einen Freund, einen guten Kameraden kennt. Was hat das mit Liebe zu tun, frage ich dich? Sie ist noch so jung! ... Es ist ganz einfach: In einem halben Jahr wird sie herausfinden, dass sie mit einem Unbekannten verheiratet ist. Du lachst, Georges! Aber ich sage dir, es gibt nichts zu lachen. Es ist meine eigene Geschichte, die hier von vorn beginnt.»

Er senkte den Blick. «Du weißt», mühsam brachte er die Worte hervor, «dass du mir noch nie genau erzählt hast, wie ... wie deine erste Ehe war.»

«Ich habe ja kaum mehr daran gedacht», sagte sie leise, mit einem müden und gereizten Schulterzucken. «Die Männer haben ein schrecklich gutes Gedächtnis. Eine Frau, weißt du – wir vergessen so schnell ... das Glück und das Unglück.»

«Aber du bist nicht glücklich gewesen, oder? Du warst nicht glücklich?»

«Nein, nein.»

Sie versuchte, ihren Worten mit einer Geste mehr Gewicht, mehr Intensität zu verleihen. Noch einmal sagte sie «Nein» und fuhr mit der ausgestreckten Hand durch die Luft, als wollte sie die Vergangenheit abschneiden und sie ins Nichts zurückwerfen. «Das weißt du doch, Georges, ich habe es dir gesagt ...»

«Du glaubst, du hättest es gesagt. Aber komm unter die Decke, du erkältest dich noch», sagte er bittend.

Doch sie konnte nicht an einem Platz bleiben; nervös ging sie wieder hin und her. Sie betrat Alines Zimmer, näherte sich dem leeren Bett. Dann öffnete sie das Fenster und starrte noch einmal in diese abgründige Nacht hinein, die man, als der Krieg begann, von unten, von der Straße aus immer wieder betrachtet hatte. Der Eindruck tiefer Dunkelheit war auf der Straße weniger stark als hier, in der sechsten Etage. Erinnerungen an den letzten Krieg stiegen in ihr auf. Warum hatte sie zu Georges gesagt, dass eine Frau schnell vergesse? Ihr wurde plötzlich klar, dass sie ihn oft belog, aus dem einzigen Grund, dass sie eine Art Scham empfand. Aber nein, man vergaß nicht. «Eine Frau vergisst nichts, im Gegenteil, und es ist viel stärker, viel schrecklicher als bei den Männern», dachte sie, «denn es ist nicht unser Verstand, der sich erinnert, die Erinnerung sitzt tief in unserem Fleisch.»

«Mein Verstand hat vergessen … ja, aber … noch heute höre ich manchmal mein Herz pochen, wenn eine Türglocke stärker, länger, heftiger schlägt. Dass sie mich an Renés gebieterisches Läuten erinnert, wenn er abends auf Urlaub kam, wundert mich nicht … Und diese besondere Sensibilität für das Wetter am nächsten Tag … dass ich ganz sicher voraussagen kann, ob es nachts regnet oder schneit – andere lachen darüber, Georges zuerst. Wenn er wüsste, wie viele Nächte ich am Fenster stand wie jetzt und es war, als spürte ich in meinen eigenen Knochen die Kälte, die in den Schützengräben herrschte, die Feuchtigkeit, die ihn durchdrang.»

Sie hörte Georges' ungeduldige Stimme. «Sei vorsichtig. Ich bin sicher, dass man das Licht sehen kann …»

«Aber nein, bestimmt nicht.»

Sie zog die Vorhänge vor, ging wieder ins Schlafzimmer, legte sich ins Bett.

«Kannst du nicht schlafen?»

«Nein. Du auch nicht, Georges. Mach Licht, ja?»

Er gehorchte. Ihr war eiskalt; sie klapperte mit den Zähnen.

«Ich habe etwas Fieber», dachte sie.

Sie sagte es nicht laut. Mein Gott, wenn Georges glaubte, sie sei krank, was für ein Drama! … In den dreizehn Jahren ihrer Ehe hatte sie sich keinen einzigen Tag ins Bett gelegt, außer bei der Geburt ihrer Kinder. Sie hatte nicht das Recht, ihm nicht zur Verfügung zu stehen. Es schien ihr manchmal, als flöße sie ihm seine Gesundheit ein, seine Kraft, und als müsse er an dem Tag sterben, an dem sie aufhörte, das zu tun. Er hing von ihr ab.

Es war absurd. Wer ihn kannte, hielt ihn für einen kalten, distanzierten, strengen Mann. Sie allein wusste, dass sie über dieses Herz uneingeschränkt herrschte.

Als die Lampe brannte, lächelte sie ihm zu. «Du wolltest doch alles über diese alte Geschichte erfahren, nicht?», sagte sie unvermittelt.

Erneut senkte er die Lider. Er sah ihr nie ins Gesicht, wenn sie von der Vergangenheit sprach.

«Also, du weißt, dass René und ich uns seit der Kindheit kannten, wie Aline und Gilles. Ich hatte bei ihm nie an Liebe gedacht. Dann kam 1914 der Krieg, und die Zeit, die Entfernung, die Gefahr, in der er schwebte, das alles veränderte meine Erinnerung an ihn, mischte sie mit Ehrfurcht … Ich weiß nicht, wie ich es dir erklären soll … Erinnerst du dich? Es war damals wie heute. Ein ganz gewöhnlicher Mann bekam den Marschbefehl. Man war sicher – ohne zu wissen warum –, dass er dort draußen zu einem übernatürlichen Wesen würde, einem Helden, und es stimmte ja auch, er wurde auf sonderbare, schreckliche Weise ein anderer. Ich erinnere mich an seinen ersten Urlaub: Seine Eltern waren schon alt; sie hatten immer in Ruhe und Frieden gelebt. Um Renés Rückkehr zu feiern, bezahlten sie ihm einen Zirkusbesuch, und ebenso seiner Schwester und mir. Sie hatten lange überlegt, was ihrem Sohn das größte Vergnügen bereiten könnte, und da waren sie auf den Zirkus gekommen, als wäre er ein achtjähriges Kind. Ich glaube, ich werde diesen Abend nie vergessen, diese rote und goldene Loge, diese schimmernden Pferde mit den rosafarbenen Federn auf dem Kopf, und René zwischen zwei kleinen Jungen, das Gesicht verzerrt von zurückgehaltenem Gähnen! Und die Eltern hinter uns flüsterten: ‹Es macht ihm ja gar keinen Spaß! Was hat er nur! Wie schwer es geworden ist, ihm eine Freude zu machen …!› Ich glaube, an diesem Abend bin ich zum ersten Mal verliebt gewesen. Ich konnte so gut den riesigen Unterschied zwischen uns ermessen. Mir machte der Zirkus noch Spaß, aber ihm nicht. Er war ein Mann, ein siegreicher Held! Wie schön er mir vorkam, und wie ich ihn liebte! Und er war wirklich schön, er war es wert, geliebt zu werden», setzte sie hinzu, ohne das Zucken zu bemerken, das Georges' mageres Gesicht überlief. «Ich war nur so weit von ihm entfernt, so weit, dass wir uns nicht verstehen konnten. All das, was er gesehen hatte, was er ertragen hatte, all die neuen Gewohnheiten und Wünsche – und ich war dieselbe geblieben. Ich war meiner Familie nicht entrissen worden, um in die Hölle geworfen zu werden! Ich hatte nicht im

Dreck geschlafen, ich hatte das Blut nicht gesehen, nicht die Toten. Wenn ich mit ihm zusammen war, tappte ich im Dunkeln, ohne etwas zu begreifen. Ich sprach mit ihm über die Vergangenheit, über unsere kleinen Vergnügungen, unsere Streitereien. Er hatte so eine Art, mich anzusehen ...»

Sie schwieg. Sie sah jenes Gesicht vor sich, das im August 1914 das eines pausbäckigen dunkelhaarigen Jungen mit rosiger Haut gewesen war und das sich nach und nach in eine harte, knochige Maske verwandelt hatte. Wie sollte sie es erklären, wie sollte sie Georges Renés Blick beschreiben, seine Ironie, seine Ernüchterung und seinen tiefen, männlichen Zorn, wenn sie bestimmte Dinge sagte, und in anderen Augenblicken jenes zarte, verächtliche Mitleid ...

«Wir haben geheiratet. Er fand mich bezaubernd, lebendig, frisch. ‹Wenn ich dich küsse, kommt es mir vor, als würde ich ein Glas Quellwasser trinken›, sagte er. Doch jedes Mal, wenn er heimkehrte, wurde er noch seltsamer, abwesender, fremder. Er war dem René des Jahres 1914 so ähnlich wie ein Mann dem Kind ähnlich ist, das er einmal gewesen ist. Aber eigentlich will ich dir mit vielen Worten etwas ganz Einfaches erklären. Wir wurden im gleichen Jahr geboren. Jetzt war er alt. Vielleicht ist der Maßstab des Alters eher der Tag des Todes als der der Geburt. Er musste mit zwanzig sterben. Es war, als ob jemand sich beeilte, ihn reifen zu lassen, um ihn rasch ernten zu können, wie eine Frucht. Und ich – wie unbeholfen ich war. Manchmal habe ich mit ihm über den Krieg sprechen wollen, er ging nur widerwillig darauf ein, meistens gar nicht. Weißt du noch, selbst nachher, als alles zu Ende war, sprachen die Veteranen nie vom Krieg. Und man lobte sie für ihre Zurückhaltung, ihren Takt. Ich glaube, sie sprachen nicht darüber, weil eigentlich niemand sie danach fragte. Wir, die Frauen, wir fragten sie nicht, weil wir vor allem Angst hatten; es war zu brutal, zu schrecklich, zu traurig und zu grausam ... Und außerdem ist eine Frau immer eifersüchtig auf den Krieg. Dass sie ohne uns leben können, dass sie sich mit ihren Kameraden und mit ihrer Tätigkeit trösten, dass diese Hände das Handwerk des Todes betreiben, dass sie ohne Zärtlichkeit existieren, ohne umsorgt und verhätschelt zu werden – das schockiert uns und bringt uns auf, als würden unsere Kinder uns verlassen. Ich versuchte unaufhörlich, ihn dazu zu bringen, dass er zu mir zurückkam, zu den kleinen Dingen, den kleinen Gedanken, den beschränkten Pflichten, dem sonntäglichen Mittagessen mit der Familie und dem neuen kleinen Hut, den Problemen mit den Dienstboten und den guten Dingen, die er so gern aß. Wenn er nur älter geworden wäre, nicht seelisch, sondern körperlich, wenn er schon seit einigen Jahren mein Mann gewesen wäre, wenn ich schon die Zeit gehabt hätte, ihn zu formen, zu verweiblichen, weich zu machen – weißt du, Frauen können so etwas –, ach! Ich wäre stärker als sein Handwerk gewesen, stärker als der Krieg. Aber so war es nicht. Er stellte sich das Leben als etwas Pathetisches, Strahlendes, Hartes vor, das mich bestürzte. Alles Raffinierte, Zarte, Luxuriöse konnte er mit einer Handbewegung beiseiteschieben und sagen: ‹Überhaupt nicht wichtig!› Das war sein Lieblingssatz. Er sprach ihn schnell und leise aus, zwischen zusammengebissenen Zähnen. Was für ihn wichtig war, war das Leid der Menschen, ihre Lebensbedingungen, die Zukunft Frankreichs, die Zeit nach dem Krieg. Ich bin eine einfache Frau. Was mir gefällt, sind die kleinen, bescheidenen Dinge des Lebens: Kleider, Blumen, Geplauder, Schmeicheleien.»

Sie spielte zerstreut mit der Bettdecke, während sie dachte: «In der Liebe wünschte er sich eine andere Frau, leidenschaftlich und ernst. Und er hatte einen solchen Lebenshunger. Er ahnte seinen Tod voraus. Was war eine Frau für ihn, eine einzige arme Frau, seine Frau? Eines Tages sagte er zu mir, er könne keine Reisebeschreibungen mehr lesen. Ich antwortete: ‹Aber wir werden auf Reisen gehen!› Und er darauf: ‹Nein, nein, zu spät.›»

Laut sagte sie: «Ach, man sollte euch niemals euch selbst überlassen! Man sollte euch ständig hüten wie Kinder, euch in der Nähe behalten! Euch daran hindern, euch euren Männerfreuden hinzugeben, euren grausamen Freuden.»

«Mich hast du behalten …»

Sie sagte leise: «Ach, dich …»

Sie schien in die Gegenwart zurückzukehren. Nach und nach nahm ihr blasses, angespanntes Gesicht wieder seinen alten Ausdruck liebenswürdiger Sanftheit und fröhlicher Leichtigkeit an, und sie lächelte. «Gewiss bist du, mein Liebling, ein vorbildlicher Ehemann. Du hast mich sehr glücklich gemacht. Das Schicksal schuldete mir diese Wiedergutmachung. Aber der arme René … Ich habe manchmal gedacht, wenn er 1917 nicht getötet worden wäre, hätte er mich am Ende wahrscheinlich verlassen. Das bürgerliche Leben war ihm ein Gräuel. Doch bei seinem letzten Urlaub …»

Sie wandte den Blick ab und fügte rasch hinzu: «Wie zärtlich er war, an jenem letzten Abend … ‹Du wirst schon, mein Kind, ich komme wieder, und wir werden sehr glücklich miteinander sein. Du behältst recht›, sagte er. ‹Dort draußen fangen wir alle an zu glauben, dass die Wirklichkeit nur aus Granaten, Torpedos und Flammen besteht, und ihr kommt uns dann so klein vor, mit euren kleinen Sorgen, eurem kleinen Glück. Und manchmal werden wir zornig. Wir wollen die Leute bei den Schultern packen und ihnen sagen: Ihr Rohlinge, wie könnt ihr nur weiterleben, wie könnt ihr essen, schlafen, wenn es das gibt, diese Hölle, in die man uns treibt und aus der man uns zu bestimmten Zeiten herausholt wie Fische aus einem Aquarium … Bei euch sind es die Strümpfe, die Laufmaschen haben, und der Kuchen, der missraten ist, und Tante Lucie, die gekränkt ist, wenn ich sie nicht besuche … Aber im Grunde habt ihr recht, ja, du hast recht! Der Krieg ist nur ein Missgeschick. Der Tod ist nur ein Missgeschick. Was bleibt, was ewig bleibt, was nie vergeht, ist das, das und das›, sagte er, und ich erinnere mich, dass er dabei auf den Spitzenbesatz meines Nachthemds zeigte, auf die bestickte Decke und die Tapete mit dem Blumenmuster. Das war sein letzter Urlaub. Im darauffolgenden Monat ist er gefallen. Als Aline geboren wurde …»

Sie unterbrach sich, sah Georges traurig und verwundert an.

«Mit Aline konnte ich nie richtig umgehen. Du sagst, sie sei ihrem Vater ähnlich? Nun, das liegt an mir, ich habe sie beide gleich behandelt, den Vater und die Tochter. Ich habe all meine Gefühle von unbeholfener Liebe und Entsetzen, die ich meinem Mann gegenüber hatte, auf Aline übertragen. Ich wollte sie ständig in meiner Nähe haben, sie mir ähnlich machen. Mit den anderen Kindern bin ich klüger umgegangen, nicht?»

«Du bist eine wunderbare Mutter. Die Kinder lieben dich heiß und innig.»

«Mit Aline konnte ich nie umgehen», wiederholte sie traurig.

Sie schwiegen.

«Alles in allem hatte ich eine traurige Jugend», sagte sie.

Er dachte: «Vielleicht liebe ich sie deshalb so sehr, weil es diesen geheimnisvollen Helden gegeben hat, der sie einmal besaß! Denn ich habe den Krieg nicht mitgemacht. Es war nicht meine Schuld. Ich war immer kränklich. Man hat mich nach Carcassonne geschickt, wo ich als Bürohengst wirken durfte. Ich konnte nichts Besseres tun. Aber er, ihr Mann, war ein Krieger. Ich hörte von seinem Verhalten im Feuer, seiner Ruhe, seinem Mut, erfuhr, was er gesagt hatte. Ich bewunderte ihn. Ich war eifersüchtig auf ihn. Und da ist diese Frau – er hat sie nicht glücklich machen können. Aber ich.»

Sehr leise, fast schuldbewusst, flüsterte er ihr ins Ohr: «Aber als er gefallen ist – er war dir natürlich teuer ... aber du warst nicht mehr ... du warst doch nicht mehr verliebt, Marie-Louise?»

Mit einem zerstreuten und strahlenden Blick wandte sie sich ihm zu. «Als ob ich an das alles noch denken würde», sagte sie ungeduldig. «Ich denke jetzt nur an Aline; ich habe Angst um sie. Wenn Gilles sie nur versteht! Wenn Gilles nur ein guter Ehemann für sie ist! Sie soll geliebt werden, meine kleine Tochter! Sie soll die Erste sein in seinem Herzen! Er soll kein anderes Verlangen haben, er soll von nichts anderem träumen als davon, sie glücklich zu machen, wie du mich glücklich gemacht hast, Liebling.»

Sie spürte, dass ihn ein Schauer überlief.

«Marie-Louise, ich habe nur für dich gelebt ... Meine Arbeit, mein Ehrgeiz, mein gesellschaftlicher und materieller Erfolg, was weiß ich ... Das alles hängt nur von dir ab, von deiner Existenz, von deinem Glück ... Die Kinder, ja, die Kinder stehen mir sehr nah, vor allem weil sie von dir sind, das weißt du! Du weißt, dass ich Aline genauso liebe wie die Jungen, obwohl ich nicht Alines Vater bin. Begreifst du, spürst du, dass es nur wenige Frauen gibt, die so wahnsinnig geliebt werden wie du? Bist du mir nicht ein bisschen dankbar dafür?», setzte er leiser hinzu. «Du hast nur von diesem armen René gesprochen …»

Sie konnte eine gereizte Geste nicht unterdrücken. Warum sprach er immer von dem «armen René»? «René hätte das nicht gefallen! Er war so stolz. Es ist ein Zeichen der Geringschätzung», dachte sie. «Das sonderbare Mitleid, das man den Toten gegenüber an den Tag legt, wäre ihm zuwider gewesen!» Sie stellte ihn sich vor, wie er mit frostigem Blick, hochmütig, gleichgültig irgendwo in ihrer Nähe im Schatten stand und sie mit seinem eigenartigen Lächeln und jenem düsteren Zorn in seinen Augen betrachtete. Wie schnell sie ihn vergessen hatte. Wie sie getanzt hatte nach dem Krieg! Wie schnell sie wieder geheiratet hatte! Was für ein Hunger nach Leben in ihr gewesen war! «René habe ich kaum gekannt, und ich habe ihn kaum geliebt», dachte sie, «wir sind so schnell getrennt worden.» Zuweilen hatte sie, von einer düsteren Wut erfüllt, schon gedacht: «Was hätte er von mir verlangt? Dass ich ihm ein Leben lang treu bleibe? Warum? Weil er im Krieg gefallen ist? Der Krieg ist eines, und das Leben ist das andere. Und warum macht er sich über Georges lustig?», dachte sie, als wäre René noch lebendig. «Georges ist schwach, aber er ist gut und er liebt mich. Frauen brauchen das Gefühl, die Ersten, die Einzigen zu sein. Wir wollen keine Geschöpfe aus Feuer und Stahl in unseren Armen halten, sondern einfache Männer, die uns lieben. Ein Held? Weil er das Abenteuer, den Krieg, den

Umgang mit den Kameraden mehr liebt als uns? Nein danke, nein danke! Es ist seltsam, wir wollen zwar, dass unsere Söhne Helden sind, aber als Liebhaber ... oder sie sollen wegen uns ihr Heldentum vergessen, sie sollen uns ihm vorziehen, es uns zuliebe aufgeben. Nein, ich habe René nicht geliebt», dachte sie. «Ich war nicht glücklich mit ihm.»

Ihr wurde plötzlich bewusst, dass Georges weitergesprochen hatte, es lag viel Wärme in seinen Worten, doch sie hatte nur den Ton seiner Stimme wahrgenommen, nicht den Sinn seiner Sätze.

«Sag mal, weißt du, dass es schon drei Uhr ist?»

Er schwieg.

«Mach das Fenster auf, bitte. Ich hab' es vergessen ...»

Er stand auf und ging barfuß über den Teppich, um tastend das Fenster zu öffnen. Als er zu ihr zurückkehrte, war sie bereits eingeschlafen.

Um acht Uhr wurde Marie-Louise durch das Klingeln des Telefons geweckt. Es war Aline. Sie ging mit Gilles. Sie wollte ihn bis Blois begleiten, dort musste er sich bei seiner Einheit melden. In einer halben Stunde verließ sie Paris. Sie wollte ihrer lieben Mutter Lebwohl sagen, ihr versichern, dass sie glücklich war.

Ihre Stimme hatte sich verändert, dachte die Mutter; sie schien zu vibrieren, sie klang ernst. Sie verabschiedeten sich voneinander. Marie-Louise dachte voller Leidenschaft: «Das bin ich, das ist meine Jugend! Das ist das Glück, das ich nicht erleben konnte! Dieser Krieg wird anders sein als der letzte. Gilles kommt zurück.» – «Nicht wahr, René», murmelte sie fiebrig, an den Unsichtbaren gewendet.

In dem dunklen Vorzimmer – man hatte die schweren Vorhänge noch nicht zurückgezogen, die das Licht abhielten – wurde sie von einem seltsamen Gefühl der Freude erfasst, einer tiefen Überzeugung, dass der Tod nicht existiere, dass René in ihrer Nähe sei, dass sie ihn eines Tages wiederfinden würde, ihn, den einzigen Mann, den sie je geliebt hatte.

Sie hörte die Atemzüge ihres schlafenden Mannes. Georges? ... Ach, ja ... Sie hatte ihn vergessen. Auf einmal begriff sie, was ihr ihr ganzes Leben lang gefehlt hatte. Er hatte sie geliebt, aber was bedeutete das? «Die anderen können uns nichts geben; sie erreichen uns nicht», dachte sie. «Was zählt, ist die Quelle, die in einem selbst ist, im eigenen Herzen.»

Wie der flüchtige Strahl eines großen, glänzenden Lichts traf sie die Erkenntnis, dass es eine Wiedergutmachung, einen Akt der Gerechtigkeit bedeutete, dass Aline das Leben ihrer Mutter noch einmal leben würde, jedoch mit der Aussicht auf Glück.

Sie ging zurück in ihr warmes Bett, legte sich neben Georges, doch ihre treulosen Gedanken flüchteten und vereinten sich mit dem Mann ihrer Jugend, und sie sprach mit ihm und versicherte ihn ihrer Liebe, als wäre er lebendig.

Im nächsten Moment schlief sie ein.

PARISER SYMPHONIE

Paris, von einem Fenster unter den Dächern von Montmartre oder Montparnasse aus gesehen, am Abend. Die Lichter entlang der Seine, Dunstschleier, Herbstnebel. Es regnet. Man sieht die Stadt vom Eiffelturm bis Notre-Dame. Eindruck von gelassener Größe. Zunächst ein stilles Bild, dann das leise Dröhnen von Paris, wie eine in Schwingung geratene Geigensaite. Sehr fern das Pfeifen eines Zuges, Hupen, jedoch weich, gedämpft durch die Entfernung. Das Prasseln des Regens in einer langen Straße. Gleichartige Häuser, dunkel, mit geschlossenen Läden. Eines dieser Häuser trägt die Aufschrift «Hôtel des artistes» über der Tür. Ganz oben ein kleines offenes Fenster, hell erleuchtet. Dort steht ein junger Mann; er hat ein schönes und intelligentes Gesicht, sein Ausdruck ist sinnlich und naiv. Man sieht das Zimmer einer Familienpension oder eines kleinen Hotels, anständig und bescheiden. Ein Hoteldiener tritt ein, er schleppt einen offenbar schweren, kleinen alten Koffer, und aus dem Wortwechsel zwischen ihm und dem jungen Mann erfährt man, dass Letzterer gerade aus seiner heimatlichen Provinz (oder aus dem Ausland) eingetroffen ist, dass er Musiker ist und in Paris am Konservatorium Komposition studieren wird, und all das nimmt der alte Hoteldiener natürlich wohlwollend und verächtlich zur Kenntnis. Der junge Mann sagt seinen Namen, Mario

Cavalhère (oder einen anderen, je nach seiner Nationalität).

Der Diener ist gegangen. Wieder nähert sich der junge Mann dem Fenster, beugt sich vor, sieht hinaus, lauscht. Der matte Glanz der Stadt in der Dunkelheit zu seinen Füßen. Der gedämpfte Straßenlärm verwandelt sich für ihn als Musiker in Töne, in vage, bruchstückhafte Akkorde, zögernd wie die Geräusche des Orchesters, wenn die Instrumente sich nach und nach aufeinander einstimmen, durchzogen von deutlich vernehmbaren Melodiefragmenten, die sich jeweils aus einem Geräusch der Stadt entwickeln, einem Hupen, dem leisen Klingeln einer Straßenbahn, dem Zittern von Fensterscheiben beim Vorbeifahren von Autobussen, usw. Der junge Mann singt leise: «Paris, Paris.» Er beugt sich weiter vor, setzt sich dann auf das Fenstersims und hört hingerissen all diesen verschiedenen Tönen zu, die sich wie unter dem Stab eines unsichtbaren Dirigenten zu ordnen scheinen. Er lächelt, sagt leise: «Guten Tag, Paris …» Wie ein vages spöttisches Echo hört man: «Paris … Paris …» Er sagt: «Auf uns …», und dasselbe schwache ironische Echo wiederholt: «Auf uns … auf uns …»

Ein kleines Restaurant. Es ist Marios erster Abend in Paris. Man hört ein aus allen Sprachen der Welt zusammengesetztes Kauderwelsch. Alle möglichen Künstlertypen, kommende «Genies», Regenumhänge, Pullis, ein lautes Durcheinander von Gesprächen, in denen sich alle Akzente mischen und in denen man Sätze dieser Art hört: «Aber nein, mein Lieber, das ist doch überholt, das sind läppische Gedichte eines Akademikers …» und: «Surrealismus … neue Werte … atmosphärisch» usw., mit den heiseren Stimmen junger Gecken.

Mario flüchtet, wandert in den Straßen umher. Ansichten des nächtlichen Paris. Er erreicht die Place de la Concorde. Die Scheinwerfer beleuchten den Obelisken und die Fassade des Marineministeriums. Ein schönes stilles Bild, dann hört man das Geräusch der Springbrunnen. Mario lauscht ihnen; sie bilden eine Folge von Tönen, von Akkorden; er kritzelt hastig Noten in sein Notizbuch, summt sie vor sich hin, sagt laut: «Ich werde die Symphonie von Paris schreiben, eines Tages ... Ich werde der größte Komponist der Welt sein, eines Tages.» Seine Worte werden von den Geigen aufgenommen, die immer lauter und mit fast feierlichem Ernst spielen. Das musikalische Thema erklingt zum ersten Mal.

Wieder das leichte Prasseln des Regens und das ungeduldige Geräusch einer Türglocke. Mario wartet vor der geschlossenen Tür des kleinen Hotels, genau wie eine junge Frau, die auch gerade zurückgekehrt ist. Sie machen sich bekannt. Das Mädchen sagt seinen Namen, Gilda; sie studiert Malerei; sie wohnt seit einem halben Jahr in diesem Hotel. Hinter der Tür das Geräusch von Pantoffeln: Die Concierge öffnet ihnen. Der dunkle Gang; die Zimmer von Mario und Gilda liegen nebeneinander. Sie geben sich die Hand. Mario betritt sein Zimmer, sieht das kleine Klavier, das man zu ihm hinaufgetragen hat; er stürzt hin, öffnet es, beginnt leise die ersten Takte des Präludiums zu spielen.

Im benachbarten Zimmer löst Gilda vor dem Spiegel summend ihr Haar; sie hat ein hübsches, ein wenig strenges Gesicht.

Ein Konzertsaal. Ganz oben, auf den hintersten Plätzen, lauschen Mario und Gilda der Musik und streicheln einander im Dunkeln die Hände. Dann ein schöner sonniger Morgen. Gilda, auf einem Klapphocker an den Quais vor ihrer Staffelei sitzend, malt die Platanen am Ufer der Seine; welke Blätter fallen; auf dem Wasser ein schöner schimmernder Glanz. Mario betrachtet hingerissen seine Freundin, ohne zu bemerken, wie sehr ihr die Bewunderung der vorübergehenden Männer gefällt. Die große Glocke von Notre-Dame läutet feierlich. Rendezvous am Tor des Konservatoriums; Cafés in Montparnasse, kleine Kinos; schließlich das klassische Dekor der Rive-Gauche-Idyllen. Mario ist sehr verliebt; abends in seinem Zimmer träumt er und komponiert am Klavier, während in der Etage über ihm Kunststudenten feiern, laut singend und mit lärmendem Grammophon.

Gilda und Mario heiraten. Die Hochzeit, artig, auch lustig, mit dem ganzen Gefolge aus Malern, Musikern, ihren Freunden im Restaurant des Parks von Montsouris oder im «Savoyarde». Viel Lärm, jugendliche Heiterkeit; das Essen endet mit einer Polonaise durch alle Säle des Restaurants (oder mit einem Umzug über die Anhöhen von Montmartre). Mario und Gilda in ihrer kleinen Wohnung.

Einige Monate sind verstrichen. Die unaufgeräumten Zimmer verraten ein Bohèmeleben, ein ebenso sorgloses wie schwieriges Dasein, mit Besuchen vom Gerichtsvollzieher usw., vor allem Gildas Charakter, reizbar, egoistisch; sie denkt nur an ihre Malerei und beginnt, ihrem Mann gegenüber Gefühle von unklarer Eifersucht und Ärger zu hegen. Überall liegen Partituren herum; Mario tritt auf Farbtuben. Beide arbeiten fieberhaft, sie für die Jahresausstellung des Salon[1], er für die Kompositionsprüfung des Konservatoriums. Im Konservatorium lernt er ein Mädchen kennen,

Pierrette, die Geige studiert. Mario gefällt ihr, sie sind gute Freunde; man sieht auch, dass Pierrette ihm tiefere Gefühle entgegenbringt, aber er denkt nur an Gilda und merkt nichts.

Die Prüfung am Konservatorium. Oder zumindest der amüsante Teil der Prüfung. Die schlafenden Prüfer, die Mütter, die jungen Pianisten, die in Ohnmacht fallen, die Nervenzusammenbrüche, die Streitereien usw. Das Gedränge bei der Bekanntgabe der Ergebnisse, die Schreie der Freude und der Wut. Pierrette macht das Rennen. Mario wird zurückgewiesen und kehrt traurig nach Hause zurück. Seine Frau hat auch kein Glück gehabt, ihr Bild, Marios Porträt, wurde abgelehnt. Sie ist außer sich, und als sie sieht, dass er den Kopf hängen lässt, sagt sie, er habe kein Talent und er solle sich eine Arbeit suchen, die sie beide ernährt.

Marios Leben ändert sich; er arbeitet in einem Büro, in einem Stoffgroßhandel. Abends reinigt er die Paletten seiner Frau; er leidet unter der Unordnung, dem elenden Anblick ihrer tristen Zimmer. Aber die Musik lässt ihn nicht los, sie verfolgt ihn. Das Klicken der Schreibmaschinen, das Geräusch der Stoffballen, die im Hof abgeladen werden, die gedämpften Echos, das Gemurmel im Laden, all das verwandelt sich in Melodien und musikalische Motive. Er macht seine Arbeit schlecht, man entlässt ihn. Er wandert ziellos durch die Stadt, das Paris der Boulevards, erbarmungslos und strahlend. Verzweifelt sucht er eine Arbeit. Schließlich strandet er in einem kleinen Tingeltangel, als Begleiter der Sängerin. Der zweite Teil des Programms wird von Amateuren bestritten, die auf der Bühne auftreten. Sie bekommen entweder Applaus oder es hagelt Pfiffe aus dem Zuschauerraum, während ein riesiger eiserner Haken aus der Kulisse fährt und die Abgeblitzten am Kragen packt. Getrieben von Verzweiflung und Hunger, beschließt Mario, ebenfalls sein Glück zu versuchen. Er setzt sich ans Klavier und spielt das Präludium seiner Symphonie. Zunächst tritt einen Moment Stille ein; das Publikum scheint zuzuhören, doch ein Betrunkener lacht, pfeift, und plötzlich läuft eine Welle wilden Gelächters durch den Saal. Ein Gewitter aus Pfiffen, Tomaten und Hüten entlädt sich über Mario, der wie festgeklebt an seinem Klavier sitzen bleibt und wie ein Wahnsinniger weiterspielt. Am Ende wirft ihm jemand eine kleine Bank an den Kopf, und er sinkt verletzt zu Boden. Eine Gruppe von Leuten, gut angezogen und offenbar reich, die zufällig im Lokal sind und noch lauter als die anderen geschrien und gelacht haben, hat dennoch Mitleid mit ihm. Sie tragen ihn weg. Es gibt einen dicken Mann in der Gruppe, William Meller; seine Frau ist alt, überaus reich, sie glaubt, eine geniale Tänzerin und Schauspielerin zu sein (im Stil von Ida Rubinstein[2], aber als Karikatur), und liebt vor allem die hübschen jungen Leute. Mario sieht sehr gut aus; folglich erweckt er ihr Mitleid. Man sorgt dafür, dass er zu sich kommt, und bringt ihn in eine elegante Bar. Man bietet ihm Cocktails an, obwohl er verzweifelt den Tabletts voller Sandwiches hinterherblickt, die von den Kellnern vorbeigetragen werden, aber niemand denkt daran, ihm etwas zu essen zu bringen, statt dessen nur sehr teure und aufwändige Getränke, die ihn bald völlig betrunken machen. Er ist dermaßen betrunken, dass Monsieur Meller ihn, nachdem er mit Mühe seinen Namen und seine Adresse von ihm erfahren hat, nach Hause fährt. Dort macht er die Bekanntschaft von Gilda, er bewundert ihre

Bilder, und während Mario auf dem alten Sofa einschläft, beginnen die beiden miteinander zu flüstern. Man hört nur: «Mein liebes Kind … Ihr Gatte scheint ein braver Junge zu sein … aber er ist ein Fantast … Außerdem weiß ein Kind von zwanzig Jahren nicht, wie man eine Frau glücklich macht … eine Frau wie Sie … Glauben Sie mir, ich kenne das Leben …», usw.

Er gibt bei Gilda ein Porträt von sich in Auftrag, streckt dem jungen Paar Geld vor. Sie leben jetzt in einer kleinen Atelierwohnung; Gilda nimmt am Leben der Mellers und ihrer Freunde teil. Sie denkt nur daran, Geld zu verdienen und sich zu amüsieren. Mario fühlt sich einsam und unglücklich. Parallelmontage von Bildern des fröhlich feiernden Paris und des Paris der winterlichen Straßen. Der Jazz der Tanzlokale verwandelt sich in verschiedene Geräusche. Das schöne Paris im Dezember, mit den Öfen der Esskastanienverkäufer an den Straßenecken, den schnaubenden Pferden im Nebel. Mario hat einen alten Freund, einen Musiker und Bohemien, mit dem er in den kleinen Bistros des Quartier Latin Bier trinkt und über Musik spricht. «Als Trost habe ich nur noch Paris und die Musik», sagt Mario.

Der Musiker ist krank; er wird sterben; man sieht sein kleines Zimmer gegenüber von Saint-Sulpice, und durch die offenen Fenster hört man Orgelmusik. Es ist wieder Frühling. Die Bäume in den Parks haben frisches Laub bekommen. Sehr ruhiges und zartes Bild. Der alte Musiker sagt zu Mario: «Du wirst es schaffen. Denk daran, dass du begabt bist, mein Junge … Hab nur Geduld … Höre die Musik von Paris …» Der Leichenwagen, dem nur Mario folgt, fährt durch die Stadt, während die Maisonne strahlend untergeht.

Später am Abend ist Mario zu Hause. Seine Frau ist nicht da. Sie tanzt mit Meller und dessen Freunden. Mario hatte versprochen, sie in der Bar oder dem Tanzlokal zu treffen, wo sie sich versammelt haben. Doch er ist niedergeschlagen und traurig. Er bleibt allein und hängt Träumen von seinem alten Freund nach, während eine Drehorgel im Hof einen Walzer spielt. Als er nicht wie vereinbart in der Bar auftaucht, kommt Madame Meller, um ihn zu holen. Sie gibt ihm zu verstehen, dass er ihr gefällt, dass er nicht so einsiedlerisch leben sollte, dass er – wenn er ihr nur folgen würde! – sich mit seiner Musik nicht hier vergraben, sondern wenigstens für sie und ihre Freundinnen arbeiten sollte, ein Ballett, eine Oper schreiben sollte, dann werde sie sich dafür einsetzen, ihn bekannt zu machen, durch Vorstellungen, die sie auf ihre Kosten organisieren will, sie will auch alle Kosten für die Werbung übernehmen, usw.

Er weist sie brüsk zurück, und als sie nicht lockerlässt, sagt er schließlich: «Lassen Sie mich in Ruhe, ich liebe nur Gilda», usw.

Sie öffnet ihm die Augen, sehr sanft und ironisch, sagt ihm, dass seine Gilda Mellers Geliebte ist, beweist es.

Wie ein Wahnsinniger läuft Mario davon, irrt in der Stadt herum, verfolgt von der Stimme der alten Frau: «Sie werden schon noch zu mir kommen, mein Junge … mit mir werden Sie Ruhm und Geld haben, das über alles hinwegtröstet …»

Paris. Eine Gewitternacht mit starkem Wind, der die jungen Bäume wütend ihrer Blätter beraubt. Mario läuft ohne Hut durch die menschenleeren Straßen, an den Quais entlang. Notre-Dame, hinter ihm, die Bäume, die Lichter, all das ist verzerrt, entstellt, es scheint ihn zu verfolgen. Man hört den Wind, der durch die Bogen der großen Brücken weht, das Geräusch schwillt an, breitet sich aus, verwandelt sich in schwere und feierliche Musik, in der das anfängliche Thema anklingt, doch gesteigert, aufgenommen von dem gesamten unsichtbaren Orchester.

Nach und nach beruhigt sich alles; man sieht die Seine am frühen Morgen und Mario, zusammengesunken auf einer Bank. Das Wasser steigt und glänzt im Licht der Morgensonne. Man hört Mario bitter seufzen: «Wie dumm ich war, mein Gott …» Er sieht, wie die Sonne strahlend über Paris aufgeht, all die Dächter, die am anderen Ufer glitzern.

Er zuckt die Schultern und geht; sein Gesicht ist hart und höhnisch. Noch einen Moment lang sieht man die blitzenden Reflexe auf dem bewegten Fluss und hört das leise Geräusch des wirbelnden Wassers wie ein sanftes melodisches Lachen.

Dann bricht die Musik ab. Die Seine glänzt, stumm und still, und verblasst.

Der große Saal des «Ritz», voll besetzt bis auf den letzten Platz mit alten Frauen, die wie junge Mädchen gekleidet sind. Hingerissen betrachten sie Mario, der die Verse einer amerikanischen Dichterin (sie kann auch anderer Nationalität sein) mit albernem Geklimper begleitet. Die Dichterin sieht wie eine alte Indianerin aus, mit Federn und Schmuck behängt.

Man sieht Marios Leben, die bewundernden Frauen, die Schecks, die Aufträge, die Briefe, die Fototermine, usw. All das langweilt ihn, er ist verstimmt, gereizt. Er ist aufgestiegen, weil Madame Meller und ihre Freundinnen es so wollten. Sie organisieren eine Operngala, eine Art Ballett nach den Wünschen und Launen dieser Frauen. Überall in Paris sieht man Plakate mit Marios Bild. An den Wänden riesige Fotos und seinen Namen in leuchtenden Buchstaben.

Der Opernsaal ist bis auf den letzten Platz besetzt. Eine banale, einfache und vulgäre Musik ertönt.

Kurz hintereinander sieht man die Loge, in der sich Mario aufhält, hinter dem breiten Rücken der über und über mit Schmuck behängten Madame Meller, und einen schmalen Sitz in den oberen Rängen, wo Pierrette Platz gefunden hat. In einem Moment, als das Publikum begeistert applaudiert, erheben sich beide – Mario und Pierrette – gleichzeitig von ihren Sitzen, beide wirken abgespannt und verschwinden leise. Vor dem Ausgang treffen sie aufeinander, erkennen sich.

Sie sagt ihm offen, was sie von seiner Musik und von ihm selbst hält, und ihre Vorwürfe bewegen und reizen ihn.

«Ich musste den Durchbruch schaffen», sagt er. «Jetzt bin ich dort, wo ich hinkommen wollte.»

Sie lacht traurig: «Aber in welchem Zustand!»

Er bringt sie zu ihrer Wohnung. Er findet Geschmack an der Sache und bittet sie, sie hinaufbegleiten zu dürfen, um ihr das Präludium seiner Symphonie vorzuspielen. Sie willigt ein.

Man sieht eine bürgerliche Wohnung, eine französische Familie, schlicht, rechtschaffen; wir sind die neuen Armen, sagen sie selbst lachend.

Mario setzt sich ans Klavier und spielt.

Sie lauschen alle voller Bewunderung.

«Glauben Sie nicht», sagt er, «dass ich mein Talent verloren habe. Es genügt, dass ich in Paris umherwandere, und schon komme ich mit dem Kopf voller Melodien nach Hause … Für Sie, Pierrette, werde ich das Finale meiner Symphonie schreiben.»

Wieder Paris. Man sieht Marios Schatten auf der Straße, man hört das Geräusch seiner Schritte. Dann verblasst sein Bild, und nur die Stadt bleibt sichtbar. Langsam ziehen die schönsten Viertel von Paris vorbei, doch kein Ton löst sich aus den stummen Steinen.

Mario kehrt nach Hause zurück, lange bleibt er reglos vor dem geschlossenen Klavier sitzen. Schließlich holt er einen kleinen Koffer, legt seine Partituren hinein, hinterlässt Madame Meller einen Brief auf dem Tisch und verlässt mit dem Koffer die Wohnung.

Es folgt das Bild des Hotels, in dem er bei seiner Ankunft in Paris abgestiegen ist, und das Fenster seines alten Zimmers.

Er geht mit Pierrette eine Straße entlang. «Ich habe versagt, ich hab's verpfuscht», sagt er. «Es ist vorbei, und jetzt ... Aber Sie müssen mir helfen ...», usw. Ihre Worte werden vom Rauschen der schönen Bäume eines Parks übertönt. «Sie müssen Ihre Symphonie zu Ende schreiben», sagt sie.

Er verspricht es. «Erst jetzt habe ich Paris begriffen. Man muss es sich verdienen. Durch Arbeit, Leiden, Liebe ...»

Sie gehen noch einen Moment zusammen weiter, trennen sich dann. Sie verschwindet. Er nähert sich der Esplanade des Invalides, die sich vor ihm ausdehnt. Und nach und nach bilden sich wieder Töne, und Paris füllt sich mit freudigen Schauern und mit Liedern. Man sieht die großen Bronzestatuen auf den Säulen der Pont Alexandre III in der Sonne blitzen, und die Figuren scheinen auf den Trompeten zu spielen, die sie in Händen halten. Eine freudige und feierliche Hymne beendet die Symphonie.

DIE JUNGFERN

Sie hatten sich geliebt; ihr Zusammenleben war nicht glücklich gewesen. Sie waren beide leicht erregbar und eifersüchtig, der eine ebenso wenig in der Lage, sich mit etwas ab-
zufinden und Milde walten zu lassen, wie der andere. Als
Eheleute hatten sie gestritten wie frisch Verliebte; über ihr
Leben waren Stürme hinweggezogen, die mit leidenschaft-
lichen und zärtlichen Versöhnungen endeten. Mit zwanzig
hatten sie sich kennengelernt; jetzt waren sie fünfundvier-
zig. Sie war eine Schönheit gewesen, doch zu ihrem Leid-
wesen war Schminke nicht in der Lage, die Falten und den
bitteren Ausdruck ihres gequälten Gesichts zu überdecken;
seit der späten Geburt eines Kindes, das sie über alles liebte, obwohl sie es sich nicht gewünscht hatte, war ihr einst
bewundernswürdiger Körper schwer und unförmig geworden. Der Ehemann hatte sich sein jugendliches Aussehen
bewahrt. Sein Hang zum Abenteuer, seine ruhelose Natur
hatten es ihm unmöglich gemacht, ständig in Frankreich
zu bleiben. Er war in der ganzen Welt herumgekommen.
Soweit die Umstände es erlaubten, hatte ihn seine Frau begleitet. Das Glück war ihnen nicht hold gewesen. Sie hatten
schwere Zeiten zu überstehen gehabt. In den letzten Jahren
hatte er eine Stelle in Marokko, er war Architekt. Das Alter
kam, und mit ihm Weisheit und Glück, pflegte er lachend
zu sagen. Er war fast wohlhabend; die schlechten Stunden

hatten kaum eine Spur hinterlassen. Da war er mit einer Geliebten fortgegangen.

Jetzt kehrten die Frau und das Kind allein nach Frankreich zurück.

Die Frau hoffte, bei einer ihrer Schwestern Zuflucht zu finden, die in einem kleinen Dorf in Zentralfrankreich Lehrerin war. Es hatte irgendein Missverständnis gegeben, die Ankunft des Zuges betreffend, und so wartete niemand am Bahnhof, im Schnee, auf die beiden Reisenden. Es waren meine Mutter und ich.

Ich war sieben Jahre alt. Ich begriff nichts. Ich klammerte mich an den weiten Rock meiner Mutter. Ich fror. Ich sah transparente Flocken fallen, die von der farbigen Laterne eines Dienstmanns abwechselnd in ein zitterndes Grün und ein sanftes Blutrot getaucht wurden. Während meine Mutter mit dem Gepäck beschäftigt war, ließ man mich in einem kahlen, von einem Ofen stark erhitzten Raum stehen. Dann trat ich aus dem Bahnhof heraus, und ich erinnere mich, dass ich einen kleinen, finsteren Platz überquerte, der von schlafenden Häusern umgeben war. Ein Wagen fuhr uns einige Kilometer weiter, durch eine trostlose Landschaft. Die schneebedeckten Felder leuchteten diffus unter dem dunklen Himmel. Ich sah Frauen am Ufer eines zugefrorenen Gewässers, eine halb zerfallene Mauer, Tannen, die mir riesenhaft vorkamen; der Wind blies über ihre Äste, sodass sie ständig vibrierten und einen melodisch-klagenden Ton hervorbrachten wie Telegrafendrähte an kalten Wintertagen. Ich weinte ganz leise. Meine Mutter sah meine Tränen und bemühte sich, mir zuzulächeln. Sie streckte die Hand aus und strich mir zärtlich übers Haar; diese Hand war glühend heiß, und ich spürte an der Stirn ein unregelmäßiges, schnelles Pochen. Ich sagte überrascht: «Wie heiß du bist, Maman. Ich friere.»

Sie antwortete nicht.

Die Fahrt dauerte fast eine halbe Stunde; die Wege waren schlecht. Die Zeit erschien mir sehr lang, und meine Traurigkeit wurde von Minute zu Minute größer. Endlich hob Maman den Kopf und sagte, als der Wagen anhielt: «Wir sind da, Nicole.»

Eine Tür öffnete sich, Licht und Hitze strömten heraus, man sah die Reflexe eines rötlichen Feuers, hörte freundliche Stimmen, Gelächter und Schreie, und ein Duft stieg einem in die Nase, der mir heute noch gegenwärtig ist: der Duft einer ländlichen Suppe, eines Eintopfs, der sicher auf die alte Art vom Morgen an auf einem Holzfeuer geköchelt hatte; der Geruch dieses zischenden Holzfeuers; das ein wenig süße Aroma des Selleries über dem Ganzen; und all das war von einem außerordentlichen Wohlgefühl begleitet, das meinen kleinen, erstarrten Körper durchdrang. Ich war noch draußen in der Nacht, in der Kälte, ich hatte die Schwelle dieser herrlichen Küche noch nicht überschritten, und schon waren die Vergangenheit, mein Vater, die Sonne Marokkos, die Reise und meine Müdigkeit vergessen. Ich fühlte fast keinen Kummer mehr. Über meinem Kopf umarmten sich weinende Frauen. Ich beobachtete sie schüchtern, zu dritt umringten sie meine Mutter. Sie erschienen mir alt; die eine war klein und rundlich, mit schönen, vollen und ein wenig zitternden Wangen; die zweite lang und mager, mit grauem, sorgfältig frisiertem Haar; die dritte – meine Tante Alberte – hatte eine große runde Brille, die auf einer kleinen Stupsnase saß. Meine Mutter liebte diese Schwester sehr. Sie sprach von ihr immer wie von einem jungen Mädchen: Sie hatte sie seit zwanzig Jahren nicht mehr gesehen. Als ich hörte, wie sie genannt wurde – «Alberte, meine kleine Alberte, meine liebe kleine Schwester» –, wunderte ich mich, da sie für mich eine so alte Dame war. Ich erfuhr dann, dass die anderen zwei Frauen eine entfernte Verwandte und eine Kindheitsfreundin meiner Mutter waren. Die Dicke hieß Blanche, die Magere Marcelle; ihre Familiennamen habe ich vergessen. Die erste arbeitete im Postamt des Dorfes; die andere, Lehrerin wie meine Tante, war bei dieser während der Weihnachtsferien zu Gast. Es war der 23. Dezember. Im Wohnzimmer hatte man einen mit Girlanden, Süßigkeiten und Spielzeug geschmückten Tannenbaum für mich aufgestellt. Ich sollte ihn bewundern, doch ich sah nichts; ich schlief im Stehen. In der Küche hatte man den Tisch gedeckt, alles war voller Licht, Wärme und Glanz. Ich aß ein paar Löffel heißer Suppe, dann fiel ich in tiefen Schlaf. Als ich erwachte, lag ich auf einem kleinen Bettsofa im Zimmer meiner Tante. Die Tür zum Esszimmer stand offen, und ich sah die vier Frauen um das Feuer sitzen. Es musste sehr spät sein; sie hatten zunächst mit leisen Stimmen gesprochen, sicher, um mich nicht aufzuwecken, dann hatten sie meine Gegenwart vergessen, und ich hörte jedes Wort. Meine Mutter erzählte, wie mein Vater mit einer Geliebten davongelaufen war. Ihre Worte wurden von Tränenausbrüchen, Seufzern, Verwünschungen unterbrochen.

«Sei still, Camille, sei still, du tust dir weh», sagte meine Tante voller Mitleid.

«Nein, lass mich, im Gegenteil, das erleichtert mich», erwiderte meine Mutter. «Das alles hat mich erstickt …»

Ich sah sie ihre Hände an den Hals legen, als ob sie wirklich Atemnot verspürte. Ihre Tränen flossen.

«Er hat mich zu unglücklich gemacht», sagte sie. «Ihr wisst nicht, ihr könnt euch nicht vorstellen ... Ich habe ihn zu sehr geliebt. Einen Mann so zu lieben, selbst wenn er der eigene Ehemann ist, ist eine Sünde, glaube ich. Wenigstens fühlte ich mich schuldig. Es war zu viel. Ich war von ihm hypnotisiert. Wenn ihr wüsstet, welches Leben er mir zugemutet hat! Ich bin ihm in Käffer gefolgt, in die keine Frau eines Europäers freiwillig einen Fuß gesetzt hätte. Das war in der Zeit, als er für einen kleinen afrikanischen Potentaten einen Palast baute. Und dort war es nicht einmal am schlimmsten. Es gab nur die Eingeborenen, auf die ich eifersüchtig sein konnte. Aber in Casablanca ... Ihr wisst nicht, was es bedeutet, in Angst und Schrecken zu leben. Aufzuwachen und zu denken: ‹Er ist nicht mehr da. Er ist weg und wird nie wiederkommen.› Auf ihn zu warten. Noch länger auf ihn zu warten. Ihn zu sehen, mit dieser heftigen, fast verzweifelten Freude: ‹Endlich ist er da. Heute wird es noch nicht passieren.› Er war nicht untreu wie andere Männer, die den Frauen hinterherlaufen, sich aber am Ende, wie Hunde, immer wieder an die Leine nehmen lassen. Ich wusste, dass er eines Tages endgültig gehen würde. Er hat es nie verheimlicht. ‹Meine Liebe, du hast mich fünfundzwanzig Jahre lang gehabt›, sagte er. ‹Das ist eine Heldentat. Aber eines Tages werde ich entkommen.› Böse, nein, er war nicht böse, er war schrecklich, widerspenstig, hatte das Temperament eines echten Abenteurers. Manchmal betrachtete er mich fast verblüfft, als ob er mich wirklich nicht wiedererkennen würde, als ob er denken würde: ‹Was hat sie hier nur zu suchen, diese Frau?› Das Kind? Aber Männer wie er haben kein Vaterherz. Ich kann ihm auch nicht die Schuld daran geben. Ich allein, ich trage die Schuld. Ich hätte ihn nie heiraten dürfen. Wir waren beide zwanzig, aber er kannte sich schon. Er wusste, welchem Blut er entsprang. Sein Vater war auch eines Tages gegangen und hatte seine Familie alleingelassen; er war verschwunden; man hat nie erfahren, was aus ihm geworden ist. ‹Geld bedeutet mir nichts; ich mag weder Glücksspiel noch Wein noch Frauen›, sagte mein Mann. ‹Ich habe nur eine Leidenschaft: die Veränderung. Das alte Leben verlassen wie eine Schlange, die ihre Haut abwirft. Ich sage dir, du wirst leiden wegen mir.› Aber ich wollte es nicht glauben. Mein Gott, mein Gott, warum habe ich es nicht gemacht wie du, Alberte? Warum bin ich nicht allein geblieben, warum habe ich kein ruhiges Leben ohne Mann geführt wie ihr? Ich sehe euch an, und ich beneide euch. Alberte, weißt du überhaupt, wie glücklich du bist? Die Liebe, die Liebe, was für ein Graus, was für eine Lüge!», schrie meine arme Mutter.

«Aber», sagte die dicke Blanche sanft, «nicht alle Ehen sind …»

«Das Leben ist es, das Leben ist schrecklich. Ihr lebt abseits des Lebens, ihr habt recht. Das Leben kann nur schaden, verletzen und beschmutzen. Es sind die Männer, die sagen, dass es für eine Frau kein Leben außerhalb der Liebe gibt. Aber ihr lebt allein, und seid ihr nicht glücklich? Schaut mich an. Ich bin jetzt allein, wie ihr, aber ich habe mir die Einsamkeit nicht ausgesucht, dies ist die schlimmste Art von Einsamkeit, die gedemütigte, bittere Einsamkeit der verlassenen, verratenen Frau. Ich habe keinen Beruf, nichts, um mein Herz zu beschäftigen und meinen Geist zu zerstreuen. Das Mädchen? Sie ist die lebendig gewordene, reuevolle Erinnerung, die mich verfolgt. Nur ihr seid glücklich.»

Eine Weile herrschte Schweigen. Meine Tante Alberte stand auf, um nach dem Feuer zu sehen. Sie blies lange auf das Holz, das nicht brennen wollte, und beklagte sich: «Sie haben mir feuchtes Holz geliefert. Hörst du es weinen?»

Tatsächlich war ein Zischen, ein Pfeifen, ein klagendes Maunzen zu hören, das vom Kamin kam. Ich lauschte fasziniert und stellte mir dieses weinende Holz vor, diese Scheite aus Birken-, Kirsch- oder Eichenholz, deren Tränen in großen silbernen Tropfen herabfielen.

«Meine arme Camille», sagte meine Tante endlich, «ich gebe zu, dass ich dich nie um dein Schicksal beneidet habe. Es stimmt, ich bin vollkommen glücklich. Ich habe einen Beruf, der mich interessiert, und genug Geld. Ich liebe Kinder, ich liebe es zu unterrichten. Es gefällt mir, auf dem Land zu leben, besonders hier, wo das Land noch echt ist und ein bisschen wild, kein kleines Provinznest, in dem sich die Leute über alles das Maul zerreißen. Die Natur ist sehr schön. Und du siehst, ich habe mein Haus.»

Die anderen stimmten ihr zu.

«Ja, Camille, sicherlich ist dein Beispiel kein Ansporn zur Liebe. Sagen wir nicht: zur Ehe, sondern zur Liebe. Ich», sagte Marcelle, «ich hätte so ein Leben nicht ausgehalten. Was du alles erduldet hast … Am Anfang warst du natürlich glücklich …»

«Ich bin nie glücklich gewesen», sagte meine Mutter lebhaft. «Wir waren fünf Monate verheiratet, als ich erfuhr, dass er mich betrog. Es war die Zeit meiner beginnenden Schwangerschaft.[3] Ihr wisst das nicht, aber eine Frau fühlt sich in diesen Wochen so schwach, so unruhig. Sie hat so sehr das Bedürfnis nach einem Menschen, der ständig bei ihr ist, sie beruhigt. Ihr könnt das nicht verstehen. Ich wusste, dass er mich betrog und dass man nichts dagegen machen konnte: Ich hatte nur die Wahl, die Augen davor zu verschließen oder ihn zu verlassen. Ich liebte ihn, ich habe alles akzeptiert. O nein, nein, ich kann nicht einmal sagen, dass ich glücklich gewesen bin.»

Die alten Mädchen murmelten sanfte, tröstliche Worte. Meine Tante sagte voller Wärme: «Komm hierher, setz dich ans Feuer, meine arme Camille. Weißt du, wir werden dich verwöhnen, wir sorgen dafür, dass du die schlechten Tage vergisst. Ist es nicht schön, dass wir hier wieder alle zusammen sind, wie früher? Wie sonderbar das Leben ist! Denkt ihr manchmal daran, dass jeder von uns irgendwann etwas zugestoßen ist, was ihr Schicksal in eine bestimmte Richtung lenkte? Du hast mir oft erzählt, Camille, wie du deinen traurigen Mann kennengelernt hast.»

«Ja», sagte meine Mutter, «er war auf dem Weg irgendwohin in unserer kleinen Stadt abgestiegen. Er wollte die Kirche besichtigen, und mich hatte Maman beauftragt, rosa Nähseide zu kaufen. Bevor ich losging, betrachtete ich mich im Spiegel. Ich fand, dass mein Hut mir nicht stand. Da bin ich noch einmal in mein Zimmer gegangen und habe meinen neuen Hut aufgesetzt, und als ich auf die Schwelle trat, bin ich Henri begegnet, wir haben uns angesehen und uns ineinander verliebt ... Fünf Minuten später wäre er in die eine Richtung und ich in die andere gegangen, unsere Wege hätten sich nicht gekreuzt, und ich würde ganz friedlich leben, wie ihr, bis ins hohe Alter.»

«Ich weiß auch noch genau», sagte die dicke Blanche lachend, «wie ein bestimmter Moment mein Leben veränderte. Ich habe euch das noch nie erzählt; es war zu demütigend: Ich war zwanzig, und ich liebte ... Ach! Ich sage euch nicht, wen ich liebte. Jetzt ist es zu spät. Er ist tot. Er hat fünf Kinder hinterlassen, und seine Witwe ist bettelarm. Eine große Rothaarige mit flachem Busen. Ich sehe sie manchmal, wenn ich meine Eltern besuche. Also eines Tages wusste ich, dass er mir sagen würde … mir einen Antrag machen würde … Schließlich» – sie lachte ein wenig, wie ein junges Mädchen – «irrt sich eine Frau nicht in diesen Dingen. Ich wusste, dass er mich fragen würde, ob ich ihn heirate. Wir waren allein, wir waren schüchtern. Er kam näher, und in diesem Moment spürte ich, dass der Träger meines Unterhemds reißt. Ich hatte eine leichte Bluse an, mit Spitzen vorn, wie es damals Mode war, und wenn mein Unterhemd heruntergefallen wäre, hätte man meine Brust gesehen. Zuerst einmal waren wir nicht so schamlos wie die Mädchen von heute. Einem Mann den Busen zeigen, wie fürchterlich! Aber, ich glaube, ganz ehrlich, wenn ich einen schönen Busen gehabt hätte … Leider bin ich immer ein bisschen zu dick gewesen. Ich stieß also einen Schrei aus, wurde tiefrot und sagte weinend: ‹Kommen Sie mir nicht nah, Eugène, kommen Sie mir nicht nah!› Er war untröstlich, der arme Junge. ‹Aber warum denn, Blanchette? Was ist los? Mache ich Ihnen Angst?› Ich konnte nur wiederholen, indem ich hartnäckig die Arme über der Brust kreuzte: ‹Gehen Sie. Ich sage Ihnen, gehen Sie!› Er glaubte, dass ich ihn hasste. Er hat mich verlassen. Am nächsten Tag hat er mich ganz kalt gegrüßt, und nie wieder, nie wieder …»

Sie seufzte. «Wisst ihr, wenn mein Hemd aus einem festeren Stoff gewesen wäre, wäre ich jetzt Witwe, hätte fünf Kinder und kein Geld, wie diese arme Rothaarige.»

«Wenn Kleopatras Nase kürzer gewesen wäre», sagte meine Tante unwillkürlich.

Marcelle meldete sich zu Wort. «Ich bin nicht eurer Meinung. Das ist keine Frage des Zufalls, sondern des Instinkts. Wenn man eine meiner Kolleginnen, eine alte Jungfer wie ich, fragt, warum sie nie geheiratet hat, gibt sie zur Antwort: ‹Es ist eben so gekommen.› Aber das stimmt nicht ganz. Man hat die Neigung zur Ehe, oder man hat sie nicht. Ehe, Liebe, einfach Leben. Man will mit aller Kraft leben, oder man wünscht sich Frieden. Ich habe mir immer Frieden gewünscht. Eine Zeitlang habe ich mir vorgestellt, dass ich lieber Nonne wäre, dann habe ich begriffen, dass es nicht Gott ist, den ich brauche, sondern dass ich allein sein will und meine Ruhe brauche, mit meinem kleinen Alltag, meinen liebgewordenen Gewohnheiten. Ein Mann! Großer Gott! Was würde ich mit einem Mann anfangen!»

«Ein Mann!», echote meine Mutter.

Und nach kurzem Schweigen fügte sie hinzu: «Du hast recht, Marcelle. Es ist keine Frage des Zufalls, sondern des Instinkts und sogar des Wunsches. Schließlich erhält man hienieden immer, was man heftig begehrt hat, und das ist unsere größte Strafe», schloss sie.

Verwirrt dachte ich, dass ihr Ton, ihre Art zu reden, dass alles sich im Lauf einer Stunde verändert hatte. Und wirklich war sie von dieser Nacht an nie mehr dieselbe; sie begann, ein Landleben zu führen, sie wurde eine etwas kräftige Dame, beschäftigte sich mit Küche, Gemüse- und Blumengarten, kümmerte sich um die Hühner und die Kranken, während meine Tante in der Schule war. Ihr Leben wurde so friedlich, dass sie einige Jahre später meinem Vater, der zu ihr zurückkehren wollte, zur Antwort gab: «Das ist, als wenn du von einem Geistesgestörten, nach-

dem er geheilt worden ist, verlangen würdest, die Zwangs-
jacke wieder anzuziehen, mein armer Freund ...»

Mein Vater starb ein paar Monate danach, ganz plötzlich, mitten in der Provinz und allein.

Die Nacht, von der ich spreche, ist mir in Erinnerung geblieben. Ich lauschte diesen Frauen. Ich sah das Feuer. Ich
begriff halb. Ich wollte schlafen, doch die Worte hielten
mich wach. Die magere Marcelle strickte; ich hörte das feine Klappern der Stahlnadeln und den Klang ihrer Worte.

«Ich war die Älteste in einer Familie von zehn Kindern,
das wisst ihr wahrscheinlich. Zehn Kinder in einer armen
Familie, in einer engen Wohnung, da könnt ihr euch vorstellen, dass ich viele Dinge ahnte. Ich habe nie von der Liebe geträumt, und auch nicht von Ehe und Mutterschaft. Ich
kannte die andere Seite von alldem, die eingebildete Miene
des Vaters, der ins Café geht und meine Mutter im Haus
zurücklässt, soll sie doch mit den Kindern zurechtkommen.
Zurechtkommen, ja, oder fast daran sterben, wie es der Fall
war, die arme Frau. Bei der Geburt des elften Kindes ist sie
gestorben, es war mein Bruder Louis. Und komme mir nur
niemand damit, was es für ein Glück sei, Kinder zu krie-
gen, sich um Babys zu kümmern und sie zu verhätscheln.
Ich weiß, wie es ist, ich hatte genug davon, ich war die Älteste, versteht ihr. Ich musste bei der Wäsche helfen, beim
Essenkochen, beim Füttern. Mich haben sie aufgeweckt mit
ihrem Geschrei, und ich sah meine arme Mutter, erschöpft,
verwelkt – mit dreißig sah sie aus wie eine alte Frau, hatte keinen Moment Ruhe, um sich zu erholen, arbeitete im
Haus, arbeitete im Garten, und immer hing ein Kind an ihrer Hand oder am Rockzipfel, und ein anderes hielt sie auf
dem Arm. O nein, ich habe mir nie einen Mann oder Babys

gewünscht. Gott sei Dank, ich habe meine Ruhe, ich verdiene mir den Lebensunterhalt, ich habe meinen Garten, mein kleines Haus, Blumen, Tiere. Für dieses Leben bin ich geschaffen und für kein anderes. Und du auch, Blanche. Wenn du wirklich für die Liebe geboren worden wärst, hättest du diesen jungen Mann nicht zurückgestoßen: Du hättest deine Scham vergessen und deine Angst, in seinen Augen nicht schön genug zu sein. Wenn du für die Liebe geboren worden wärst, hättest du gespürt, dass deine Liebe dich schön macht.»

Ich war nur ein Kind, ich war sieben, doch es bestürzte mich, auf welche Weise diese alten Jungfern die Worte «Liebe», «Ehe», «Mutterschaft», «Kind» aussprachen. Was für Stimmen, bitter und sanft!

«Aber du, Alberte», sagte meine Mutter, indem sie ihre Wange in die Hand legte und nachdenklich ins Feuer sah, «du schienst doch immer für die Liebe geschaffen zu sein. Zuerst einmal warst du hübsch ...»

«Oh, nein», widersprach meine Tante.

«Doch. Du warst die Hübscheste von uns allen. Heute noch hast du ein so schönes, feines Gesicht. Wenn du diese scheußliche Brille nicht aufhättest ...»

«Meine armen Augen», seufzte meine Tante.

«Ach, liebe Alberte, wie gern hast du mit siebzehn gelacht, dich amüsiert, Gefallen erregt! Und plötzlich hast du dich verändert. Warum?»

«Verändert?», fragte meine Tante. «Was willst du damit sagen?»

«Na ja, du hast auf einmal Nein gesagt, wenn es Gelegenheiten gab auszugehen, zu feiern oder Ausflüge zu machen. Du bist den jungen Leuten aus dem Weg gegangen.

Warum? Einen Moment lang habe ich geglaubt, du würdest religiös werden. Dann dachte ich, du hast vielleicht jemanden geliebt, der dich nicht haben wollte.»

«Ich habe nie jemanden geliebt», sagte meine Tante Alberte, «und weißt du warum? Ich sah dich, Camille, und ich begriff, wie unglücklich du warst. Ja, du hast geglaubt, du könntest dein Leben vor deiner Familie verbergen, und sicher ahnten Papa und Maman nichts. Aber ich schon. Du weißt, dass ich dich immer zärtlich liebte. Du warst meine Lieblingsschwester. Durch deine romantische Hochzeit, durch deine hartnäckige Entschlossenheit, Henri zu heiraten, obwohl unsere Eltern dagegen waren, stieg dein Ansehen bei mir nur noch mehr. Du warst für mich ein lebendiges Beispiel. Wenn du glücklich gewesen wärst, hätte ich es gemacht wie du. Aber eines Tages erlebte ich eine Szene mit. Ach! Das war schrecklich.»

«Eine Szene ...», sagte meine Mutter leise und zuckte die Achseln, wie um auszudrücken, dass es so viele Szenen gegeben hatte und dass sie nichts bedeuteten.

Meine Tante hatte sich in ihrem Sessel aufgerichtet. Mit einer lebhaften Bewegung nahm sie die Brille ab, und ich bemerkte, dass sie wirklich noch hübsch war. Diese kleine, kecke und feine Nase, die Kurve ihrer schönen Lider, die festen, runden Wangen passten nicht zu ihren altmodischen Kleidern, der altjüngferlichen Frisur, der steifen Haltung, die ihr als Lehrerin zweifellos zur Gewohnheit geworden war: Sie hatte einen geraden Rücken, überragte ihre Schüler und war stets der Mittelpunkt aller Blicke.

«Ach, aber diese Szene damals, Camille – ich bin sicher, dass du sie nicht vergessen hast. Jedenfalls hat sie eine außerordentliche Wirkung auf mich gehabt. Es war ...» Sie unterbrach sich. «Aber du trinkst ja deinen Glühwein nicht», rief sie vorwurfsvoll.

Sie hob ihr Glas, das mit einer stark nach Alkohol und Zimt duftenden Flüssigkeit gefüllt war. Meine Mutter trank in kleinen Schlucken. Meine Tante fuhr fort: «Du warst seit einem Jahr verheiratet, glaube ich; ich war in Paris bei euch zu Besuch. Vor mir hattet ihr noch nie gestritten, und ich konnte mir nicht vorstellen, dass es eine andere Art von Intimität zwischen Ehegatten gab als die meiner Eltern: etwas unaussprechlich Herrliches und Friedvolles, was in meinen Augen das Wesen der Liebe selbst war. Ich war damals siebzehn, und ich sagte gern: ‹Niemals werde ich eine Vernunftehe eingehen, ich werde nur aus Liebe heiraten, wie meine Schwester Camille.› Und dann, eines Abends …»

Es schauderte sie noch immer bei der Erinnerung. Sie zog die Schultern hoch und hielt die Hände wie fröstelnd ans Feuer. «Eines Abends wart ihr im Konzert, und da ich erkältet war, hatte ich nicht mitkommen wollen. Ich wurde von lauten, gereizten Stimmen geweckt. Mein Zimmer grenzte an eures. Aus deinem Mund, Camille, hörte ich Worte … Ach! Mir wird immer noch kalt, wenn ich daran denke. Ganz dumpf und monoton, wie eine Klage, hast du immer wieder gesagt: ‹Ich würde am liebsten tot sein, Henri, ich würde am liebsten tot sein.› Ich habe nie erfahren, was genau passiert ist, aber es ging um eine andere Frau, und er … er versuchte nicht, sich zu entschuldigen oder dich zu trösten. Er lachte, dieser Rohling!, lachte so grausam, so unverschämt, so unbarmherzig, dass ich ihm, wenn ich ein Mann gewesen wäre, ins Gesicht geschlagen hätte. Böser Mann! Herzlos! Dann habt ihr sehr laut gesprochen, habt euch Beleidigungen an den Kopf geworfen, die ich mit pochendem Herzen und erschüttert vor Angst und Mitleid mitanhörte. Meine arme Camille ... meine geliebte Schwester ... In dieser Nacht hat er dich geschlagen. Ich habe deine Schreie gehört. Ich hielt mir die Ohren zu. Ich vergrub mein Gesicht im Kopfkissen, versteckte mich unter der Bettdecke, um dieses Lamentieren und Schreien nicht mehr zu hören, aber es war alles vergebens. ‹O Gott›, dachte ich, ‹endet so die Liebe? Küsse und Liebkosungen am Anfang und dann Schläge?› Und wenn es so weit kommt, kann eine Frau jede Selbstachtung verlieren! Verzeih mir, Camille, ich weiß, dass du ihn noch liebtest und dass du andererseits lieber gestorben wärst, wie du oft sagtest, als deiner Familie die Wahrheit einzugestehen, aber trotzdem, trotzdem – so eine Erniedrigung, für dich, die einmal so stolz war! Ich wartete voller Schrecken auf den nächsten Tag. Ich war bereit, dir zu sagen: ‹Verlass ihn. Komm mit mir nach Hause. Ich werde dich verwöhnen, ich werde für dich arbeiten ...› Also das, was ich dir heute sage», schloss meine Tante mit ganz sanfter Stimme: «Arme Camille! Du hast viel gelitten, aber du hast mir in jener Nacht einen großen Gefallen getan. Ich habe dich am nächsten Tag verlassen; ich fuhr nach Hause. Ich wagte nicht, dir etwas zu sagen, und außerdem hast du solche Vertraulichkeiten nicht zugelassen. ‹Ich bin glücklich, liebe Schwester›, hast du damals gesagt. Die Zeit ist vergangen, aber der schreckliche Eindruck jener Nacht ist so lebendig geblieben, dass ich, wenn Männer mir zärtliche Worte sagten, wieder dein Heulen hörte, deine Schreie, sein Gelächter. Ich bekam Angst vor den zärtlichen Worten. Deshalb habe ich nie geheiratet. Und ich wollte auch keine Ehe, die die Eltern für mich arrangierten. Du hast diese Nacht vergessen ...»

Sie schwiegen, so lange, dass ich wieder schläfrig wurde. Ich schloss halb die Augen; dann weckte mich ein Seufzen; ich sah unwillkürlich zu meiner Mutter. Sie hatte den Glühwein getrunken: Ihre Wangen hatten ein wenig Farbe bekommen. Sie schien entspannt zu sein, auf geheimnisvolle Weise beruhigt und gelassen. Sie seufzte noch zwei, drei Mal: «Ich habe sie nicht vergessen, Alberte. In dieser Nacht, wenn du wüsstest ... Aber das kannst du nicht verstehen. Man muss eine Frau sein, zur Frau gemacht worden sein, verstehst du», sagte sie leise, wie für sich und verschämt, «und einen jungen Liebhaber gehabt haben, um es zu verstehen. Na gut, ja, er hat mich beschimpft, geschlagen. Er hat sich über mich lustig gemacht. Aber danach, oh! Alberte, unschuldige, naive Alberte, wenn du in unser Zimmer gekommen wärst, hättest du gesehen, dass wir wunderbare Küsse tauschten, Küsse, die einen anderen Geschmack hatten als die faden Küsse von Papa und Maman, von denen du vorhin sprachst. Alberte, ich habe dir gesagt, dass ich nie glücklich gewesen bin, und es stimmt, es stimmt tausendmal, aber ... Das ist nicht das Glück. Das ist etwas, was nur die Liebe dem Leben schenken kann, ein fruchtiger, flüchtiger, saftiger Geschmack, fast ein wenig bitter, der Geschmack junger Lippen ...»

«Der Geschmack von Asche, zum Schluss», sagte Marcelle ernst.

«Ja, aber ... ihr begreift es nicht. Die Liebe entsteht aus dem Schmerz, nährt sich von Tränen. Jene Nacht, Alberte, ist vielleicht die schönste meines Lebens gewesen. Ich sagte nicht die glücklichste, sondern die schönste, die erfüllteste. Ich hatte geweint, und er trank meine Tränen. Ich höre immer noch den saugenden Atem, das leise Keuchen aus seinem Mund. Du sagst: ‹Du hast alles akzeptiert, weil du ihn noch geliebt hast›, und wenn du sie sprichst, klingen die Worte ‹du hast ihn geliebt› schal und kalt. Aber für mich … Ach! Ich weiß nicht, ob ich ihn liebte oder nicht. Es ist kaum eine Frage der Liebe. Ich brauchte eine bestimmte Stimmfärbung, das Geräusch seiner Schritte, das Gefühl seiner Hand auf meinem Nacken, brauchte seine Schläge und seine Küsse. Brauchte das alles wie Brot, Wasser und Salz.»

Es war seltsam. Die Worte meiner Mutter waren farblos und ungeschickt, ihr Ton war gleichmütig und monoton, ohne Leidenschaft. Ja, wirklich, von ihrer Leidenschaft war nichts mehr zu spüren, hätte man sagen können. Doch sie besaß den unvergleichlichen Nimbus der Erfahrung. Sie sprach zu diesen alten Jungfern wie ein Musiker, ein Künstler, ein genialer Schöpfer zu kleinen Pensionatsschülerinnen, die die Mondscheinsonate spielen und immer wieder stocken, sich verspielen und sich schämen. Hin und wieder, wenn sie den Namen meines Vaters aussprach, verzog sich ihr Mund auf seltsame Weise, in einer Bewegung wie zwischen Beißen und Küssen.

Ich weiß, dass sie damals zum ersten Mal im Leben von ihrer Liebe *sprach*. Sie hegte eine Abneigung gegen alle Frauen, in denen sie starke Rivalinnen sah; sie hatte keine Freundinnen. Aber bei diesen drei alten Gefährtinnen war sie sicher: Sie würden ihr den geliebten Mann nicht nehmen. Sie vertraute sich ihnen an; sie begann zögernd zu sprechen, dann ließ sie sich vom Strom der Erinnerungen mitreißen. Und zweifellos verließ sie die Liebe, je mehr sie sprach; sie floh aus ihrem Herzen wie der Duft aus einem geöffneten Parfümflakon. Ich sagte Ihnen schon, dass sie in ihrer ersten Nacht in Frankreich meinen Vater zu vergessen begann.

Sie sagte noch, mit tiefem Mitgefühl: «Natürlich könnt ihr das nicht verstehen. Du, Marcelle, du hast nicht geheiratet, weil du das Beispiel deiner Mutter vor Augen hattest, das dich schreckte: eine große Familie ... kein Geld ... Sicher, das macht Angst. Ich habe deine Mutter gekannt. Ich erinnere mich an diese unglückliche Frau, die immer schwanger war, erschöpft von den Kindern. Aber wenn du wüsstest ... Schau, als meine Tochter geboren wurde, habe ich sie gestillt, ich hatte Risse in den Brustwarzen. Es tut so weh, dass du es dir kaum vorstellen kannst; es ist, als wenn einem ein Messer in die Brust gestochen und das Innere auseinandergeschnitten wird wie ein Stück Obst. Und doch, wenn die Milch, mit Blut gemischt, in den Mund eines Säuglings fließt, den man geboren hat ... ach! Meine arme Marcelle ... Das ist das Leben, weißt du? Ganz einfach, das Leben.»

Meine Mutter schwieg. Ich hörte das Klirren des leeren Glases, das sie auf den Tisch stellte. Ihr Haar hatte sich gelöst: dichtes Haar, lang, glatt und schwarz, mit grauen Strähnen. Sie hatte ein schönes Gesicht, das ich noch vor mir sehe, zerfurcht, leidend, abgezehrt, wie der gepflügte Boden im Herbst. Die Frauen um sie herum schwiegen.

Blanche, die Sanfteste, seufzte: «Ganz sicher ...»

Sie sprach nicht weiter. Marcelle sagte stolz, mit strengem Mund: «Solche Freuden sind nichts für mich, das versichere ich dir.»

«Aber vorhin hast du gesagt ...», rief Tante Alberte, «du hast gesagt ...»

«Dass ich unglücklich war», fiel meine Mutter ein. «Das

stimmt. Ich beneide euch. Ich beneide euch um euer friedliches Leben, aber … Ich bin reich gewesen, versteht ihr, ich war erfüllt, und ihr, ihr habt nie etwas gehabt.»

Da ließ Alberte, meine Tante Alberte, ihr Strickzeug sinken, bedeckte ihre Lider mit den Händen und brach unvermittelt in Tränen aus.

Meine Mutter, erstaunt, betrübt, hatte sich schwerfällig erhoben und ging zu ihr. Meine Tante stieß sie zurück.

«Was ist denn los, liebe Alberte? Ich weiß, ich verstehe, du hast Mitleid mit mir, du weinst …»

«Mitleid mit dir?», erwiderte Alberte. «O nein! Nicht mit dir, Camille.»

Sie schloss mit schmerzlicher Erbitterung: «Du hättest uns das alles nie erzählen dürfen, meine arme Schwester.»

DIE ANGST

Die Nacht war so schön, so transparent, dass die Bewohner des Dorfes nicht schlafen konnten. Vom nahen Wald zog der Duft von Erdbeeren herüber. Im Herzen waren die Menschen traurig: Es war Krieg. Das Dorf bangte um seine abwesenden Söhne. Schlechte Nachrichten trafen ein. Die Männer murmelten: «Das wird noch länger gehen ...»

«Es wird also morgen keine Hochzeit geben», sagte Léonce Péraudin.

Und sein Nachbar und Freund Joseph Voillot schüttelte traurig den Kopf, ohne zu antworten.

Die Felder, die sie bewirtschafteten, lagen nahe beieinander. Sie kannten sich seit der Schulzeit. 1914 hatten sie in der gleichen Einheit gekämpft. Voillot, kräftig, schweigsam, mit schwarzem Bart und großen, knotigen Armen, hatte den verletzten Péraudin im Granathagel bei Poperinge auf dem Rücken getragen. Beide waren verheiratet, doch diese Tatsache hatte ihrer Freundschaft keinen Abbruch getan. Péraudins Sohn war Soldat. Wenn er zurückkehrte, würde er Josephs älteste Tochter heiraten, eine Blonde mit harter Brust und breiten Schultern.

Eine Frau kam vorbei und rief (die Frauen auf dem Land haben eine scharfe, durchdringende Stimme, die mühelos die seltenen Äußerungen der Männer übertönt): «Hier in der Nähe sind Fallschirme gesehen worden! Sie haben vier von denen zu fassen gekriegt, aber der fünfte ist abgehauen. Gestern Abend hab' ich Schüsse gehört.»

Sie schwiegen und hörten ihr zu. Die Nacht, die bis jetzt so friedlich gewesen war, schien plötzlich auf seltsame, undefinierbare Weise bedrohlich. Doch man hörte nur den Gesang der Nachtigall und das entfernte Weinen eines Kindes.

«Na gut, es nützt ja nichts, gehen wir nach Hause», sagte Voillot.

Péraudin und Voillot machten sich auf den Heimweg. Sie kamen an einen Fluss, als der Mond sich verschleierte. Feuchter Nebel stieg aus den Wiesen auf. Auf dem Wasser schwebte zarter, leichter Dunst.

Während sie weitergingen, ergriff eine zunehmende Unruhe von ihnen Besitz. Immer wieder drehte Péraudin sich um und machte seinem Freund ein Zeichen, dass er stehen bleiben solle. Doch einmal war es nur ein schlafendes Pferd auf der Wiese, dessen Umriss seltsam entstellt aus dem Nebel auftauchte, ein andermal das schwankende Röhricht am Ufer. Sie sahen und hörten nichts anderes und waren doch bedrückt, nachdenklich, voller Sorge. Sie schwiegen. Sie schämten sich, ihre Angst einzugestehen. Vor ihren nebeneinanderliegenden Häusern trennten sie sich.

In seiner Diele nahm Péraudin das Gewehr vom Haken, weil er vorhatte, heute Nacht wach zu bleiben. Wenn er einen Feind sähe, würde er nicht die Polizei rufen. Er würde sich selbst verteidigen. Er ging zu der hellen, von Dunstschwaden verhüllten Wiese hinunter. Der Nebel zitterte im Mondschein. Péraudin setzte sich an die Hecke, die sein Land von Voillots Grundstück abtrennte. Er wartete. Die Stunden verrannen. Das Ende der kurzen Mainacht war schon abzusehen. Einen Moment lang übermannte ihn der Schlaf, dann überlief ihn ein Schauder, und er erwachte. Deutlich hatte er das Geräusch von Schritten gehört, von der anderen Seite der Hecke her. Jemand kam vom Fluss auf das Haus seines Freundes zu, jemand, der seine Schritte vorsichtig setzte und den Atem anhielt. Péraudin schob die Zweige zur Seite und blickte sich um. Der Nebel war so dicht, dass er zuerst überhaupt nichts sah; nur eine dunkle Gestalt tauchte auf, bückte sich und verkroch sich hinter dem Röhricht. Er hörte das Geräusch einer Waffe, die geladen wird. Er legte an und feuerte. In der Morgendämmerung ein Stöhnen, ein schreckliches Wehgeschrei, eine Stimme, die er zu erkennen meinte, die sein Herz erstarren ließ. Er stürzte vor, rannte zum Röhricht. Er fand seinen sterbenden Freund am Boden, von einem Schuss in den Bauch getroffen. Sein Gewehr war neben ihn ins Gras gefallen. Sie hatten beide nach dem feindlichen Piloten spähen wollen, der mit dem Fallschirm abgesprungen war. Er hob Voillots Kopf an, rief mit heiserer Stimme: «Du stirbst doch nicht? Sag was, antworte mir! Ich bin's, ich bin hier! Ich bin dieser Blödmann, dieser Trottel, der geschossen hat! Antworte mir, Léonce, alter Freund, sieh mich an!»

Doch der andere hielt sich mit einer schmerzlichen und flehentlichen Grimasse den Bauch und starb ohne ein Wort.

Am Morgen fand man die beiden Leichen, die von Voillot ausgestreckt im Gras, die von Péraudin am Ast einer Ulme hängend.

DER FREUND UND DIE FRAU

Vor zehn Jahren kam ein Flugzeug, das sich auf dem Weg von Frankreich nach China befand, ins Trudeln und fing über den Ebenen des fernöstlichen Russland Feuer. Zwei Besatzungsmitglieder, der Mechaniker Rémy und der Steward Sert, überlebten wie durch ein Wunder. Das Flugzeug stürzte am Ufer eines vereisten Flusses ab, dessen Wellenberge erstarrt waren – Eisblöcke, die aussahen wie schäumende Pferde, tödlich getroffen in vollem Galopp.

Ein Sturm hatte das Flugzeug von seiner Route abirren lassen. Man fand keine Spur mehr davon; die Männer waren allein in diesem weiten, düsteren und kahlen Landstrich. Sie hatten nichts, um sich aufzuwärmen, nichts zu essen, und Sert war verletzt. Ihre unglücklichen Reisegenossen starben in den Flammen. Als sie das Feuer gelöscht hatten, durchsuchten Rémy und Sert die Leichen, doch es war nichts übrig. Der Sturm, der sich einen Moment lang gelegt hatte, erhob sich erneut, kräftiger als zuvor; es gab in diesem flachen Land keinen Unterschlupf, keinen Hügel, keinen Baum. Die zwei Männer wurden fortgerissen von wirbelndem Schnee.

«Wir müssen gehen», sagte Rémy. «Sobald wir stehen bleiben, sind wir verloren.»

Tapfer schritt er im dichten Schnee voran, gefolgt von Sert, der reichlich Blut verlor. Zuweilen warf der Wind sie zu Boden; sie standen wieder auf und gingen weiter. Hie und da glaubten sie ein Haus ausmachen zu können, oder einen Schlitten oder eine Kirche, doch jedes Mal mussten sie erkennen, dass sie getäuscht worden waren wie von einer Fata Morgana in der Wüste. Um sie herum war nichts als Schnee; vor ihnen der zugefrorene Fluss: Er schien weniger ein Fluss als ein Meer zu sein, schrecklich und ohne sichtbare Grenzen. Sie waren mehrere Stunden umhergeirrt, als sie ein schräges Dach entdeckten, sicher eine Hütte im Schnee. Voller Hoffnung schleppten sie sich bis dorthin. Doch es waren nur die Reste ihres Flugzeugs, von frischem Schnee bedeckt – sie waren an ihren Ausgangspunkt zurückgekehrt. Sert bat Rémy, ihn dort zurückzulassen; die Verletzung störte ihn beim Gehen. «Ohne mich kommst du schneller voran. Besser, wenigstens einer von uns kann gerettet werden.» Doch Rémy wollte nichts davon hören; er sprach ihm Mut zu, verband ihn, gab ihm Eisstückchen zum Lutschen, und sie machten sich wieder auf den Weg.

Diese beiden Männer waren jung und tapfer. Vier Tage lang widerstanden sie Kälte, Hunger und Sturm. Zuerst wollten sie dem Lauf des Flusses folgen, doch geblendet vom Schnee und dem heftigen Wind, fanden sie sich bald mitten in der Ebene wieder. Dort verloren sie die Orientierung; sie wussten nicht, welche Richtung sie einschlagen sollten. Sie glaubten voranzukommen, drehten sich aber womöglich nur im Kreis; der Orkan verwischte ihre Spuren. Am fünften Tag waren sie verzweifelt. Sie ließen Schnee im Mund schmelzen und kauten an Wäschestücken. Die furchtbarste Versuchung war es zu schlafen, sich in den weichen und dichten Schnee fallen zu lassen und in einer lustvollen Fühllosigkeit zu versinken. Wenn einer von ihnen schwankend stehen blieb und kurz davor war, nachzugeben, stieß ihn der andere so lange mit der Faust, bis er sich wieder in Bewegung setzte.

«Wenn du merkst, dass ich schwach werde», sagte Rémy, «musst du mir ins Ohr schreien: ‹Denk an Louise!› Das ist meine Frau, verstehst du, ich will sie wiedersehen.»

«Ich habe niemanden», dachte Sert, «aber ich will auch mit dem Leben davonkommen. Allein könnte ich es nicht. Ein echter Kerl, dieser Rémy», dachte er noch.

Danach hatten sie keine Gedanken und keine Worte mehr. Es gab nichts mehr außer der übermenschlichen Anstrengung, die darin bestand, einen Fuß vor den anderen zu setzen; und wenn dieser Schritt getan war, kam der nächste und der nächste und … der letzte. Nein! Ein Ruck … Noch ein Schritt. Am Abend des fünften Tages hörten sie, schwach, aber deutlich, das Bellen eines Hundes.

«Wir träumen», murmelte Rémy.

Sert sagte nichts; er ging jetzt vorweg und zog den völlig entkräfteten Rémy hinter sich her. Endlich standen sie vor einem Zaun; ein wütender Hund warf sich auf sie. Dann tauchte ein Mann auf, verscheuchte den Hund, und die Überlebenden betraten ein niedriges, verräuchertes Haus, von Kerzen erhellt; sie sahen eine Frau, die an einem Tisch Teig knetete, neben einer groben Wiege, die aus einem ausgehöhlten Baumstamm gefertigt worden war, dann verloren sie das Bewusstsein.

Nach einigen Stunden, in denen man sich um sie gekümmert und sie gewärmt hatte, erzählten sie mittels Gesten ihr Abenteuer und baten um etwas zu essen. Man gab ihnen Borschtsch und Brot. Sie saßen auf dem Ofen; ihre Beine baumelten in der Luft; auf den Knien hielten sie einen Napf voll Suppe; in der Hand ein Stück Schwarzbrot. Sie lauschten. Voller Begeisterung sahen sie um sich. Diese elende Hütte war ein göttlicher Ort; der Geruch des frischen Teigs war der Geruch des Lebens selbst, warm und nährend.

«Ach, alter Freund», sagten sie dann und wann mit einem strahlenden Lachen, «was sagst du, alter Freund, gut, mein Lieber!»

Rémy war klein, er hatte ein kindliches Gesicht, einen großen, lächelnden Mund, helle Augen und eine Stupsnase. Sert war ein sehr gutaussehender junger Mann von zwanzig Jahren, schlank, mit breiten Schultern; er hatte einen kleinen, schmalen Kopf mit schwarzen Haaren, Schläfen und Wangen sahen aus wie nach innen gesaugt, und das scharfgeschnittene Profil, die fliehende Stirn, die große Hakennase und etwas Stolzes und Unerschrockenes in seiner Haltung verliehen ihm Ähnlichkeit mit einem großen Raubvogel; verstärkt wurde dieser Eindruck durch seine goldenen Augen und seine schweren Lider. Er war ein Draufgänger, ein Abenteurer. Nachdem er mehrere Monate arbeitslos gewesen war, war es ihm gelungen, eine Stelle als Steward an Bord jenes Flugzeugs zu finden; sein Ziel war es, erklärte er Rémy, gratis nach Schanghai zu gelangen, wo einer seiner Freunde eine Bar eröffnet hatte.

«Er wird mich schon irgendwo unterbringen. Er ist mein Freund. Ich glaube nicht an viele Dinge, aber ich glaube an einen guten Freund. Von Europa habe ich genug. Ich zähle auf ihn», sagte er, indem er den Kopf hob und Rémy anlächelte. «Du hast dich wirklich als ein guter Freund erwiesen, Alter. Ohne dich …»

«Ach, übertreib nicht … Du hast genauso viel für mich getan … Ganz zuletzt, wenn du mich nicht weitergeschleppt hättest wie einen Sandsack, o je ... Aber jetzt sind wir tatsächlich gerettet! Und deine Wunde, ist sie auch nicht zu schlimm?»

Sert hatte seine Verletzung notdürftig verbunden, was ein wenig half. Er entgegnete also: «Es geht. Aber du siehst ganz und gar nicht gut aus.»

Rémy war sehr blass und lächelte angestrengt, obwohl ihm das Atmen schwerfiel; immer wieder überliefen ihn kalte Schauer, und es dröhnte in seinen Ohren. Doch er versuchte, sich nichts anmerken zu lassen.

«Mich wirft so schnell nichts um. Ich habe keine Angst. In wie vielen schlimmen Situationen bin ich nicht schon gewesen. Das bringt mein Beruf mit sich. Vor fünf Jahren bin ich mal von Toulouse nach Dakar geflogen, und die Mauren haben mich gefangen genommen. Sieben Tage auf dem Rücken eines Kamels, mein Lieber, und nichts zu essen. Aber ich hab' durchgehalten. Damals hatte ich gerade geheiratet, und der Gedanke an meine Frau gab mir Mut ... Hier genauso. Jeder Schritt, den ich machte, war für sie. Meine Frau ... Du kannst dir das nicht vorstellen. Sie ist für mich der liebe Gott.»

Er sprach leise und schnell, mit sonderbarer Stimme, stockend, schwer atmend.

«Du bist krank», sagte Sert beunruhigt.

«Unsinn!»

Er streckte sich auf dem Ofen aus, zog sich schmutzige Decken, die herumlagen, über die Beine, und schloss die Augen. Als er sie nach einer Weile wieder öffnete, betrachtete er mit einem verblüfften Ausdruck die Hütte, die jetzt dunkel war, bis auf den rötlichen Schein einer Kerze in der Mitte des Tischs; das Kind schrie, und neben den Essnäpfen der um den Tisch versammelten Bauern sah man die Mäuler ihrer Tiere.

«Na, so was», murmelte er. «Ich dachte, wir wären zu Hause!»

«Du hast geträumt, mein Lieber.»

«Zu Hause. Louise und ich, wir haben eine Wohnung in der Rue Monge … Ich hab' gesehen, wie sie den Tisch deckte, das Fleisch auf den Tisch stellte, ich sah unsere zwei Teller unter der Lampe. Wie herrlich das ist, eine Frau zu haben, die einem ganz allein gehört, du würdest das nicht verstehen … Ich hab' sogar Jip gehört, unseren Foxterrier … Ich höre ihn ja noch!», schrie er, während er versuchte, sich aufzurichten.

«Nein! Das ist der Wind.»

Der Sturm heulte und stöhnte; er warf sich mit erschreckender Wucht gegen die Mauern. Manchmal brannte die Kerzenflamme waagrecht, und auf dem Dach hörte man tiefe, dröhnende Schläge. Sert versuchte dem Bauern zu erklären, dass er so schnell wie möglich eine Stadt erreichen wollte, dass er einen Schlitten brauchte, um dorthin zu kommen, doch der Mann schüttelte nur den Kopf und wies lauschend nach draußen, wo der Sturm tobte.

«Vielleicht müssen wir hierbleiben bis zur Schneeschmelze», dachte Sert.

Sein Kamerad war bestimmt krank; er war jetzt sehr rot; er hustete; er delirierte; er rief nach seiner Frau. Dann schien er wieder zu sich zu kommen; er erkannte Sert. Plötzlich sagte er mit entsetzlich sehnsüchtiger Stimme: «Lieber Gott! Wie schön wäre es jetzt auf einem Metrobahnsteig!»

Etwas später flüsterte er: «Weißt du, was mich davon abgehalten hat, mich in den Schnee zu legen? Die Angst, dass man meine Leiche nicht finden würde. Ich wollte, dass sie gut sichtbar ist. Wegen der Prämie, verstehst du. Wenn der Tod nicht bewiesen ist, kriegt die Witwe Schwierigkeiten … Du bist nicht verheiratet, oder? Also kannst du es nicht verstehen. Man lebt nicht mehr nur für sich. Ach, ich wünschte, ich wünschte, nach Hause zurückkehren zu können, gesund zu werden. Meine Frau ist zu jung, um schon Witwe zu werden. Andere werden kommen und sich an sie heranmachen. Das könnte ich nicht ertragen. Ich würde aus meinem Grab steigen, um sie daran zu hindern. Meine Frau. Meine Frau, sie gehört mir. Bitte, Sert, gib mir was zu trinken.»

Die ganze Nacht fantasierte er. Sert pflegte ihn, so gut er konnte. Die Bäuerin flößte ihm eine Kräuterbrühe ein, und Sert war voller Hoffnung: Diese Leute mussten sich darauf verstehen, alle möglichen Heilmittel zuzubereiten. Doch die Brühe zeitigte die schlimmste Wirkung. Der arme Rémy übergab sich unaufhörlich und spuckte schließlich schwarzes Blut. Die Bäuerin zeigte auf den Boden, womit sie Sert zu verstehen gab, dass sein Freund bald unter der Erde liegen werde. Sert verzweifelte, stieß Beleidigungen gegen seine Gastgeber aus, machte Rémy kalte Umschläge, richtete ihn auf, verlangte nach einem Arzt, dem französischen Konsul, einem Mittel gegen Schmerzen. Die Frau ließ ihn gewähren, gähnte gleichmütig und schaukelte mit dem Fuß die Wiege, in der das Kind weinte. Als der Sturm sich legte, begann es zu schneien. Der Schnee bedeckte die Hütte fast bis zum Dach; er verdunkelte die Fenster und ließ nur noch einen undeutlichen, trüben Lichtschein ein.

Rémy ging es immer schlechter. Am vierten Tag, in der Dämmerung, schien er aus einem Traum zu erwachen. Er rief Sert.

«Ich bin hier. Ich verlasse dich nicht.»

«Danke», sagte Rémy matt. «Du kennst mich kaum, und du bist für mich wie ein Bruder. Hör zu, ich werd's nicht mehr lange machen. Wenn du kannst, geh zu Louise. Armer Liebling, wie allein und unglücklich wird sie sein ... Sie hat keine Familie mehr. Niemanden. Gib ihr als Andenken all die kleinen Sachen, die ich bei mir habe, den kleinen Anhänger, den ich von meiner Mutter habe, meine Uhr ... Sechs Jahre sind wir verheiratet gewesen. Wie ich sie geliebt habe ... Ich habe nur für sie gelebt. Sag ihr das. Den Beruf, den ich im Blut hatte, und dann sie ...»

Er schloss die Augen, ließ den Kopf auf die Seite fallen; er rollte von rechts nach links; blutiger Schaum trat auf die Lippen. Er rief noch einmal nach Louise und begann dann zu weinen. Die Tränen des Sterbenden rührten Serts Herz. Er rief aus: «Du wirst gesund werden, das schwöre ich dir!»

Doch sein Kamerad hörte ihn nicht mehr. Er flüsterte: «Louise ...», seufzte: «Schade ...» und starb.

Man legte ihn in einen grob gezimmerten Sarg und beerdigte ihn. Sert blieb siebzehn Tage bei den Bauern. Nach dieser Zeit konnten endlich die Schlitten wieder fahren. Sert überquerte den Fluss, und nach einer anstrengenden Reise fand er ein kleines Dorf, wo ein Beamter die Verbindung mit dem französischen Konsulat herstellte. Im Mai wurde die Leiche des Mechanikers Rémy nach Frankreich überführt, und Sert reiste nach Schanghai. Dort blieb er zwei Jahre als Barmann in einem großen Hotel. Nach diesen zwei Jahren kehrte er nach Paris zurück; sein Vater war gestorben, und er hoffte auf eine kleine Erbschaft, wie er sagte. Vor allem hatte er genug vom Leben in der Fremde. Gelegentlich unterlief es ihm, dass er halb scherzend, halb ernsthaft ausrief: «Wie schön wäre es jetzt auf einem Metrobahnsteig!» Und dann dachte er an Rémy, der diese Worte gesagt hatte, bevor er gestorben war. Er hatte Rémy nie vergessen; jene kurze Zeit in der eisigen Wüste, wo sie gefroren und gehungert hatten, hatte sie miteinander verbunden, wie es eine Freundschaft von mehreren Jahren nicht vermocht hätte. Bei seinem Tod hatte Sert die Hand jenes Unbekannten gehalten. Er stellte sich den Schmerz der Witwe vor. «Sie hat recht zu weinen», dachte er, «Leute wie Rémy gibt es nicht oft. Er sah aus wie ein Kind, aber er war ein Mann, ein echter Mann … Das ist selten …» Er hatte Madame Rémy die Uhr und den kleinen silbernen Anhänger geschickt, den der Tote bei sich gehabt hatte, doch er wollte sie aufsuchen, um ihr persönlich ein Foto zu übergeben, das er am Herzen des Toten gefunden hatte, ein Foto von Louise, ein Schnappschuss, verblichen und abgenutzt, das Bild einer sehr hübschen lächelnden Frau, die einen Foxterrier in den Armen hielt. Oft holte Sert dieses Foto aus seinem Versteck und betrachtete es. «Das heitere Lächeln ist inzwischen verschwunden», dachte er; «sie trägt Schwarz, einen schwarzen Witwenschleier. Sie lebt allein in der kleinen Wohnung, in die Rémy nie zurückkehren wird.» Im Sterben hatte Rémy gestammelt: «Das Wohnzimmer; alles ist gelb, voller Sonnenschein …» Sert, das Waisenkind, der Junggeselle, dessen gutes Aussehen die Frauen anzog, obwohl er sie verachtete – er verband sich mit keiner –, Sert träumte von jenem warmen, engen Zimmer, in dem das Andenken an einen Toten lebte.

In Paris ging er in die Rue Monge, zu der Adresse, die ihm sein Freund angegeben hatte, doch die Hausmeisterin sagte, Madame Rémy sei umgezogen, sie wohne jetzt in der Vorstadt. Obwohl es schon spät war, wollte Sert seinen Besuch nicht auf den nächsten Tag verschieben. Er nahm ein Taxi; er hatte ein wenig Geld in der Tasche. Während der Fahrt sah er wieder die Bauernhütte vor sich, den Ofen voller schmutziger Decken, auf dem Rémy gestorben war. Wenn seine Frau ruhig genug wäre, kräftig und gesund, würde er ihr alles erzählen, alle Einzelheiten. Aber wenn sie zu schwach und zu traurig wäre, würde er sich damit begnügen, ihr das Foto zu geben und nicht von Rémys letzten Stunden sprechen. Auf jeden Fall würde sie nicht erfahren, dass ihr Mann geweint hatte. Weshalb hatte er eigentlich geweint? Wegen ihr? Wegen sich selbst? Der Arme …

«Doch, Monsieur, hier ist es», sagte der Fahrer, als Sert nicht gleich aussteigen wollte.

Er befand sich in einer der großen Pariser Vorstädte, auf der Straße vor einer Tankstelle und einem ganz neuen, hell erleuchteten Restaurant. Hinter ihm war kahles Niemandsland, wo man einen Gasometer hochgezogen hatte, und etwas weiter entfernt sah man Hangars für Flugzeuge. Auf der Straße strömten Autos vorbei. Die Nacht war gekommen, und dort, wo Paris lag, war der Horizont rot.

Sert betrat einen grell erleuchteten Saal. Das Restaurant schien zu florieren; alle Tische waren besetzt. Alles war neu, und überall roch es durchdringend nach der Ölfarbe der frisch gestrichenen und voll aufgedrehten Radiatoren. Kellner, in den Händen Teller mit aufgehäuftem Essen, liefen vorbei. Die Tür zur Küche klapperte, und man hörte eine Frauenstimme, die in den dämmrigen Raum dahinter hineinschrie: «Zwei Bier … Einmal gemischte Schinkenplatte … Die Rechnung für Tisch 20 …» Aus einem

Lautsprecher quoll Musik, die so laut war wie ein tosender Fluss. Jemand hatte ein Grammophon in Gang gesetzt, das *«T'en fais pas, Bouboule»*[4] spielte. Inmitten dieses Lärms und dieser Hetze bahnte sich Sert einen Weg zu einem Kellner und fragte: «Madame Rémy?»

«Sie kommt gleich. Sie hat noch zu tun», sagte der Mann.

Er schob Sert zu einem freien Tisch nah der Kasse, wo eine geschminkte Frau geschäftstüchtig lächelte.

«Sind Sie Madame Rémy?», fragte Sert mit einem Stirnrunzeln.

«Nein, Madame Rémy ist die Chefin. Da kommt sie», sagte die Kassiererin und zeigte auf eine sehr hübsche Frau, die sich mit einem Foxterrier auf dem Arm näherte.

«Sie wünschen?», sagte Madame Rémy schnell, doch als sie Serts anziehendes Gesicht sah, trat ein Ausdruck in ihre Augen, den Sert gut kannte: etwas Gieriges, Animalisches, Zynisches zeigte sich, jener naive Geist der Begehrlichkeit, den Frauen einem gut aussehenden Mann gegenüber nicht verhehlen können.

«Sie wollen mit mir sprechen, Monsieur?»

«Ja», sagte er schnell. «Ich heiße Sert. Ich war der Gefährte Ihres Mannes. Ich bringe Ihnen ein kleines Foto, das ich bei seiner Leiche fand.»

«Ach, mein Gott», murmelte sie. «Wenn ich daran denke.» Doch sie blieb kalt. «Na gut, warten Sie ein wenig. Es ist schon spät. Die Gäste werden bald gehen. Dann können wir reden.»

Sie verließ ihn, und er blieb lange Zeit allein an seinem Tisch und sog den warmen Atem der Küche ein. «Bestimmt hat sie das alles mit der Prämie aufgebaut», dachte er. «Lieber Gott! Was für ein Luder … Und der arme Kerl dort draußen, der arme Kerl, der vier Tage lang beim Sterben nur an sie dachte, nur seine Louise vor sich sah … Er hat sie geliebt. Er war eifersüchtig. Wenn er das hier sehen könnte!»

Er betrachtete die großen, schwarzen, spiegelnden Scheiben, die voller Schmutz waren. Es war warm und behaglich in diesem Lokal. Die Leute waren geschäftig, sie aßen, sie amüsierten sich, während der arme Tote … Seine Leiche ruhte inzwischen in Frankreich in irgendeiner Gruft, doch es war Sert, als schwebte der Geist seines Kameraden noch immer im eisigen All, an einem Ort der Qualen, der an die Eiswüste erinnerte, wo er vor seinem Tod umhergeirrt war. Sert konnte sich noch so oft sagen: «Er ist tot, was willst du, er ist tot. Er weiß nichts, und er sieht nichts» – er hörte immer noch diese klagende Stimme, diesen Ruf: «Louise … die Frau, die mir gehört …»

Er trank, und je mehr er trank, desto düsterer wurde seine Stimmung. Eine Treppe führte vom Saal in die oberen Stockwerke des Hauses. Bestimmt gab es dort oben Zimmer. Er sah Madame Rémy am Arm eines jungen Mannes herunterkommen. Graziös und jugendlich schwenkte sie ihre hübsche Taille und schüttelte ihr glänzendes, parfümiertes Haar. Sie trug ein kurzes schwarzes Wollkleid und eine Bernsteinkette um den Hals.

Der weiße Foxterrier lief hinter ihr her. Sert pfiff leise. Der Hund schien zu zögern, dann kam er zu ihm und legte seine Schnauze auf das Knie des jungen Mannes. Sert kraulte ihm den Kopf und sagte leise: «Jip! Jip! Such dein Herrchen … Los, such dein Herrchen …» Der Hund richtete sich auf und legte mit einem langen, klagenden Heulen Sert die Vorderpfoten auf die Brust.

«Wenigstens er hat ihn nicht vergessen», dachte Sert.

Unterdessen leerte sich der Saal; die Lichter wurden gelöscht. Die Kassiererin lächelte Sert träge zu, zog ihren Mantel an, setzte ihren Hut auf und ging. Die Kellner räumten die Tische ab. Madame Rémy kam und setzte sich neben Sert.

«Jetzt habe ich endlich frei ... Also Sie sind das, Sie haben meinem armen Mann in seinen letzten Stunden beigestanden? Das erinnert mich an eine schlimme Zeit. Er hat mich ja allein zurückgelassen, ohne Familie, ohne Kinder und ohne Geld. Glücklicherweise hatte er die Versicherung. Ich hätte eigentlich viel mehr bekommen müssen. Ach, was für einen Ärger ich hatte! Ein Mann mit so einem Beruf sollte nicht heiraten», murmelte sie und musterte dabei zwanglos ihre Nägel.

Ihre Hände waren gepflegt, die Finger jedoch ein wenig kurz und dick. Als sie aufsah, bemerkte sie Serts auf sie gerichteten Blick und wurde rot. «Sie haben mir ein Andenken an ihn mitgebracht?»

Er warf das Foto auf den Tisch.

«Ach, das kenne ich», rief sie, «er trug es immer bei sich! Armer Édouard ... Ach, ich war so traurig, so hilflos. Am Ende habe ich mein Leben verändert. Man kann nicht ständig weinen, oder? Eines Tages habe ich mir gesagt: Meine Liebe, du musst tapfer sein, energisch sein und da herauskommen. Und dann ...»

«Und dann kam das schöne Leben, mit dem Geld der Versicherung», sagte Sert bedächtig.

Wie alle sehr gut aussehenden und von der Damenwelt verwöhnten Männer verachtete er die Frauen zutiefst und verstand sie besser als irgendjemand sonst. Dieser hier sah er direkt in ihre egoistische, unlautere und harte Seele. Er erriet, wie sie war. Ach, wie gut er das erraten konnte ... «Der Mann rackerte sich ab. Er war ständig mit seiner Arbeit beschäftigt, und sie ... sie ging ins Kino, sie betrog ihn und legte Geld beiseite ...» Sie war jener Typ Frau, den er am meisten hasste. Sich vorzustellen, dass Rémy so eine geliebt hatte ... dass er im Sterben nach ihr gerufen hatte ... Er hätte weinen können. Er sah sie immer noch hasserfüllt an. Sie wollte sich rechtfertigen, aber sie war nicht dumm; sie behauptete nicht, ihren Mann geliebt zu haben oder jetzt noch um ihn zu trauern. Sie begnügte sich mit der bitteren Feststellung: «Schließlich hat er es sich selbst zuzuschreiben, dass er gestorben ist. Wenn er nur gewollt hätte ... Da war mal eine Garage zu verkaufen, in der Avenue de la Grande-Armée. Ich hab's ihm nicht nur einmal gesagt. Ich habe es ihm hundertmal gesagt: ‹Glaubst du denn, es macht einer Frau Spaß, ihre Zeit damit zu verbringen, um ihren Mann zu bangen und auf ihn zu warten? Dazu muss man eine Heldin sein. Aber ich, mein Lieber, ich bin keine Heldin. Ich bin eine ganz gewöhnliche kleine Frau. Wenn du nur wolltest, hätten wir ein so schönes Leben ...›»

«Samstagabend Kino, dann schlafen gehen und sonntagmorgens Frühstück im Bett», murmelte Sert.

«Natürlich. Warum denn nicht? Sie scheinen darüber zu lachen. Eine Frau will nichts anderes, als glücklich zu sein. Sie glauben offenbar (und Édouard glaubte es ebenfalls), es wäre ... ich weiß nicht ... ein bescheidenes Glück. Aber es ist mehr wert als mit achtundzwanzig Jahren Witwe zu sein. Was sollte ich tun? Mich in der Wohnung einschließen und mich mit seinen Fotos umgeben? Das Leben steht an erster Stelle. Man ist sich selbst etwas schuldig.»

«Ihr Mann war ein tapferer Junge», sagte Sert. Er drehte sich eine Zigarette und wandte den Blick ab. «Ich glaube, es hätte ihm nicht gefallen, Sie so zu sehen.»

Mit dem Kinn wies er auf die Männer, die das Restaurant verließen, Madame Rémy im Vorbeigehen über die Schulter strichen und sagten: «Gute Nacht, Louise!»

Dann legte sie den Kopf ein wenig schief und stieß ein kleines, gurrendes Lachen aus.

«Édouard war eifersüchtig. Er war kein bequemer Ehemann. Wenn es nach ihm gegangen wäre, hätte ich keinen Menschen gesehen, ich wäre nie ausgegangen. Ach, was wollen Sie? Das kann man mit Frauen doch nicht machen. Ich bin immer unabhängig gewesen. Wenn man will, dass eine Frau einem ganz allein gehört, sollte sie wenigstens etwas davon haben. Wir hatten sehr wenig Geld. Am liebsten hätte er mich in der Rue Monge eingesperrt (wir haben in der Nummer 80 gewohnt, im fünften Stock zum Hof), dort hätte ich dann seine Socken stopfen und immer wieder seine Briefe lesen sollen. Immerhin war ich sehr traurig, als ich von seinem Tod erfuhr. Aber das sage ich Ihnen nur, weil Sie mich offenbar verurteilen. Man lebt nicht von Erinnerungen. Man muss essen, und man braucht auch … ein bisschen Spaß. Stimmt das nicht? Wenn er noch leben würde, müsste er irgendwie zurechtkommen, wie alle anderen. Aber sich kaputtmachen in einem Beruf, der nur schwere Arbeit bedeutet und fast nichts einbringt, das finde ich idiotisch, wissen Sie. Ich habe ihn nie verstanden, diesen Mann.»

«Dieses Luder», dachte Sert. Doch seltsamerweise dachte er nicht an sie allein. Wie viele Frauen waren im Grunde wie sie! Er glaubte sie vor sich zu sehen, wie sie sich über einen Mann lustig machten, der, wie Rémy, schwer arbeitete. Er glaubte sie zu hören: «Geld und Liebe, um nichts anderes geht es.»

Er schüttelte wütend den Kopf. «Sie verdienen nicht zu leben», sagte er einfach.

Statt ärgerlich zu werden, lachte sie. Es war schon sehr spät. Sie waren jetzt allein in dem halbdunklen Saal. Sie legte ihm die Hand auf den Arm. «Wie alt sind Sie?»

«Zweiundzwanzig.»

«Und Sie finden es widerlich, dass man mehr an Dinge denkt wie den Braten und das Bett als an die Treue, ein heldenhaftes Leben und diesen ganzen Kram?»

«Ich finde es widerlich, ja.»

«Wie kindisch ... Ich wette, Sie glauben, Sie sind besser als die anderen. Und doch, wenn ich wollte ...»

«Wenn Sie was wollten?»

Doch sie sagte nichts. Sie machte ihm ein Zeichen, ihr zu folgen. Dann setzte sie den Fuß auf die erste Treppenstufe und drehte sich zu ihm um. Gehorsam folgte er ihr. Sie stiegen die Treppe hinauf. Auf dem Absatz des zweiten Stocks näherte sie sich ihm und berührte sanft seine Wange mit der Hand.

Er hob den Arm und stieß sie mit aller Kraft von sich. Mit einem Schrei fiel sie nach hinten. Ihre hohen Absätze rutschten auf der Kante einer Stufe ab, und sie stürzte über zwei Etagen auf den gefliesten Boden hinunter. Am Geländer lehnend, betrachtete er sie kalt. Sie war nicht tot, aber schwer verletzt. Leute liefen herbei; Sert wurde festgehalten.

Während die Polizei gerufen wurde, blieb er im Saal sitzen; der Foxterrier Jip war bei ihm, und er streichelte seinen Kopf. Er schien weder Mitgefühl noch Reue zu empfinden. Am nächsten Tag überbrachte man ihm im Gefängnis, wo er eingesperrt war, die Nachricht, dass Madame Rémy gestorben sei. Er senkte den Kopf, ohne etwas zu sagen. Er schwieg auch, als man ihn nach den Gründen für seine Tat befragte. Schließlich kam man, da es sonst keine plausible Erklärung zu geben schien, zu der Vermutung, dass Madame Rémy vor Serts Abreise nach China zwei Jahre zuvor seine Geliebte gewesen sei, dass sie danach andere Liebhaber gehabt habe (die Ermittlungen zeigten, dass sie sinnlich und leicht zu verführen gewesen war) und dass er sie aus Eifersucht getötet habe. Bei einem Verbrechen dieser Art zeigten sich die Geschworenen nachsichtig. Sert wurde nur zu einer geringen Strafe verurteilt.

DIE UNBEKANNTE

«Natürlich», sagte die Dame in scharfem Ton, «natürlich gibt es keine Karten mehr!»

Sie zeigte auf das Schild «Ausverkauft», das an der Eingangstür eines Kinos hing (es war im letzten Winter; Paris versuchte, gegen seine Traurigkeit anzukämpfen, und einige Kinosäle, die schon nachmittags öffneten, waren immer voll).

«Natürlich», fuhr sie fort, «hörst du mir nie zu. Du hättest telefonisch für uns reservieren müssen. Du lässt nach, mein Lieber, du lässt fürchterlich nach. Und außerdem regnet es!»

«Ist das meine Schuld?», fragte ihr Gefährte mit vor Erschöpfung bebender Stimme. «Du verbringst drei Stunden vor dem Spiegel!»

«Ich? Drei Stunden? Du bist verrückt! Ich weiß nicht mal, wie mein Hut sitzt. Und du meckerst an mir herum.»

«Ich meckere nicht. Ich sage nur ...»

«Doch, doch, doch», sagte die Dame wie ein Kind. «Du meckerst. Seit einiger Zeit bist du böse auf mich. Ich warne dich: Wenn es dir nicht mehr gefällt, brauchst du nur ein Wort zu sagen und ...»

«Verdammt noch mal, nein, es gefällt mir nicht.»

«Fluch nicht. Das ist vulgär.»

Sie gingen weiter, immer noch streitend. Sie gehörten beide auf geradezu hoffnungslose Weise der Vorkriegsära an, der Zeit vor diesem und sogar vor dem letzten Krieg. Der Gang der Dame hatte etwas Hüpfendes; ihr Körper schien noch den Abdruck eines jener Korsetts zu tragen, die unseren Müttern die Taille einschnürten. Der Herr war groß und steif und hatte weißes Haar und einen weißen Schnurrbart. Sein Gesicht kam mir irgendwie bekannt vor.

Die Freundin, die mit mir am Eingang des Kinos wartete, stieß mich mit dem Ellbogen an. «Es ist Driant ... Sie wissen doch, der Schriftsteller!»

«Driant? Ich habe ihn mir immer jung vorgestellt.»

«Ja, 1920 war er ein junger Autor, einer von denen, die damals ewig jung zu sein schienen und zwanzig Jahre lang von ihrer Jugend lebten. Vor ein paar Jahren, als das Publikum seine Romane allmählich satthatte, kam er auf die Idee, in irgendein abgelegenes Land in Afrika aufzubrechen. Solche Reisen, solche sogenannten Fluchten, stimulieren die Fantasie, und die Leser liebten Reiseberichte. Andeutungsweise hieß es (jedenfalls in der Verlagswerbung), dass Driant aus Europa fliehen wolle, weil ihn die gegenwärtige Welt anekle und vor allem, weil es in seinem Leben einen Bruch gegeben habe, eine schmerzliche Liebesgeschichte. Sofort kamen massenweise Briefe von Unbekannten. Alle möglichen Frauen erklärten, sie seien allein, unglücklich, unverstanden, und boten an, mit ihm wegzufahren, sein Leben in der Wüste mit ihm zu teilen, seine Sekretärinnen zu sein – ohne Bezahlung natürlich. Er zählte hundertachtundzwanzig solcher Briefe und sortierte sie säuberlich, denn er war ein ordentlicher Junge, in verschiedenfarbige Mappen ein, selbstverständlich ohne daran zu denken, auch nur eine dieser Anfragen zu beantworten. Aber eines schönen Tages kam er nach Hause (es war der Tag vor seiner Abreise) und fand eine Frau vor, die ihn erwartete. Sie lebe auf dem Land, sagte sie ihm. Ihr Mann sei Beamter. Sie verstehe sich nicht mit ihm. Sie habe keine Kinder. Sie wolle der engen Gesellschaft entkommen, die sie gefangen halte, aus Europa fliehen, der zivilisierten Welt entkommen, mit Driant zusammen in der Wüste leben usw.

Sie war nicht hässlich, aber schlecht angezogen, und Driant warf sie hinaus. Er reiste ab.

Es hat etwas Erhebendes, wenn man seine Heimat verlässt, seine Freunde, seine Gewohnheiten, und dieses Gefühl macht in den ersten Wochen das Glück des Reisenden aus, doch es vergeht auch schnell und verwandelt sich in bittere Melancholie. So war es bei Driant. Auf dem Schiff erkältete er sich. In einer Stadt, in der er bei einer Konferenz eine Rede halten sollte, sprach er mit belegter Stimme, schnäuzte sich und hustete dabei die ganze Zeit, sodass das Publikum sich ansteckte, seine Rede mit einem misstönenden Chor von Schniefen und Niesen begleitete und der Konferenz selbst nur mäßiger Erfolg beschieden war. Die Eigenliebe Driants litt darunter. Fröstelnd und niedergeschlagen kehrte er ins Hotel zurück. Die Post war ihm nachgeschickt worden; darunter befand sich auch ein Brief jener Frau, die er nicht als Reisebegleiterin hatte haben wollen. In Paris hätte er ihn zerrissen, ohne ihn zu lesen. In dieser fremden Stadt überflog er ihn ironisch und feindselig, doch immerhin las er ihn. Im Wesentlichen stand Folgendes darin: ‹Ich habe nicht gewagt, Ihnen den wahren Grund meiner Hartnäckigkeit zu enthüllen. Sie haben es vielleicht geahnt. Ich liebe Sie. Ich erwarte nichts von Ihnen, aber ich werde Ihnen weiterhin schreiben. Jeanne.›

Und Jeanne fuhr fort, ihm zu schreiben. Bei jedem Zwischenstopp fand er einen langen Brief von ihr vor, und seltsamerweise nahm die sonstige Post ab, je tiefer er in die Fremde vordrang. Paris ist so vergesslich. Doch der Brief der Unbekannten fand sich verlässlich immer am nächsten Ort, und Driant sah ein so schmeichelhaftes Bild von sich selbst darin gezeichnet, dass er, aber ja – geruhte, ihn zu lesen. Etwas später geschah es sogar, dass er ihn noch einmal las. Und schließlich wurde ihm bewusst, dass er diesen Brief erwartete, und wenn er ihn zufällig bei einem Zwischenhalt nicht vorfand, kam er sich vernachlässigt vor. Doch selbstverständlich beantwortete er die Briefe nicht.

Er traf in einem kleinen Negerdorf ein; von dort gedachte er ganz neuartige Fotos nach Hause zu schicken, und seine Erlebnisse sollten ihm als Rohstoff einer faszinierenden Reportage dienen. Doch es gab eine herbe Enttäuschung: Eine amerikanische Filmgesellschaft hatte den urwüchsigen Ort einige Monate vorher in Beschlag genommen, und er begriff, dass in zwei Wochen die Bildschirme Amerikas und Europas überschwemmt wären von den Landschaften und den Menschenexemplaren, für deren Entdeckung er so weit gereist war. Von da an dachte Driant mit Wehmut an Paris zurück. Nachts in seiner Hütte, im Licht der Sturmlaterne, entnervt vom durchdringenden Sirren der Mücken, erschöpft vom näselnden Tonfall des amerikanischen Regisseurs, mit dem er sich das Zimmer teilte, nahm er den letzten Liebesbrief (Nr. 23) der Frau namens Jeanne aus der Mappe. Er rief sie sich ins Gedächtnis. Sie war nicht hässlich, nein, sie war gar nicht hässlich … Im Grunde war sie rührend, diese Liebe ... Er verdankte sie dem Renommee seiner Bücher, seines strahlenden Geists, der die gedruckten Seiten durchdrang. Ach, sie verstand – wenigstens sie ... Er dachte voll Bitterkeit an die letzten Kürzungen, ausgeführt von den strengen Redakteuren. Niemand verstand ihn. Dieses arme Mädchen verzehrte sich in seiner Liebe zu ihm. Das war nicht besonders viel, aber es war eine kleine Genugtuung. Er seufzte, richtete sich unter dem Moskitonetz auf, zog den Stift unter dem Kopfkissen hervor, der immer bereitlag, um seine neuesten Eindrücke zu notieren, nahm ein Stück Papier und antwortete Jeanne. Er warf ein paar kurze, recht hochmütige Worte hin, doch immerhin antwortete er ihr und ermunterte sie sogar, ihm zu schreiben, da diese Korrespondenz (behauptete er) ihr Trost und Beruhigung bringe. Und so ging es weiter. Die Briefe wurden dicker, häufiger, leidenschaftlicher. Der große Mann verfasste genießerische Betrachtungen über die von ihm bereisten Landschaften, die beobachteten Sitten und Gebräuche; es waren Skizzen der Artikel, die er zu schreiben gedachte. So war die Arbeit nicht umsonst.

Er kehrte nach Paris zurück, und dort vergaß er Jeanne natürlich bald. Sie besaß genug Geschmack, um ihre Korrespondenz zu beenden. Doch dann nahm sie sie wieder auf, und zwar jedes Mal, wenn über Driant in irgendeiner Zeitung ein Verriss erschien, und jedes Mal, wenn er sich der Akademie[5] präsentierte und nicht gewählt wurde (drei Mal in sieben Jahren); bei solchen Gelegenheiten schrieb sie ihm lange und zärtliche Briefe und zeigte ihm ihre Bewunderung, ihre Sensibilität und ihre Intelligenz. Endlich erklärte er sich einverstanden, mit ihr zusammen ein Konzert zu besuchen. Sie gab ihm zu verstehen, dass sie völlig frei sei: Ihr Mann hatte die Scheidung eingereicht, weil sie das eheliche Domizil verlassen hatte. Er tat, als hörte er nicht, was sie sagte. Er war ganz Olympier an der Seite einer gewöhnlichen Sterblichen, betrachtete sie voller Hochmut, willigte aber ein, erneut einen Abend mit ihr zu verbringen. Und nach und nach gewöhnte er sich an sie. Er gab ihr Ratschläge in Kleidungsfragen. Er sorgte dafür, dass sie sich eine andere Frisur zulegte. Er liebte sie nicht, o nein, gewiss nicht! Doch er war dankbar dafür, dass sie ihn liebte. In Augenblicken des Zweifels und der Entmutigung dachte er: ‹Wenigstens werde ich bewundert.› Im Geist vervielfältigte sich Jeanne. Sie war keine einzelne Frau mehr, sondern Repräsentantin von tausend unbekannten liebenden und ehrfürchtigen Frauen, die ihn aus der Ferne vergötterten.

Unterdessen verging die Zeit; Driants Haar wurde weiß. Seine Bücher verkauften sich nicht mehr so gut. Das Publikum hatte in den letzten Jahren seine eigenen Sorgen und ließ seine Lieblingsautoren links liegen. Etliche Filmgeschäfte, die lukrativ zu werden versprachen, platzten im letzten Moment. Eines Tages ging Jeanne zurück in die Provinz. Das war der letzte Schlag. Er erwartete einen Brief von ihr, erhielt keinen und schrieb selbst zuerst. Als Antwort bekam er ein kurzes, betrübtes Briefchen: Sie war krank. Das Herz war angegriffen. Sie konnte nicht mehr schreiben, sie war zu schnell erschöpft. Jetzt war er es, der ihr lange Briefe schrieb, stets mit dem Hintergedanken, die darin ausgedrückten Gefühle später für einen Roman zu verwenden. Er dachte, sie sei verloren, und die Aussicht auf das Ende machte Jeanne in seinen Augen zu einer poetischen Figur und ließ sie ihm umso teurer werden.

Eines Tages wurde ihm ein Besuch angekündigt. Er sah einen rechtschaffenen Mann, den Tränen nah, der bei dem Versuch, sich dem Anlass entsprechend möglichst gewählt auszudrücken, ein wenig ins Stottern geriet. Es war Jeannes Schwager.

‹Jeanne geht es sehr schlecht›, sagte er. ‹Sie spricht nur noch von Ihnen, Monsieur Driant. Sie würden ein gutes Werk tun, wenn Sie kämen, um ihr Lebewohl zu sagen. Und wenn ich es wagen darf … Ich bin nur ein armer Mann. Sie finden meine Worte vielleicht ungeschickt. Wenn Sie es so einrichten könnten … wenn Sie sie glauben machen könnten, dass Sie ihre Liebe erwidern, das würde ihr das Ende leichter machen.›

‹Stirbt sie denn schon?›, fragte Driant erschrocken.

‹Sie ist am Ende ihrer Kräfte, am Ende›, sagte der Schwager mit einem düsteren Kopfschütteln.

Driant folgte ihm.

‹Ich werde niemals›, dachte er, ‹eine demütigere und aufrichtigere Liebe finden als diese. Die arme Frau!›

Als er bei Jeanne eintraf, empfing sie ihn in einem Zustand äußerster Schwäche; sie konnte kaum noch sprechen. Dennoch gelang es ihr, so viel Kraft in ihre Stimme zu legen, dass sie ihm mit überschwänglicher Zärtlichkeit und Leidenschaft für seinen Besuch danken konnte.

‹Wenn ich mir nur hätte einbilden können›, sagte sie, ‹dass Sie mich ein wenig lieben …›

Er nahm die abgemagerte Hand. ‹Aber ich liebe Sie, Jeanne, ich liebe Sie. Sie allein haben mich verstanden.›

Sie schüttelte traurig den Kopf. ‹Ich glaube Ihnen nicht.›

Er beteuerte, dass er sie liebe, und in diesem Moment glaubte er fast selbst daran. Nach und nach ging ihm seine

Rolle in Fleisch und Blut über, wie bei einem Schauspieler. Was für eine schöne Erinnerung das doch sein würde, diese liebende Frau, getröstet, zärtlich in seinen Armen gewiegt, bis das Vergessen kam, der Tod. In der künstlichen Begeisterung, die in ihm aufwallte, bot er ihr am Ende sogar an, sie zu heiraten. Diese Frau war verloren. Keinen Moment stellte er sich vor, dass er sie tatsächlich heiraten könnte. Es war ein rührendes, ein edles Spiel, ganz einfach.

Sie flüsterte: ‹Wenn Sie heute Abend wieder zu Hause sind, schreiben Sie mir einen Ihrer langen, wunderbaren Briefe, wie früher. Sagen Sie mir, dass Sie mich lieben, dass Sie unser beider Leben vereinen wollen – das Ihre, von dem ich hoffe, dass es lang, schön und ruhmreich sein wird, mit dem meinen, das leider in ein paar Tagen zu Ende sein wird. Ich werde diesen Brief an mein Herz drücken und glücklich sterben.›»

Meine Freundin hielt inne. Ich sagte: «Ich verstehe nicht, welche Beziehung zwischen dem bedauernswerten Paar besteht, das wir gerade gesehen haben, und dieser bewegenden Liebesgeschichte.»

«Sie verstehen es nicht?», fragte meine Freundin. «Es ist doch ganz einfach. Jeanne wurde wieder gesund. War sie wirklich so krank gewesen? War es vielleicht nur eine geschickte Simulation? Oder kann die Freude bei einem nervösen Organismus ein solches Wunder bewirken? Wie auch immer, nach drei Wochen war sie wieder wohlauf; am Ende des Monats vollführte sie Luftsprünge, und Driant musste sich wohl oder übel dazu hergeben, sie zu ehelichen. Verstehen Sie, sie hatte den Brief, in dem er ihr die Heirat anbot, sorgfältig aufgehoben. Er fürchtete einen Skandal, einen Prozess, etwas in dieser Art. Er fürchtete vor allem, sich lächerlich zu machen. Sie hatte genau erkannt, dass die Eitelkeit sein schwacher Punkt war, und setzte darauf. Aber keine Angst: Er hat nur das bekommen, was er verdient.»

ECHO

«Ich war ein kleines Kind», sagte der Schriftsteller, «und wie jedes Kind war ich das unglücklichste, das schwächste Geschöpf auf der Welt. Können Sie sich vorstellen (ich sollte sagen: ‹Können Sie sich erinnern?›, aber wer ist gerecht, wenn es um seine Kindheit geht?), können Sie sich vorstellen, wie stark das blinde Leiden eines kleinen, unschuldigen Kindes sein kann, das seit dem zartesten Alter mit der Bürde des Wissens belastet ist? Ich glaube nämlich, dass gewisse Wesen alt, klarsichtig und traurig geboren werden ... Sie haben es vergessen, aber ich erinnere mich, das ist schließlich mein Beruf», setzte er mit jenem Lächeln hinzu, das die Frauen so liebten.

Er ließ es einen Augenblick um seine Lippen spielen und drehte dann den Kopf, um sein Gesicht nacheinander den fünf Frauen zu zeigen, die um ihn herum saßen, und um es selbst zu sehen, gespiegelt im dunklen Glas. (Er liebte dieses Lächeln – ein wenig verkrampft, unglücklich, verschmitzt, Mitleid heischend und selbstironisch –, weil es ihm besser als alles andere, besser als ein Porträt, das Kind vor Augen führte, das er gewesen war ...)

Eine Frau seufzte, und die Fuchsköpfe, die sich über ihrer Brust kreuzten, hoben sich ein wenig. Eine andere hielt eine Zigarette, an der ihre Lippen eine hellrote Spur hinterlassen hatten, in der Hand, schnippte leicht die Asche ab und hielt nach dem nächsten Tischchen Ausschau, um ihre leere Kaffeetasse darauf abzustellen. Die Frau des Schriftstellers nahm sie ihr ab und machte unwillkürlich eine Handbewegung, die Schweigen gebot, wie wenn in einem Salon die Geigen anfangen zu spielen. Es kostete sie keine Mühe, die ehrerbietige, bescheidene Haltung der Frauen berühmter Männer einzunehmen; sie schminkte sich wenig, trug ihr weiß werdendes Haar aus der Stirn gekämmt, konnte lautlos im Haus umhergehen und wusste zu schweigen.

«Sie ist wunderbar», dachte die Geliebte des Schriftstellers und betrachtete die beiden voller Zuneigung.

Der Salon wurde durch das Feuer im Kamin und eine blaue Lampe erhellt. Eine der Frauen berührte ungeduldig und verstohlen mit der Spitze eines behandschuhten Fingers ihre Wangen, die von der Hitze des Feuers gerötet waren. «Es ist schrecklich, mein Gesicht ist rot, es ist zu heiß», dachte sie.

Und sie griff nach dem Moirétäschchen neben sich, das Puder und Puderquaste enthielt, doch der Schriftsteller überraschte sie dabei und warf ihr beiläufig einen strengen Blick zu. Sie kreuzte die Hände über den Knien und rührte sich nicht mehr. Er liebte respektvolle und schweigsame Frauen.

Er war so schön, dachte sie noch und betrachtete sein überaus bleiches, gequältes Gesicht; es war von der glanzlosen Blässe jener Menschen, die sich von morgens bis abends über ein weißes Blatt Papier beugen und dessen Abbild in ihren Zügen zu bewahren scheinen. Man hatte sie heute zum ersten Mal empfangen, sie, die Unwürdige. Man hatte ihr etwas zugeflüstert, und jetzt kam es ihr wieder in den Sinn: «Als Liebhaber ist er unvergleichlich …»

«Nie», sagte er, «habe ich das irgendjemandem erzählt. Es ist ja auch nichts Besonderes.»

Ein leichtes Säuseln, wie das Rascheln von Blättern im Wind, ging unter den Frauen von Mund zu Mund; alle lehnten sich gleichzeitig vor, beugten den Nacken unter seinem Wort.

Mit einem ebenso unruhigen wie andächtigen Gesichtsausdruck nahm er immer wieder ein kleines Elfenbeinmesser in seine lange, blasse Hand und legte es wieder hin, als würde er dem Rhythmus eines inneren Gesangs folgen. Er sprach leise, mit halb geschlossenen Augen: «Ich war nicht sehr ansehnlich. Ich war ein schwächliches Kind, mit großen, durchsichtigen Ohren, ein Kind der Stadt, in der ich geboren wurde und aufwuchs.»

Er schwieg, nicht weil er nach Worten hätte suchen müssen, sondern weil ihm die Worte in solchen Mengen zuströmten und so kostbar für ihn waren, dass er, wenn auch widerwillig, innehalten musste, um im Geist eine Auswahl zu treffen, als sortierte er Edelsteine. (Es gab diejenigen, die er für einen Roman aufheben wollte, diejenigen, die er ihnen jetzt überlassen wollte, die gröbsten, die «Rheinkiesel», wie er sie nannte; andere für seine Geliebten und weitere, die kostbarsten, die er für sich behielt, für den Traum, dem er im Verborgenen Nacht für Nacht nachhing ...)

«Ich hatte das Zimmer meiner Mutter betreten, auf dem Land ...»

Beim Reden sah er mit außerordentlicher Klarheit jenes dunkle Zimmer vor sich; in die schweren blauen Fensterläden war eine herzförmige Öffnung eingeschnitten, die in der Sonne leuchtete. In seinen Büchern hatte er seine Mutter so oft beschrieben, dass es ihm nicht gelang, sie hinter den verzerrten Bildern zu erkennen. Doch er erinnerte sich an ihren Morgenmantel aus Baumwolle, an die Möbel, an einen kleinen Wandspiegel, an die abgenutzten gelben Parkettstäbe, den fruchtigen Geruch eines persischen Wandteppichs, an das Knabbern der Mäuse hinter der Täfelung; er erinnerte sich vor allem an sich selbst, in kurzen Baumwollhosen und rosaroter Schürze. Sein Herz war voller Liebe und Mitleid mit sich selbst.

«Es war Sommer, einer der ersten Sommer, die ich auf dem Land verbrachte, und zum ersten Mal sah ich wirklich den Himmel und den Garten. Bis dahin hatte ich nah am Boden gelebt, ich war damit beschäftigt gewesen, Kuchen aus Sand zu backen, Steine und Grashalme zu sammeln. An jenem Tag hatte ich zum ersten Mal den Kopf gehoben und den leuchtenden Himmel und die Farbe der Rosen gesehen, ich hatte die zarten Rufe der Turteltauben gehört. Mein Herz war wund vor Liebe. Stellen Sie es sich vor – es war die Poesie, die in mir erwachte. Betrunken, stolpernd, außer mir ging ich umher, als wäre ich erleuchtet worden. Auf einem Rosenbusch sah ich zitternde kleine Flügel. Ich streckte die Hand aus und fing einen weißen Schmetterling, und es kam mir vor, als würde ich mir mit ihm die ganze Schönheit, das blühende Geheimnis des Sommers aneignen. Natürlich wollte ich es jener Frau zum Geschenk machen, die bis dahin für mich die Liebe und die Weisheit selbst gewesen war, meiner Mutter. Ich öffnete ihre Tür, ich trat ein … Sie wandte sich zu mir um und sagte nur: ‹Wirf dieses grässliche Ding weg, das du da in der Hand hast.›

Der Schmetterling war tot. Ich sehe seine kleinen, reglosen Flügel noch vor mir. Meine Mutter nahm ein Buch zur Hand, ohne sich weiter um mich zu kümmern. Ich begriff, dass die Welt blind und grausam war, und wenigstens in diesem Punkt hatte mich mein Instinkt nicht getrogen. Mein Herz strömte über von gutem Willen, und niemand konnte es verstehen, niemand konnte etwas anfangen mit jener geheimnisvollen Sprache, die aus mir herausbrechen wollte. Meine Mutter verstand mich nicht. Ich glaube, dass dieser kleine, unbedeutende Zwischenfall der Ursprung meines Gefühlslebens gewesen ist, der Ursprung meines Werkes, in dem die Menschen sich unter ihresgleichen bewegen, ohne von ihnen verstanden zu werden, jeder eingemauert in seinem eigenen Gefängnis. Der Beginn meines Lebens als Schriftsteller.»

Er schwieg einen Moment, dann beendete er seinen Vortrag in verändertem Ton: «Glücklicherweise sind nicht alle Kinder gleich ... Mein großer Dominique ist zu solchen Gefühlen nicht fähig ...»

Dabei betrachtete er seinen Sohn, einen kleinen Jungen von fünf Jahren, hübsch und frisch, mit blondem Haar, der vor dem großen Atelierfenster stand. Der kleine Junge drehte ihm den Rücken zu und betrachtete die Straße, die orangefarbenen Lichter, die schwach in den Häusern leuchteten, und den grauen Winterhimmel. Ein schwarzer Leichenwagen fuhr vorbei. Der Junge verfolgte ihn mit seinem Blick und stellte sich den Tod und die Dunkelheit im Innern der Erde vor, von denen man ihm erzählt hatte.

«Papa», sagte er, «was ist das?»

Der Schriftsteller fuhr zusammen. Der Gedanke an den Tod war ihm körperlich unerträglich. Dass man sterben konnte, verschwinden konnte, sich auflösen ... Das Kind hatte an eine geheime Wunde gerührt, die tabu war.

Er sagte missmutig: «Zuerst einmal zeigt man nicht mit dem Finger auf Dinge. Und dann unterbricht man seinen Vater nicht beim Reden. Außerdem hast du hier nichts verloren. Was machst du hier?»

Mit einem sonderbaren Vergnügen hörte er seinen eigenen Worten zu, als ob durch seinen Mund das Kind mit den großen, durchsichtigen Ohren spräche, in kurzen Hosen und rosaroter Schürze, und sich für die Kränkung rächte, die man ihm einst zugefügt hatte. Sein Sohn sah ihn schweigend an. Verärgert dachte er: «Wenn er so mit offenem Mund dasteht, sieht der Kleine aus wie ein Trottel.»

In feierlichem Ton sagte er: «Dominique, mach den Mund zu, atme durch die Nase. Wie oft soll ich dir das noch sagen, mein armer Junge?»

Er wandte sich an seine Frau: «Geben Sie ihm ein Stück Kuchen und bringen Sie ihn weg, bitte, Chérie …»

EIN FILM

Undeutliches, melodisches Tosen, anschwellend und sich rasch nähernd wie eine große Woge auf dem Meer. Es regnet. Die hohen Häuser liegen in Schatten und Nebel; der Scheinwerfer eines großen Wagens, der vorüberfährt, durchdringt den Dunst; die Gehsteige, das Dach der Oper glänzen vor Nässe wie dunkle Spiegel. Paris, Ende März, in der Dämmerung. So viele Lichter bewegen sich auf den Straßen, dass man einen brennenden Strom zu sehen meint. Dann tauchen Worte auf, immer dieselben, nähern sich und werden größer; hinter dem Regenschleier scheinen sie zu zittern. Bar, Hotel, Dancing. Das allgegenwärtige Hupen wird schwächer, und man sieht eine dunkle Straße, menschenleer, regennass. Ein vertikaler Schriftzug leuchtet auf und verschwindet wieder. «Willy's Bar». Die Drehtür macht ein dröhnendes Geräusch wie ein Ventilator. An den Wänden des schmalen, tiefen Raums hängen Spiegel; man sieht Samtsofas und Tische. In der Mitte sitzt ein leise musizierender Neger auf einem Hocker. Immer wenn sich die Tür öffnet, hört man das Geräusch des Regens, und dazu das leichte Quietschen der Finger auf den Banjosaiten; der Neger ist kaum zu hören, er hat die Lippen gespitzt und den Kopf zur Seite geneigt und sieht aus wie ein aufmerksamer Vogel. Es schlägt vier Uhr. Der Wirt liest seine Zeitung und döst. Auf den Bänken an der Wand sitzen Frauen; sie sehen resigniert aus, kläglich, stumpf. Einige sind zusammengesunken und scheinen halb zu schlafen, die Zigarette im Mund. Eine dicke Frau mit riesigen Brüsten, eingeschnürt in ein Schneiderkostüm mit steifem Kragen, dessen Schnitt an einen Herrenanzug erinnert, raucht Zigarre und strickt eifrig. Eine kleine Frau auf einem Barhocker nippt an ihrem Cocktail; sie trägt eine Perlenkette, über die sie immer wieder mit der Hand streicht wie ein junger Hund, der ungeschickt versucht, mit seinen Pfoten die Fransen eines Sessels zu fassen zu bekommen. Eine andere junge Frau beginnt mit dem Barmann zu würfeln. Eine weitere, mager, krumm, hustet. Alles ist ruhig, alles schweigt. Fast wie in einer beschaulichen Familienpension. Eine Zwergin mit großem blumenbestecktem Hut, verblichenem Haar und einem unansehnlichen Band um den Hals, tritt ein. Man hört: «Verdammt! Die Mutter Sarah.» Sie lässt sich zwischen zwei jungen Mädchen nieder, legt ihre Tasche auf den Tisch, zeigt ihr Hexengesicht.

«Das ist gar nicht schön von dir, meine Kleine, du scheinst die Sache nicht ernst zu nehmen … Da kriegst du einen passenden Herrn, einen Herrn, der reich, alt und respektabel ist und den zu finden mir weiß Gott welche Schwierigkeiten bereitet hat, und du lässt ihn den ganzen Nachmittag bei mir herumstehen. Was denkst du dir eigentlich dabei?»

Die Frau, sehr jung, grobes Gesicht, mit schrägen, feuchten und sanften Rehaugen, murmelt: «Er war mir einfach so zuwider …»

«Und ich? Ich habe dir einen Gefallen tun wollen, nicht wahr? Wenn du aber auf anderem Wege das Geld beschaffen kannst, das du mir schuldest …»

«Ich gebe Ihnen Ihr Geld zurück …»

«Am Sankt-Nimmerleins-Tag, nehme ich an. Na schön, dann rede ich mit deinem Freund ...»

Das Mädchen zuckt zusammen, senkt den Kopf, haucht: «Nein, nein, ich komme schon, ich ...»

«Schön. Du tust, was du tun musst. Was geht mich das an?»

Ein Mädchen sagt im Vorbeigehen: «Sieh an, die Mutter Sarah! Wie viel ist der hier wert? Willst du ihn kaufen? Aber ich brauche das Geld sofort.»

«Sofort, sofort ... Alle wollen immer alles sofort ...» Sie nimmt den angebotenen Ring in die Hand, bläst über den Stein, reibt ihn, damit er glänzt, und hält ihn dicht vor die Augen, um ihn zu prüfen.

Éliane kommt herein. Sie trägt einen schwarzen Mantel, einen schlichten schwarzen Hut; sie hält einen Regenschirm in der Hand. Sie wirkt gleichgültig, müde, schlaff, man denkt an Zimmer mit ungemachten Betten, wenn man sie sieht. Sie dreht ihren Hut in den Händen, wirft ihn auf den Tisch, fährt sich dann mit der Hand durch ihr kurzes blondes Haar, setzt sich und gibt dem Barmann einen Wink. Er schwenkt den Shaker. «Wie geht's, Madame Éliane?»

Statt einer Antwort nickt sie nur. Sie trägt eine doppelreihige Perlenkette um den Hals. Man begrüßt sie respektvoll und mit einer gewissen Beflissenheit. «Geht es gut? Ist alles zu Ihrer Zufriedenheit, Madame Éliane?»

Sie lächelt ein wenig gezwungen, legt die Wange in die Hand und lauscht dem Neger. Es schlägt fünf Uhr. Die Prostituierten richten sich auf und beginnen, sich zu pudern. Die dicke Frau im Schneiderkostüm versteckt schnell ihr Strickzeug und setzt ein Monokel auf. Aller Augen richten sich gierig und ängstlich auf die Tür. Doch es kommen

nur Frauen herein, die ihre gewohnten Plätze einnehmen
wie Verkäuferinnen hinter dem Ladentisch. Die Zwergin
steht auf. Sie geht an Éliane vorbei und verharrt, wie gefesselt von den undeutlich wahrgenommenen Perlen. Sie
nähert sich mit kleinen Schritten, hievt sich Éliane gegenüber auf einen Barhocker, nimmt die baumelnde Kette in
die Hand, führt sie zum Mund und beißt in eine Perle. Um
sie herum wird gelacht. Éliane streichelt mit halb geschlossenen Augen ihre Kette. Die Zwergin nickt bewundernd.
«Wenn du die mal verscherbeln willst, denk an mich. Ich
kenne jemanden, der sie kaufen würde …»

Éliane entreißt ihr mit einer schnellen Bewegung die Perlen und wendet sich ab. Die Zwergin richtet sich auf, lässt
sich zu Boden gleiten und geht hinaus. Man sieht durch
das Fenster, wie sie sich zu einer Frau gesellt, die reglos im
Schein einer Gaslaterne steht, eine erschreckende Gestalt
mit leichenhaft großen Zähnen und starrem Blick. Beide
tauchen in den nächtlichen Regen ein und verschwinden.
Unterdessen ist das Mädchen, das Würfel gespielt hatte,
näher an Éliane herangerückt und fixiert, ebenso wie die
Strickerin mit dem Monokel, die Perlenkette an ihrem
Hals; ihre Gesichter berühren sich. Éliane betrachtet die
beiden Gesichter, und unter ihrem Blick scheinen sie für
einen Moment die Form zu verlieren, zu verwelken und zu
erstarren – Masken von ausgehungerten und elenden alten
Frauen. Éliane greift hastig nach ihrer Kette, hält sie fest.
Abblende. Neues Bild: Sie trinkt und lässt die Perlen auf der
Theke hin und her rollen, indessen sie durch sie hindurch-
zusehen scheint. Für Sekunden tauchen die Gesichter von
Männern auf; zunächst sind es ganz gewöhnliche, lächeln-
de Allerweltsgesichter, dann verzerrt die Anstrengung der

Lust sie unversehens, verwandelt sie in albtraumhafte Fratzen. Ein Gesicht, das eines alten Mannes mit weißem Bart, würdevoll und ruhig, taucht mehrmals auf und wird immer erschreckender, wenn sein beim Küssen weit aufgerissener weicher Mund zu sehen ist. Dann verschwinden die Gesichter wieder. Die Kette gleitet wie ein glänzender Fluss durch die Hand und lässt das Bild eines weißen Hauses mit einem großen Garten entstehen; auch Éliane selbst taucht auf, gealtert, mit einem bodenlangen schwarzen Rock; sie stützt sich auf den Arm eines jungen Mädchens. Die Zukunft ... Éliane lächelt träumerisch. Ein junges Mädchen im Profil, rein und ernst, beugt sich mit einem Ausdruck von Glück und Frieden über ein Buch. Die Negermusik, immer lauter und wilder, wird plötzlich von lauten Glockenschlägen und Orgelmusik unterbrochen, beides vermischt sich eine Zeit lang und verliert sich dann. Man hört nur noch die Glocken, doch der Ton wird dünner; es ist eine Kirche in der Provinz nach der Messe.

Ein kleiner trister und grauer Platz. Ein Auto rast vorbei; das Geräusch brandet auf, wird lauter und verschwindet; der aufgewirbelte Staub sinkt mit äußerster Langsamkeit wieder zu Boden, und die Vögel, die lärmend in alle Richtungen davonstoben, kehren still zurück und setzen ihre Futtersuche fort. Kinderstimmen. Ungeschicktes Klavierspiel; ein alter Walzer, der an einer schwierigen Stelle stockt und geduldig wiederholt wird, erneut stockt und so weiter. Man ahnt, dass die Frau unendliche lange Stunden hindurch übt. Der Herr Pfarrer tritt aus der Kirche, überquert den Platz mit dem leisen, knisternden Geräusch einer Katze, die über Steine huscht. Einige alte Jungfern in weiten Umhängen kehren nach Hause zurück; mit der undurchdringlichen, liebenswürdigen Miene von Kommunionkindern halten sie sich an den Händen. Und jedes Mal, wenn eine Tür an diesem Platz ins Schloss fällt, hört man ein tiefes, vibrierendes Geräusch, einen Hall, der ewig zu währen scheint.

Eine Frau in Trauer, ein wenig gebeugt, und ein junges Mädchen sind zuletzt aus der Kirche getreten. Man grüßt sie, doch stets aus der Entfernung, mit einer gewissen Reserviertheit, mit zusammengepressten Lippen, und wenn die beiden vorbeigegangen sind, wird hinter ihnen Geflüster laut und ebbt wieder ab. Man folgt ihnen mit dem Blick, man schüttelt den Kopf; dann zerstreuen sich alle, und eine Katze überquert langsam den Platz, wobei sie kaum mit den Pfoten das Pflaster berührt. Nirgends ist jetzt mehr ein Mensch zu sehen. Hinter den halb geschlossenen Läden kann man gedeckte Tische erkennen, Kindergesichter, Dienstmädchen mit Hauben, die den Braten servieren, Männer in Hemdsärmeln, die Serviette in die Weste gesteckt, und das sonntägliche leise Besteckgeklapper mischt sich mit dem stockenden Walzer, hebt die Musik hervor und begleitet sie.

Die alte und die junge Frau treten in ein kleines Geschäft ein, halb Kurzwarenhandlung, halb Lesekabinett. Eine Türglocke ist zu hören. Sie gehen weiter ins Hinterzimmer. An der Wand das gerahmte Foto eines dicken Mannes mit mächtigem schwarzem Schnurrbart, der einer jungen Braut mit puppenhaftem Lächeln seinen angewinkelten Arm reicht. Weitere Fotografien. Ein Mädchen bei der Erstkommunion, auf einem Betstuhl kniend, ein junger Mann in Soldatenuniform. Über dem Tisch hängt eine Lampe mit Porzellanschirm; die Alte zündet sie an; unvermittelt ist der pfeifende Gasstrom zu hören, und der Schein der Lampe fällt auf das Gesicht des Mädchens. Sie ist sechzehn Jahre alt und trägt ein altmodisch geschnittenes Schneiderkostüm mit taillierter Jacke, wadenlangem Rock, plumpe Stiefeletten und einen glockenförmigen Hut mit Trauerschleier. Ihr Haar ist hell, lang, glatt, und als sie den Hut abnimmt, sieht man, dass es auf altmodische Weise aufgesteckt ist und mit einem breiten schwarzen Band zusammengehalten wird. Sorgsam zieht sie ihre Handschuhe aus Florettseide aus, faltet sie zusammen und legt sie mit ihrem Gesangbuch in eine Schublade. Sie ist hübsch. Ein kleines, blasses und hartes Gesicht, zusammengepresste Lippen mit abfallenden Mundwinkeln. Da sie zu träumen scheint, ruft die ältere Frau: «Anne!» Das Mädchen fährt zusammen, geht in die Küche und kehrt mit einem Teller zurück; sie setzen sich zu Tisch. Sie schweigen; man hört nur das Geklapper der Gabeln. Es klingelt an der Tür. Wieder: «Anne!» Kunden sind gekommen. Eine sehr dicke und wichtigtuerische Dame in Schwarz, junge Mädchen; als sie Anne erblickt, sagt die Mutter schlecht gelaunt: «Rufen Sie bitte Ihre Tante.»

Die jungen Damen kichern und stoßen einander die Ellbogen in die Seiten. Doch schon kommt die Tante aus dem Hinterzimmer und schickt Anne fort. Langsam wendet Anne sich um. Durch die Glastür sieht sie, dass die Dame leise mit ihrer Tante spricht, und beim Anblick ihrer verkniffenen und freudlosen Gesichter wird ihre Miene bitter. Die Kundin setzt sich an die Theke und wählt Strickmuster aus. Währenddessen überqueren Soldaten im Marschschritt den Platz. Die jungen Mädchen drehen sich eifrig nach ihnen um, doch sie wagen es nicht, sich dem offenen Fenster zu nähern. Die Soldaten marschieren vorbei; mit Blicken, mit ihrem Lächeln und anderen Zeichen lassen sie erkennen, dass sie sich der Aufmerksamkeit der jungen Damen bewusst sind, während diese den Blick senken, Schmollmünder machen und verdrießlich schauen. Anne sieht zu. Schließlich gehen die Kundinnen. Die Militärmusik entfernt sich und verklingt.

«Anne.»

Anne sammelt die Teller ein und geht in die Küche, um das Geschirr zu spülen.

Die Tante schreibt einen Brief. Erneut ertönt das helle Geräusch der Türglocke. Diesmal eilt die Tante in den Verkaufsraum. Eine sehr alte Dame ist eingetreten, die sich auf den Arm eines sehr großen und kräftigen Dieners stützt. Anne trocknet das Geschirr ab und betrachtet dabei den vergessenen Brief auf dem Tisch; mit zögernden Schritten nähert sie sich und liest:

«Meine liebe Schwester,

Annes Rente habe ich erhalten. Aber ich wäre Dir sehr dankbar, wenn Du mir im nächsten Monat zusätzlich zweihundert Franc zukommen lassen könntest. Die liebe Kleine möchte ein neues Kleid. In ihrem Alter sind solche Wünsche ganz natürlich. Außerdem geht sie oft aus, denn wir verkehren in der besten Gesellschaft der Stadt und …»

Im kleinen Verkaufsraum erhebt sich die alte Dame schwerfällig. Anne dreht mit zitternder Hand den Umschlag um und liest: «Madame Éliane Bernard, Rue de Châteaudun 30, Paris». Sie geht in die Küche zurück. Als die Tante sich wieder hinsetzt, um den Brief weiterzuschreiben, und ihr dabei den Rücken zuwendet, ballt Anne die Faust und verzieht hasserfüllt das Gesicht. Etwas später sitzt sie am Fenster, die Wange in die Hand gedrückt. Sie betrachtet den leeren Platz, den leeren Himmel. Langsam steht sie auf, geht in den leeren Verkaufsraum und ertastet im Halbdunkel den Weg zu den Büchern; sie lässt ihre Finger über die Buchrücken gleiten, zieht rasch einen Band heraus und geht ins Zimmer zurück, wo sie begierig und furchtsam zu lesen beginnt. Der Titel ist mit Tinte auf den Papierumschlag geschrieben: Alexandre Dumas d. J., «Die Kameliendame». Während sie liest, stellt sie sich elegante Frauen und gutaussehende Herren in einem Park vor. Unter den Bäumen ist auf einem Tisch ein Imbiss angerichtet; Kerzen flackern im Wind. Sie hört die Blätter rascheln und die Springbrunnen plätschern. Dann knallen Champagnerkorken, und das schäumende Getränk ergießt sich in die Gläser; Zigeuner musizieren im Schatten der Bäume, und das Holz ihrer Geigen glänzt im Mondschein. Anne lässt das Buch sinken und hält ihren Blick starr auf das Fenster, den menschenleeren Platz gerichtet. Der Abend dämmert, und die kleine Stadt wirkt noch enger und elender als sonst. Irgendwo wiederholt eine Drehorgel den Refrain der Geigen und bricht dann ab; man hört das Geräusch der Münzen auf dem Pflaster. Anne ringt schweigend die Hände, ein Ausdruck verzweifelter Langeweile liegt auf ihrem Gesicht.

Die Nacht ist leer und groß; Wolken ziehen vorbei, verformen sich, zeigen vage Ähnlichkeit mit den Silhouetten großer Schiffe, gleichen einem Zug, einer sich vorbeugenden Frau, glänzenden Perlen, dann einem zurückgeworfenen, zerzausten Frauenkopf.

Anne liest. Hinter ihr sind auf dem nackten Parkettboden Schritte zu hören. Sie springt auf und macht eine ungeschickte und ängstliche Bewegung, um das Buch zu verstecken, doch es fällt ihr aus der Hand. Die Tante beugt sich eilig vor, um es aufzuheben, und ruft mit zischender Stimme aus: «Die ‹Kameliendame›! Du liederliches kleines Ding! Aber das erstaunt mich gar nicht! Deine Mutter ist nichts anderes als eine Dirne, und du wirst genauso enden!»

Anne wirft sich unversehens mit geballten Fäusten auf sie. Die Tante wehrt sie ab, hält ihre Arme fest. Sie starren sich mit hasserfülltem Ausdruck ins Gesicht. Anne schreit: «Ich hasse Sie! Ich hasse Sie! Sie sind neidisch auf Maman, weil Sie alt und hässlich sind und einen Buckel haben. Aber sie ist schön, die Männer lieben sie … Sie sind noch nie von einem Mann geküsst worden, weil Sie eine alte Jungfer sind, weil Sie gemein und hässlich sind!»

Der trockene Klang einer Ohrfeige.

«Du kleine Schlange! Dann geh doch zu ihr zurück, geh zurück zu diesem Biest!»

Wütend schiebt sie Anne aus dem Zimmer. Anne schreit mit der zitternden, hohen Stimme eines kleinen Mädchens: «Ich hasse Sie, ich hasse Sie.»

Geräusch einer Tür, die heftig zugeworfen wird, eines Schlüssels, der sich im Schloss dreht. Stille. Die Drehorgel im Hof fängt wieder an zu spielen. In Annes Zimmer ist es vollständig dunkel. Sie schmiegt sich in den Mauerwinkel am Fenster wie ein ausgesetztes Kind im Regen an eine verschlossene Tür. In weiter Ferne hört man in der Stille das durchdringende Pfeifen eines vorbeifahrenden Zuges. Dann sieht man einen kleinen Provinzbahnhof. Das Geräusch eines von einem Eisenbahnarbeiter geschobenen

Karrens, Geräusche von Koffern, die ausgeladen werden. Ein kleiner Schatten – Anne – huscht vorbei, kommt wieder. Sie entfernt sich, tritt schließlich unter dem Vordach hervor. Der trübe Schein einer Gaslaterne fällt auf ihr Kleid und ihr Haar. Der Wind lässt ihren Mantel flattern; sie geht hin und her, schaut ängstlich auf die Uhr. Das Geräusch des Zuges. Stampfende Maschine. Der Zug taucht auf, hält einen Moment und spuckt Feuer und Rauch. Anne beeilt sich, klettert in ein Abteil der dritten Klasse. Die Türen fallen krachend zu. Der Zug setzt sich wieder in Bewegung. Die Gleise schimmern in der Nacht. Anne betrachtet begierig den purpurfarbenen Widerschein am Himmel dort, wo Paris liegen muss; ein gleißender Blitz: der erleuchtete Eiffelturm; dazu das Pfeifen des Kessels, erst laut zischend inmitten emporschießender Flammen, dann leiser sprudelnd wie kochendes Wasser.

Auf der Schwelle von Élianes Haus gibt die Hausmeisterin der reglos dastehenden Anne Auskunft: «Zu dieser Zeit ist sie nie da, sie ist in ‹Willy's Bar› in der Rue du Port-Mahon Nummer 18. Ich darf Sie nicht hereinlassen.»

Sie dreht sich um und schließt schroff die Tür der Portiersloge. Anne ist einen Moment lang unschlüssig; sie scheint sehr müde zu sein; sie nimmt ihren Hut ab, der zu schwer für sie ist. Doch ein Polizist ist aus dem Schatten getreten. Anne bekommt Angst, zuckt zusammen wie ein verfolgtes Tier, geht mit Mühe weiter, immer an einer Mauer entlang. Langsam sieht man sie sich auf der leeren Straße entfernen. Der Jazzsong ist wieder zu hören, der Refrain setzt ein, zuerst weit weg, gedämpft, dann wild und schrill. Dichter Rauch steigt langsam auf. Wieder ist die Bar zu sehen. Doch jetzt ist es fast sieben Uhr, und der kleine Raum ist voller Menschen. Männer sitzen auf Barhockern an der Theke, trinken und rufen einander laut etwas zu. Gelächter. Schreie von Frauen. Alles spricht und lacht gleichzeitig. Einzelne Wörter sind nicht zu unterscheiden, nur ein verworrener Lärm, gemischt mit dem Geräusch des Cocktailshakers, dem Aufschlag von Würfeln auf dem Tresen, der Jazzmusik. Betrunkene Männer schlagen mit ihren Spazierstöcken den Takt dazu. Die Mädchen drängen sich auf den Bänken. Die junge Frau mit der Perlenkette, das Kinn in den Händen, über den Tisch gebeugt, ruft einen großen Mann mit dem jugendlichen Gesicht eines Amerikaners; er lacht, lässt seinen Hut auf der Spitze seines Spazierstocks kreisen, zeigt seine riesigen Zähne mit Goldfüllungen. Éliane wird von einem Argentinier umarmt; er scheint fast vollständig aus dunklem Leder gemacht zu sein; er bedeckt ihren Hals mit Küssen, und zunächst, halb erstickt von seinen schweren Händen, das blonde Haar zerzaust, scheint auch sie vor Lust zu vergehen; dann wandern die Männerhände nach unten, und man sieht Élianes Gesicht: Eine kleine ungeduldige Grimasse verzerrt ihre Lippen; eine Haarsträhne hat sich in einem Manschettenknopf des Argentiniers verfangen; Éliane versucht behutsam, ihr Haar zu befreien; ihre Hände zittern vor Nervosität, und ihr Gesicht nimmt einen Augenblick lang einen wütenden und leidenden Ausdruck an. Doch als sie die große, schimmernde Perle des Manschettenknopfs wahrnimmt, hebt sie den Kopf und lässt sich willig von dem Fremden küssen. Der Neger singt. Niemand hört ihm zu. In einer Ecke lehnt ein junger Mann von zwanzig Jahren am Tresen, schlecht angezogen, das Gesicht blass und bartlos; er raucht und liest ein Wettjournal. Nachdem er das Blatt überflogen hat, zieht er einen Stift heraus und markiert zwei oder drei Namen von Pferden; dann hält er inne, beugt sich vor, macht dem Barmann auf der anderen Seite der Theke ein Zeichen und zeigt ihm die Zeitung. Sie sprechen leise miteinander. Hinter ihnen öffnet sich langsam und wie von einer zögernden Hand angestoßen die Tür.

Der junge Mann und der Barmann drehen sich um und betrachten beide voller Ungeduld die halb offene Tür. Schließlich erscheint Anne. Qualm, Gelächter und Musik wirken auf sie wie ein Schlag ins Gesicht; sie macht eine erschrockene Bewegung; ihr Mund zittert, die Lippen verkrampfen sich, sodass sie einen Moment lang aussieht wie ein mitleiderregendes kleines Mädchen, das im Begriff ist, in Tränen auszubrechen. Dann strafft sie sich, nimmt sich zusammen; macht einen Schritt vorwärts.

Der Barmann sagt obenhin: «Sie wünschen, Mademoiselle?»

«Madame Bernard, bitte.»

Der Barmann verzieht das Gesicht. «Was? So was kennen wir hier nicht. Sie müssen sich irren.»

Er will die Tür wieder hinter ihr schließen, doch sie sagt noch einmal: «Man hat mir gesagt, dass sie um diese Zeit immer hier sei. Dies ist doch ‹Willy's Bar›?»

«Ja, aber welchen Namen haben Sie da genannt?»

«Madame Bernard. Madame Éliane Bernard.»

Der Barmann zögert und antwortet in verändertem Ton: «Ach so, ja, ich verstehe … Warten Sie …»

Anne bleibt reglos und mit gesenktem Kopf stehen. Doch unwillkürlich folgt ihr Blick dem Barmann, der Mühe hat, sich einen Weg durch die Menge zu bahnen. Er erreicht Éliane und beugt sich zu ihr, und als Anne sie sieht, zuckt sie zusammen und beißt sich auf die Lippen; Élianes blonder, zerzauster Kopf reckt sich ein wenig; ihre Blicke treffen sich; eine Zeit lang verharren sie so, ohne sich zu bewegen, und starren einander durch den Rauch hindurch, über die betrunkenen und stumpfen Gesichter hinweg an. Schließlich reißt sich Éliane von dem Argentinier los, erhebt sich und geht auf Anne zu. Jetzt stehen sie dicht voreinander, doch noch immer blicken sie einander wortlos an, von Scham und wachsender Furcht erfüllt. Endlich sagt Éliane leise: «Sie wollten mich sprechen?»

Anne hebt den Kopf. «Ja, Madame.»

Mit Anstrengung fährt sie fort: «Ich bin Anne. Anne Bernard, Ihre Tochter.»

Éliane macht eine heftige Bewegung, als hätte sie einen Schlag ins Gesicht erhalten. Sie stottert: «Warum bist du hier?»

«Ich bin geflüchtet», stößt Anne mit einem Ausdruck von Trotz und Hass hervor.

Éliane nimmt sie am Arm, will sie wegziehen. «Gehen wir. Komm, hier können wir nicht bleiben …»

Doch Anne bleibt stehen und sagt leise: «Ich bitte Sie … Kann ich mich nicht einen Moment hinsetzen? Ich bin so müde … Ich hatte kein Geld mehr, um einen Wagen zu nehmen. Ich bin den ganzen Weg vom Bahnhof zu Fuß gelaufen.»

Neben der Bar ist eine kleine Tür, von einem Vorhang versteckt. Éliane schlägt ihn zurück, schiebt Anne durch die Tür. Sie sind in einem leeren, dunklen Raum voller Spiegel und Sofas. Nur zwei trübe Glühbirnen brennen zu beiden Seiten eines Wandspiegels. Sie setzen sich. Éliane betrachtet verstohlen, begierig das Gesicht ihrer Tochter. Doch Anne wendet die Augen ab und schweigt. Man hört die Musik aus dem Nebenraum, die immer lauter und stampfender wird. Dann bricht ein Streit aus, hysterisches Gelächter ertönt, dann das Geräusch von Messern, die im Takt auf die Tische geschlagen werden, dazu Stimmen im Chor: «É-lia-ne! ... É-lia-ne! ...» Plötzlich Stille. Bestimmt hat der Barmann sie gezügelt. Der Neger spielt mechanisch seine amerikanische Musik weiter. Schließlich sagt Éliane leise: «Ach, Anne, was hast du getan?»

Anne senkt ihren Kopf noch tiefer; man sieht ihr Gesicht nicht. Man sieht nur ihre Hände, die nervös mit den auf dem Tisch verstreuten Dessertmessern spielen. Mädchenhände, Hände einer Schülerin, abgenutzt durch die Arbeit im Haushalt, der Zeigefinger lädiert durch Nadelstiche, die Nägel kurz geschnitten. Élianes Blick wird von ihnen angezogen, und sie betrachtet sie lange, indessen sie schweigend ihre eigenen Hände aneinander legt und die schmalen weißen Finger biegt, die durch Müßiggang und Pflege ein fast aristokratisch-kraftloses Aussehen angenommen haben. Noch einmal sagt sie: «Anne, lieber Himmel, warum hast du das gemacht?»

Nach einigem Zögern antwortet Anne: «Ich bin so unglücklich gewesen.»

Sie hat den Kopf gehoben und betrachtet Éliane mit einem kalten und harten Ausdruck, der sie plötzlich älter aussehen lässt. Éliane murmelt: «Aber ich habe doch alles getan, was ich konnte. Deine Tante sagte, du seist zufrieden.»

«Sie hat gelogen. Sie wollte Ihr Geld. Sie hat mich arbeiten lassen wie eine Dienstmagd. Ach ... das war mir egal ... Ich bin nicht faul ... Aber es war so ungerecht. Ich werde nicht zu ihr zurückkehren. Niemals. Ich will bei Ihnen bleiben. Sie sind meine Mutter. Man hat nicht das Recht, die eigenen Kinder unglücklich zu machen.»

Éliane verbirgt ihr Gesicht in den Händen. Dann sagt sie sehr leise: «Nein, nein, ich kann dich nicht behalten … Weißt du es denn nicht?»

«Doch, doch, ich weiß es, aber es ist mir egal …»

Éliane fährt verblüfft auf. «Du weißt es?»

«O ja, schon seit Langem … Sie hat es mir ständig vorgehalten, um mich zu kränken … Aber es ist mir egal … Ich will auch …»

Éliane unterbricht sie. «Niemals!»

«Doch. Ich will sein wie Sie. Schön, glücklich, von allen bewundert …»

Mit weicher, sehnsuchtsvoller Stimme fügt sie hinzu: «Geliebt …»

Éliane zuckt traurig die Schultern. «Ach, mein armes Kind …»

Schweigen. Hinter der Wand hört man Schreie, die Lachsalven werden lauter, greller, künstlicher. Éliane fährt zusammen, steht auf und gebietet leise: «Komm.»

Sie verlassen das Lokal durch eine versteckte Tür. Ein Taxi fährt vorbei und hält an. Der Raum wird langsam dunkel. Nur die Glühbirnen zu beiden Seiten des Wandspiegels leuchten noch eine Weile, und das Glas scheint sich zu öffnen und die Dunkelheit in sich einzusaugen. Dann wird wieder ein Spiegel sichtbar, in anderer Form, am Fuß des Bettes in Élianes Zimmer. Es ist ein riesengroßes Bett, mit einem Samtbaldachin und bronzenen Putten, die Leuchter und Füllhörner in Händen halten. Unordnung, Staub. Einige Fotografien von Männern auf dem Kaminsims. Auf der

Bettkante sitzend, hält Anne einen Teller auf den Knien und beißt gierig in ein belegtes Stück Brot. Während sie isst, steht Éliane an die Frisierkommode gelehnt da. Fast streng beobachtet sie ihre Tochter beim Essen. Als Anne satt ist, stellt sie den Teller ab und lächelt ein wenig verlegen. Éliane setzt sich zu ihr aufs Bett, legt ihr zärtlich die Hand auf die Stirn, streicht ihr fast schüchtern das Haar glatt. Schließlich murmelt sie mit leidvoll erregter Miene: «Anne.»

«Ja, Madame.»

«Du musst mich Maman nennen.»

Anne schweigt.

Éliane fährt in fast flehendem Ton fort: «Vorhin hast du geredet wie ein Kind.»

Anne schüttelt sacht den Kopf.

«Hör zu. Wir werden zusammen wegfahren. Wohin du willst. In eine ruhige Stadt, in der uns niemand kennt. Ich werde meine Perlen verkaufen. Sie sind mein Vermögen. Deshalb habe ich Geld verdient, damit wir später zusammen in Ruhe und glücklich leben können.»

Anne schweigt. Erneut redet Éliane ihr zu: «Anne, mein Liebes? … Das willst du doch auch, nicht?»

Inständig bittend, verzweifelt wiederholt sie: «Ein gutes kleines Leben, ganz friedlich, ganz still … nicht wahr, mein Liebes?»

Anne entzieht sich ihr. Leise und entschieden sagt sie: «Nein.»

«Aber warum denn nicht? Warum?»

«Ich habe genug Ruhe gehabt. Ich will leben. Leben.»

Éliane zuckt traurig die Schultern. Sie will sprechen, doch dann wirft sie einen langen Blick auf Anne und macht nur eine müde Handbewegung. Anne legt den Kopf auf das

Kissen und schließt die Augen. Vorsichtig nähert sich ihr Éliane und streicht ihr das Haar zurück, das ihr in die Stirn gefallen ist; aus nächster Nähe betrachtet sie fast staunend Annes Haut, Annes Augen. Dann steht sie seufzend auf, öffnet die Schublade der Kommode, nimmt ein Nachthemd heraus, kehrt zu Anne zurück und hilft ihr schweigend, es anzuziehen. Anne ist schon halb eingeschlafen. Als sie ihren Kopf wieder auf das Kissen sinken lässt, liegt das Lächeln eines vertrauensvollen Kindes auf ihrem Gesicht, und im nächsten Moment schläft sie tief und fest. Éliane bleibt zusammengesunken neben ihr sitzen, legt den Kopf in die Hände und denkt nach; etwas später hört man die gedämpften Klänge eines Grammophons in der Nachbarwohnung; es wird klar, dass das Haus aus lauter Junggesellenwohnungen und möblierten Zimmern besteht. Anne erwacht, fährt auf und schläft, mit einem Lächeln auf dem Gesicht, wieder ein. Neben ihr liegt jetzt Éliane, mit weit offenen Augen und gequälter Miene, das Gesicht tränenüberströmt.

Kurz vor zwölf Uhr mittags. Das Zimmer ist noch dunkel. Nur an der Decke sieht man die goldenen Streifen der Fensterläden; auf der Frisierkommode, zwischen zwei Schminktöpfchen, liegt ein Brief. Anne liest ihn voll Freude.

«Ich werde heute nicht nach Hause kommen. Du findest Geld in der Nachttischschublade. Geh zum Essen ins Restaurant oder bestell etwas bei Germaine. – P. S. Wenn du ausgehst, such dir ein Kleid von meinen aus. Sie werden dir passen. Wir sind gleich groß.»

Auf der Schwelle sitzt Germaine und lackiert sich die Nägel. Sie ist das Dienstmädchen. Zerzaust, geschminkt, in zerrissenen Pantoffeln; sie lächelt freundlich. Anne fragt: «Sie machen hier das Essen?»

«Ja, Madame. Es gibt Sardinen aus der Dose und einen Rest Schinken. Ist das recht?»

«Ja.»

«Wollen Sie sich anziehen, Madame?» Sie öffnet einen Schrank. «Ich werde Ihnen ein Bad einlassen.»

Sie will Anne ins Badezimmer folgen. Anne wirft ihr einen scheuen Blick zu und sagt verlegen: «Bitte nicht – ich brauche nichts.»

Germaine lächelt. «Na gut, Madame.»

Die Badezimmertür ist verschlossen; Germaine lacht leise und beginnt, das Bett zu machen; sie wechselt dabei aber weder die Laken noch die Bezüge, schüttelt nur die Kissen auf und zieht die Decken straff. Sie singt. Sie hat eine durchdringende, junge, doch schon heisere, verbrauchte Stimme.

Paris. Wieder Lärm, Stimmengewirr, aber es klingt fröhlich, turbulent; ein schöner Tag im März, die unvermittelt einsetzende Wärme eines kurzen Frühlings. In die sehnsüchtige, fröhliche, ewige Musik, die in der Luft der Stadt schwebt, mischt sich eine kleine, entfernte Melodie, kaum wahrnehmbar, zusammengesetzt aus einer Vielzahl volkstümlicher Weisen, die gesummt und fröhlich gepfiffen werden, unvollständig, immer wieder neu. Rue de la Paix. Man sieht die Kaufhäuser mit ihren berühmten Schriftzügen; man hört Fetzen der Unterhaltungen von Leuten, die vorbeikommen und vor den Auslagen stehenbleiben.

«Don't you think it's nice?»

«Wie schön ...»

«*Yo quiero ...*»

«*Como me gusta ...*»

Anne geht vorbei. Sie ist hübsch und schlicht gekleidet, trägt Hut und Schuhe ihrer Mutter und einen Mantel, ebenfalls von Éliane. Vor jedem Schaufenster bleibt sie einen Moment stehen, betrachtet sich freudig überrascht und setzt ihren Spaziergang fort. Sie verschlingt den Schmuck, die Kleider in den Vitrinen, die ganze Stadt mit Blicken. Doch wenn Männer sie im Vorübergehen ansehen, zuckt sie kaum merklich zurück, macht eine scheue und naive Geste der Abwehr. Sie flaniert die großen Boulevards entlang, kommt an den vollen Cafés vorbei, mustert sie mit amüsierter Neugier und geht weiter. Es wird allmählich Nacht, und auf einen Schlag wird die Stadt hell, glänzt mit ihren vielen Lichtern. Die Reklameschilder drehen sich, tanzen im Wind. Lautsprecherlärm vor den Kinos, vor dem Zeitungsgebäude des *Matin*. Die Menge ist ruppiger, weniger in Eile, viele Menschen sind müde. Anne setzt langsam und fast linkisch einen Schritt vor den anderen; sie wird geschoben, gestoßen. Blitzartig tauchen Gesichter auf und verlieren sich wieder; Gesichter von Männern und von Frauen, leere Mienen, die nichts zu begehren scheinen, die traurig sind, verbraucht, und andere, bösartiger, erschreckender. Ein breitschultriger Mann mit den roten Händen eines Metzgers, dessen Krawattennadel mit einem riesigen falschen Diamanten besetzt ist und dessen Haar unter der nach hinten geschobenen Melone fettig glänzt, hat Anne bemerkt und macht einen Schritt auf sie zu, wodurch er den stetigen Strom der Menge unterbricht. Anne zuckt zusammen und geht schnell und mit gesenktem Kopf weiter. Der Mann zuckt die Schultern und verschwindet. Doch Anne geht immer noch im selben Tempo; sie läuft schneller; sie stößt geschäftige Frauen an, die sie schlecht gelaunt beiseiteschieben. Dann lässt sie die belebte Gegend der großen Boulevards hinter sich. Es ist dunkel geworden. Sie geht langsamer. Sie schwankt ein wenig auf ihren hohen Absätzen, denn sie ist müde geworden. Vor ihr geht ein Mädchen mit einem großen roten Hut im Schatten auf und ab, auf der Suche nach einem Freier. Als sie auf Annes Höhe ist, sieht man ihren stark geschminkten Mund und ihre Augen, den Blick eines erniedrigten Geschöpfes. Sie scheint durch Anne hindurchzusehen, ohne sie wirklich wahrzunehmen. Schließlich taucht ein Mann auf.

Das Mädchen tritt aus dem Schatten, flüstert; der Mann stößt sie mit seinem Spazierstock zurück, mit einem angewiderten Ausdruck im Gesicht, als würde er einen aufdringlichen Hund abwehren. Sie schreit ihm mit heiserer Stimme einen unverständlichen Fluch zu, bricht in Lachen aus und setzt sich wieder in Bewegung, lässt dabei auf übertriebene Weise, mit falscher und kalter Schamlosigkeit die Hüften schwingen.

Rue de Châteaudun, Anne kehrt zurück; sie sieht nichts mehr. Ihr Gesicht ist hart und verstört. Doch aus einer Straße am Hang kommen die Kinder eines Waisenhauses auf sie zu, angeführt von einer Nonne mit Flügelhaube. Die kleinen Mädchen sind gekleidet wie Anne am Vortag, mit riesigen Hüten auf dem Kopf und plumpen Schuhen. Anne bleibt stehen; die jüngsten Kinder trappeln wie eine kleine Herde hinter der Nonne her, ohne sich umzudrehen. Die größeren gehen paarweise und werfen Anne begierige Blicke zu. Und Anne lässt sich mit einem Ausdruck von Stolz und Vergnügen lächelnd von ihnen betrachten. Die Nonne ist stehen geblieben; sie klatscht in die Hände, mahnt die Mädchen zur Eile; mit zusammengepressten Lippen geht sie an Anne vorbei. Anne lacht leise und etwas boshaft. Die Kinder entfernen sich, und Anne kehrt nach Hause zurück; man hört das Geräusch der zufallenden Hintertür, lebhafte Schritte auf der Treppe, den Gruß der Hausmeisterin und Annes klare Stimme: «Guten Tag, Madame, wie schön das Wetter ist …»

In der Bar sitzen Éliane, Célia, die alte Frau mit dem Monokel und Ada, das schwindsüchtige Mädchen, auf den Barhockern, trinken, rauchen und reden. Die Lampen brennen wie gewohnt, doch auf der Schwelle glänzt die Sonne. Der Wirt sagt: «Du irrst dich, Éliane, es ist eine einzigartige Gelegenheit. Er ist ein millionenschwerer Argentinier, er ist jung und der Reichtum steht ihm ausgezeichnet. Ich frage mich, was es Besseres geben könnte für deine Prinzessin.»

Éliane zuckt die Achseln; sie sieht traurig aus und scheint um Jahre gealtert zu sein. Célia wird noch deutlicher; mit ihrer tiefen Stimme sagt sie: «Er ist zwei Wochen mit Nonoche zusammen gewesen; sie hat geheult wie ein Schlosshund, als er gegangen ist. Jung, großzügig, was du willst …»

«Ja», sagt Ada, «und es gibt so wenig Männer.»

Éliane explodiert: «Diese Wahnsinnige, dieser Dummkopf! Hübsch, wie sie ist, und fein und vornehm, könnte sie heiraten, glücklich sein, ein friedliches Leben führen … Was hat sie sich nur in den Kopf gesetzt? Das frage ich mich … Als ich so alt war wie sie, hatte ich Hunger … Deshalb musste ich …»

Ada sagt zwischen zwei Hustenanfällen leise: «Bei mir war es genauso …»

«Du bist selbst daran schuld», sagt Célia mit ihrem lauten Männerlachen. «Du lässt sie in diesem gottverlassenen Provinznest verkümmern, wo man sie spüren lässt, dass man weiß, was für ein Leben ihre Mutter in Paris führt ... Die Kleine hat einfach genug davon, das kann man doch verstehen ...»

Éliane wischt sich nervös die Tränen aus den Augenwinkeln. «Ich dachte, ich tue das Richtige ...»

Célia schlägt mit der Hand auf den Tresen und ruft in derbem und herzlichem Ton den Barmann: «Édouard, gib mir Feuer ...» Sie beugt sich vor, die Zigarre im Mund, stößt eine Rauchwolke aus, räuspert sich laut und fährt fort: «Gegen das Schicksal kann man nichts ausrichten. Sie kann die Ehe nicht ernst nehmen. Du etwa? Kannst du dir vorstellen, vor dem Traualtar zu stehen?»

Der Wirt steht auf, holt eine Flasche Champagner. Er füllt Élianes Glas; sie trinkt mechanisch; er sagt: «Wenn es schon sein muss, dann fängt man besser früh an ...»

Später am Tag. Feuchtfröhliche Stimmung in der Bar. Das Abendessen ist gerade beendet. Die Tische sind bedeckt mit schmutzigem Geschirr, umgeworfenen Gläsern, verwelkten Blumen, auf dem Boden liegen Zigarettenstummel; auf dem Ehrenplatz sitzt Anne unter den betrunkenen, aufgeputzten Mädchen. Sie ist still und sichtlich beunruhigt und berauscht; sie presst die Lippen zusammen, ihre Nasenflügel beben, ihre Lider flattern. Neben ihr ein noch recht junger Argentinier, bildschön, mit blauschwarzen Haaren und großen, feucht glänzenden Augen; er küsst ihr die Hände, lässt seine Stirn über ihre schmalen, kindlichen Finger streifen, die sich zuckend zurückzuziehen scheinen wie sich schließende Blüten. Sie beobachtet ihn mit stau-

nender, naiver und stolzer Miene. Gelächter, Schreie, Jazzmusik. Als die Tür sich öffnet, hört man Applaus, Gebrüll
und wildes Pfeifen. Der junge Mann, der am Tag von Annes
Ankunft das Wettjournal gelesen hatte, betritt die Bar, und
die wilden Schreie verstärken sich. Der Wirt ruft lachend:
«He, Luc! Wie geht's, alter Freund?»

«Gut», lautet die lächelnd gegebene Antwort.

Eine junge Prostituierte tritt vor, mit zerzaustem Haar
und schweißbedecktem Gesicht, einem allzu lauten Lachen.
Sie schreit – und gleich darauf schreien es alle im Chor:
«Das ‹Nouba›! Das ‹Nouba›!»

Dröhnendes Stimmengewirr, Gelächter, Gesichter, Mün-
der, die sprechen und küssen. Alles erhebt sich, geht zur
Tür, auf die Straße, steigt in wartende Autos. Im Vorbeigehen klopft der Argentinier – mit Anne im Schlepptau –
Luc auf die Schulter: «Kommst du?»

Luc schüttelt den Kopf. «Unmöglich. Ich bin pleite …»
Der Argentinier: «Ist doch egal. Ich zahle.»

Erneut betrunkenes Gelächter von Frauen und ein un-
deutlicher Wirbel von Liedern und Geschrei. Die Autos
fahren los; junge, raue Mädchenstimmen singen, und die
Refrains vom Montmartre werden von den Männern gesungen; man hört ihren spanischen, amerikanischen, rumä-
nischen Akzent. Alle sind betrunken, sitzen einander auf
dem Schoß; Anne legt in einer unwillkürlichen Geste des
Rückzugs und der Abwehr ihre Wange ans Fenster; im gleichen Wagen sitzt Luc, etwas von ihr entfernt, und gähnt.
Sein Blick folgt mit unbefangener Neugier dem dunklen
Gemenge erregter Körper im Schatten. Der Strahl einer
Gaslaterne lässt unvermittelt ein langes, bis zum Knie ent-
blößtes Frauenbein aufleuchten; es schwingt ganz sacht hin

und her. Luc hebt den Kopf, sieht Annes Gesicht; während der Wagen mit seiner betrunkenen Fracht weiterfährt, sehen sie einander an, bis Anne die Lider senkt und Luc sich abwendet. Undeutliche Schreie sind zu hören; Lichter ziehen vorbei; dann, im tiefen Schatten, sehen Anne und Luc einander noch einmal an, mitfühlend, staunend und voller Zuneigung.

Kurze Ansicht eines Nachtlokals am frühen Morgen, wenn jedermann betrunken ist. Ein alter Mann, vielleicht ein würdevoller Provinznotar, in einem schwarzen Frack mit langen Schößen, tanzt auf dem Tisch; er trägt ein rosarotes Papiermützchen auf dem Kopf. Eine große Amerikanerin schwenkt ihre fetten, von abblätterndem Puder bedeckten Arme; sie wirft den Tänzern Wattekügelchen in den Hals; eine andere lässt schmachtend ihren Kopf auf der Schulter eines halb schlafenden Mannes hin und her rollen; er sieht melancholisch aus, trägt einen schütteren Spitzbart und Trauerkleidung. An anderer Stelle versuchen zwei Frauen vergeblich, mit einer Runde bebrillter Männer, die brutale und griesgrämige Gesichter haben, anzubändeln. Die Frauen sind Geschöpfe undefinierbaren Alters, als junge Mädchen verkleidet; eine hat blondes, in Locken gelegtes Haar, das mit einer großen Schleife zusammengebunden ist, ihre große, picklige Nase erinnert an die Nasen von Droschkenkutschern in alten Illustrierten; die andere zieht immer wieder affektiert ihre Strümpfe über ihre dicken, schwammigen Waden. Luftschlangen werden geworfen und bilden zusammen mit den zertretenen Kügelchen, Papptrompeten und Stoffpuppen auf der Tanzfläche einen schmutzigen Haufen Abfall, hin und her geschoben von den Sohlen der Tänzer. Jazzmusik; im Rausch einer kalten

Leidenschaft mischt sich der Lärm, das ohrenbetäubende Stimmengewirr mit dem Klacken der Tanzschritte und dem dumpfen Klang der Trommeln.

Nur Anne, Luc und der Argentinier tanzen nicht. Anne lässt sich die Hände streicheln, das Gesicht küssen; sie trinkt ohne Unterlass. Je später es wird, desto älter, erschöpfter, bitterer scheint ihr Gesicht zu werden; nur die Augen bewahren eine Art Unschuld. Düster und schweigend beobachtet Luc, wie der Argentinier bündelweise zerknitterte Scheine aus seiner Brieftasche zieht; er schwenkt sie in der Luft und schreit: «Wer will welche? Es sind noch genug für alle da! … Es lebe Paris!»

Und er wirft den Kellnern und Pagen Geld zu, wirft auch dem Violinisten Scheine zu, der sein Instrument einen Moment lang unter das Kinn klemmt und mit der freien Hand das Geld vom Teppich aufhebt, sich dann aufrichtet und wieder zu spielen beginnt, über eine dicke, heftig geschminkte Frau gebeugt, als wollte er ihr ein kostbares Öl ins Ohr gießen.

Es ist heller Tag. Die Straße. Eine Frau bietet Veilchen an und sagt immer wieder gleichmütig: «Kaufen Sie Blumen, Blumen für Ihre Liebste …»

Die drei jungen Leute sind auf der Schwelle stehen geblieben, indessen der Wagen sich nähert. Anne, einige Stoffpüppchen im Arm, fröstelt unter einem dünnen Mantel. Der Argentinier scheint wieder nüchtern zu sein; verstohlen betrachtet er Anne. Das Auto hält vor der Tür. Er schiebt Anne hinein, steigt selbst ein und schließt unvermittelt die Wagentür; um ein Haar hätte er Luc die Hände eingeklemmt. Es entsteht etwas wie ein kurzer, schweigender Kampf zwischen den beiden Männern, die sich indessen beide Mühe geben zu lächeln. Luc steigt ein. Der Argentinier stößt zwischen den Zähnen hervor: «*Hijo de puta.*»[6]

Der Wagen fährt los. Sofort stürzt sich der Argentinier auf Anne; mit ihren schwachen Fäusten versucht sie vergeblich, sich von dem Mann loszumachen, unter dessen Gewicht sie zu ersticken droht. Geräusch zerreißenden Stoffs, ein Stöhnen: «Sie tun mir weh … Lassen Sie mich los …»

Luc, die Zähne krampfhaft aufeinandergebissen, ereifert sich. «Lass sie los, du Rüpel!»

«Was soll das? … Misch dich gefälligst nicht ein!»

Luc schlägt wütend an die Trennscheibe. «Halten Sie an! Halten Sie an, verdammt!» …»

Endlich öffnet sich der Schlag, er springt heraus und zieht Anne hinter sich her. Sie sind allein in der menschenleeren Straße. Anne macht einige Schritte, sinkt auf eine Bank, legt den Kopf in die Hände. Luc steht aufrecht da und beobachtet sie. Stille. Sehr weit weg hört man Hupen, die ersten Straßenbahnen, die quietschend vorbeifahren, den Schritt eines Polizisten in einer Nebenstraße. Die Sonne ist aufgegangen; Gehsteige und Häuser erglänzen in rosigem Licht. Luc sagt: «Kommen Sie, ich bringe Sie nach Hause.»

Sie gehen sehr langsam. Hausmeisterinnen putzen Tore, die kleinen Wagen der Milchhändler fahren vorbei; man hört das leise Geräusch der aneinanderstoßenden Milchkannen und das lebhafte Klacken von Annes Absätzen auf dem Trottoir. Anne lächelt, lässt sich das Gesicht vom Wind fächeln. Luc sagt: «Das tut gut, nicht?»

«Ja.»

«Wie alt sind Sie?»

«Siebzehn.»

«Lieber Himmel, was haben Sie denn dort zu suchen gehabt?»

«Und Sie?»

Er lacht. «Ich bin alt.»

Sie sehen einander an. Mit veränderter Stimme sagt er: «Ich bin ein Mann, und ich habe kein Geld. Ich kann mir dort den Lebensunterhalt verdienen, ich verkaufe Autos, ich mache alle möglichen Sachen, mal dies, mal das, kleine Geschäfte hier und da … So kriege ich ein paar Scheine zusammen und verliere sie wieder bei den Rennen, und im nächsten Monat fängt alles von vorn an …»

«Haben Sie keine Familie?»

«Nein. Niemanden, zum Glück.»

Er nimmt Annes Arm, um ihr das Gehen zu erleichtern. «Sie sind doch Élianes Tochter?»

Sie senkt schweigend und mit gerunzelten Brauen den Kopf. Er zögert. «Ich glaube … Ich glaube, sie ist sehr anständig … Wie kann Sie sie dorthin mitnehmen, Sie sind ja noch ein Kind!»

«Ich habe es selbst gewollt. Ich habe in der Provinz gewohnt, bei meiner Tante. Ich bin davongelaufen. Aber ich … ich habe mir vorgestellt …»

Sie schweigt. Er sagt vorsichtig: «Sie haben sich etwas anderes vorgestellt, was? Armes Kind …»

Sie ist offenbar erschöpft; sie läuft langsamer, schwerfälliger, stützt sich dabei auf seinen Arm. Ein Taxi fährt vorbei.

«Sind Sie müde?»

Sie nickt. Er pfeift. Das Auto hält an. Sie steigen ein. Anne ist schläfrig und lässt ihren Kopf auf Lucs Schulter sinken; sie schließt die Augen. Vorsichtig, fast ohne es zu wollen, beugt er sich zu ihr, zögert, holt tief Luft, unterlässt es dann, ihre Wange zu küssen, berührt mit den Fingerspitzen ganz vorsichtig Annes Lider, ihr Haar, ihre Haut, wie eine zarte Blüte. Vor dem Haus hilft er ihr beim Aussteigen, nimmt ihre Hand. Mit naiver Koketterie glättet und ordnet sie ihre zerzauste Frisur; er beobachtet sie dabei und sagt unvermittelt: «Dann also Adieu.»

Er drückt ihr die Hand. Sie sagt leise: «Danke, Monsieur.»

«Ja. Aber ich habe etwas Dummes gemacht. Morgen werden Sie denken: Was für ein Tölpel!»

Sie zieht sich unvermittelt von ihm zurück. Er hält ihre Hand fest.

«Seien Sie mir nicht böse. Werden wir uns wiedersehen?»

«Wenn Sie möchten.»

«Ich möchte. Aber es ist vielleicht auch eine Dummheit … Wann? Morgen? Kann ich Sie morgen abholen? Oder haben Sie sich schon mit diesem Mann verabredet? Nein? Also dann, morgen um fünf Uhr?»

Anne murmelt: «Ja» und läuft davon. Er geht zum Taxi zurück, verzieht beim Anblick des Taxameters das Gesicht, zuckt dann die Achseln, bezahlt und geht.

Élianes Wohnung. Leise dreht sich der Schlüssel im Schloss; die Tür wird geräuschlos, mit instinktiver Wachsamkeit geöffnet und wieder geschlossen; Anne bleibt vor Élianes leerem Schlafzimmer stehen, lauscht einen Moment, seufzt und entfernt sich.

Das «Maxim's». Einige Männer beobachten lachend den Streit zwischen zwei Frauen, Éliane und einer Rothaarigen mit hartem, geschminktem Gesicht. Éliane nimmt unversehens ein Weinglas vom Tisch; der Kellner stürzt vor, hält ihren Arm fest; die rothaarige Frau schreit hysterisch; sie wird weggeführt. Éliane bleibt allein zurück. Die Toilettenfrau, eine zierliche Person ganz in Schwarz, mit weichem, friedlichem Gesicht und einer Lockenperücke, nähert sich vorsichtig und umfasst ihre Schultern. «Na, na, Madame Éliane, seien Sie doch vernünftig, was ist denn nur in Sie gefahren?»

Éliane bricht zusammen, legt den Kopf in die Hände, schluchzt; die Toilettenfrau hilft ihr beim Aufstehen.

«Kommen Sie mit, trinken Sie ein Glas Wasser bei mir. Wie kann man sich nur so aufregen über eine solche Schlampe ... Was hat Sie Ihnen nur getan?»

«Ach, was weiß ich ...»

«Was haben Sie nur heute Abend?»

Sie sitzen hinter dem Wandschirm, der den Toilettenbereich von der Küche trennt; Kellner mit Champagnerflaschen kommen vorbei. Gleichmütige Stimmen rufen: «Garderobe Nr. 7.» Éliane weist ungeduldig das Glas zurück, das ihr hingehalten wird. «Nein, nein, lassen Sie mich, ich brauche nichts.»

Die Tränen fließen über ihr Gesicht, sie wischt sie nicht ab. Ab und zu schüttelt sie mit einem Ausdruck von Schmerz und Zorn den Kopf.

«Sie sind doch bis jetzt so zuverlässig gewesen ... Sie waren für mich ein gutes Beispiel ... Madame Éliane, das ist eine, die ihr Geschäft versteht, sagte ich immer ... und dann, peng! Wie die anderen! ... Was? Ich irre mich doch nicht? ... Sie können es mir sagen, bestimmt ... Ich weiß Bescheid ... Ach, mein armes Mädchen ... Verliebt? Ach, das geht vorbei ...»

Éliane murmelt gequält: «Schweig, ich bitte dich … Hör zu. Du hast nicht zufällig ein wenig …»

Sie führt die Handfläche zur Nase wie beim Schnupfen von Kokain. «Das brauche ich jetzt.»

«Ach, Madame Éliane, davon ist nichts mehr übrig, wissen Sie. Ibrahim ist gestern verhaftet worden. Erst morgen Abend kann ich Ihnen wieder etwas besorgen.»

«Aber ich brauche jetzt etwas, sofort, ich bin so unglücklich, wenn du wüsstest …»

«Aber warum? Was ist denn los? Manchmal genügt es, ein paar Worte zu sagen, und schon ist alles wieder in Ordnung … Wenn man sich mag … Ich wette, es ist ein junges Ding … Was?»

Éliane schüttelt den Kopf.

«Mir können Sie es ruhig sagen … Ist sie jung?»

Éliane wiederholt leise: «Ja … sie ist jung …»

Am nächsten Tag. Der See im Bois de Boulogne. Ein Sonntag. Ein schöner Frühlingstag, warm und sonnig. Das Rascheln der Blätter. Das Geräusch von Rudern im Wasser. Vogelgesang. Schwäne schnappen nach Brotstücken, die ihnen hingeworfen werden. Boote mit Frauen und Kindern fahren vorbei. Die Männer haben ihre Westen ausgezogen, man sieht nur fröhliche, schweißbedeckte Gesichter. Man hört: «Beug dich nicht so zur Seite, Émile!», und: «Maman, schau nur die kleinen Enten …», «Achtung, Louise, du machst dir dein Kleid nass!»

In einem Boot sitzen Luc und Anne. Er rudert kräftiger, löst sich von den anderen Booten um sie herum. Einige stoßen sie an und beginnen zu schaukeln; Wasser spritzt; Gelächter, Frauenschreie. Junge Leute rufen: «Schaut mal da, die Verliebten, ihr habt es wohl eilig?»

Dann sind sie weiter weg, auf einem größeren Ausläufer des Sees. Zweige hängen im Wasser. Luc fragt: «Können Sie nicht rudern?»

«Nein.»

«Was haben Sie auf dem Land gemacht?»

«Das war es nicht. Es war die Provinz.»

«Ich verstehe. Schlimm?»

Sie sagt knapp: «Ziemlich.»

Schweigen. Er lässt die Ruder sinken, und man hört das leise Geräusch des herabtropfenden Wassers. Sie sagt: «Es war schrecklich ... Diese langen, langen Tage ... leere Tage ... und dann diese Frau, meine Tante ... böse ... scheinheilig ... Ich kann ihr niemals verzeihen, und meiner Mutter auch nicht, glaube ich ...»

Luc zuckt die Achseln. «Das vergisst man. So ist eben das Leben ... Anderswo ist es auch nicht so lustig, wissen Sie ... Ich ...»

Er hält einen Moment lang träumerisch inne, sagt dann: «Die Sonne geht schon unter ... Wir müssen zurück ... Es ist noch ziemlich kalt auf dem See ...»

Das Boot entfernt sich. Andere rudern eilig vorbei. Die Männer haben ihre Jacken über die Schultern gelegt. Ein Windstoß rührt das Wasser auf. Wolken ziehen auf. Die Sonne geht unter. Abend. Die Vögel fliegen davon, sie lassen ihren durchdringenden und traurigen Gesang hören, als würden sie jemanden rufen. In einiger Entfernung hört man: «Kommt ihr? Los, los, wir fahren nach Hause! Ihr auch? Es ist nicht sehr warm, wie?» – «Nein. Aber was wollen Sie? Noch ist es nicht Frühling.»

Der menschenleere See wirkt größer, still, verschlafen. Man hört nun ganz deutlich die geheimnisvollen Geräusche des Wassers; ein leichtes Plätschern; ein Fisch springt; plötzliches Flügelschlagen, als würde Seide zerreißen: Ein Vogel fliegt auf; sehr weit weg ist ein schwacher Schrei zu hören und das leise Rieseln des Wassers unter den Zweigen. Linker Hand, hinter dem Wäldchen, tauchen die ersten Autoscheinwerfer auf der Straße auf. Sie leuchten einen Moment und verschwinden wieder. Das Bild des Sees wird langsam ausgeblendet. Dann sieht man den Jahrmarkt an der Porte de Neuilly. Die Menge zieht langsam vorbei, geblendet von den grellen Lichtern. Kinder sitzen auf den Schultern von Erwachsenen. Die Schreie vor den Buden. «Hierher, meine Damen und Herren … Wer will? Wer will es versuchen?» Ein Mann backt an einem offenen Stand Waffeln. Schreie in der Menge. «… Hierher … Los, los, da ist der Käfig mit den Löwen … Achtung, Kinder, lasst die Hand nicht los …» Rufe: «… Bébert! Lili!», Getrappel von Füßen, Gedröhn in einem bestimmten Takt. An der Schießbude wird geschossen, man hört das aufgeregte Geschrei von Frauen; Kinder mit Spielzeugtrompeten laufen vorbei. An jeder Ecke steht eine lärmende Kapelle, jede spielt ein anderes Lied, das große zweistöckige Karussell dreht sich, die Holzpferde, die bunten Wagen und Schlitten schwingen sich in die Luft.

Luc und Anne kommen langsam vorbei, eng aneinandergeschmiegt; man rempelt sie an, Männer drehen sich nach ihnen um; doch sie scheinen von alldem unberührt zu sein. Luc fragt: «Sind Sie müde? Wollen Sie nach Hause?»

«O nein, was ist das da hinten?»

«Ich weiß nicht. Schauen wir es uns an.»

Sie verlieren sich in der Menge. Ein Händler mit einem Bauchladen schüttelt eine Rassel und schreit: «Was für eine Lust! … Lust und Freude, meine Damen …»

Die Rummelgeräusche werden leiser. Die Musik erstirbt. In einer stillen Straße steigen Luc und Anne aus der Metro. Anne lacht. «Mir dreht sich der Kopf. Wie dankbar bin ich Ihnen!»

«Ach, wenn ich reich wäre, würde ich Sie woanders hinführen, in ein schönes Restaurant auf dem Land ...»

«Ich habe mich noch nie so gut amüsiert.»

Einen Moment lang gehen sie schweigend nebeneinander her. Es ist Nacht. Ein Mann und eine Frau küssen sich auf einer Bank. Sie sind zusammengewachsen zu einer dunklen, unbeweglichen Masse; man kann ihre Gesichter nicht erkennen. Luc sagt mit ein wenig dumpfer Stimme: «Es ist schön, nicht? Was für eine schöne Nacht ...»

Anne wiederholt leise: «Ja, eine schöne Nacht ...»

Sie gehen weiter. Man sieht weitere Paare, die sich umschlungen halten; ein kleines Auto, große Sträuße frisch gepflückter Blumen im Fond, taucht auf; es ist voller junger Leute, die Mädchen singen. Luc sagt: «Schade, dass wir zurückmüssen ... Man könnte jetzt die ganze Nacht lang spazieren gehen, nicht, Anne? ... Sehen Sie mich an ... Warum wenden Sie den Blick ab?»

Anne zieht etwas kokett und doch unschuldig die Schultern hoch. Er nimmt ihren Arm, drückt sie an sich, sieht sie an, stößt sie unvermittelt zurück und sagt etwas verlegen: «Ich glaube, ich bin es eher, dem sich der Kopf dreht ... Ach, wenn ich vernünftig ware ... Es ist lange her ...»

Er trällert: «Adieu, Mademoiselle ...»

«Warum?»

«Ach, warum ...»

Er dreht den Kopf ein wenig und bringt mühsam hervor: «Was kann ich Ihnen denn bieten? ... Ich bin arm ... Mein

Leben ist … schwierig … Also eine Nacht? Wie der Argentinier? Der gibt Ihnen wenigstens Geld … Nein …»

Jetzt sitzt auf jeder Bank ein regloses, ineinander verschlungenes Paar in der Dunkelheit. Luc bleibt stehen. «Anne, Liebste, wie sehr du mir gefällst …»

Er zieht sie an sich, küsst sie heftig auf den Mund.

Abblende. Dann sieht man die Straße, in den Häusern schläft alles. Die Geschäfte haben ihre eisernen Gitter heruntergelassen. Alle zehn Schritte sieht man ein sich küssendes Paar unter einer Laterne.

Vor Annes Haus. Man erkennt kaum etwas in der Dunkelheit, hört Annes erstickte, bebende Stimme: «Bleiben Sie bei mir, ich bitte Sie! Was soll aus mir werden? Ich bin unglücklich, ich bin allein, ich habe Angst …»

Er schiebt sie sanft von sich fort. «Geh, geh, Anne.»

Sie fleht. «Aber wann werde ich Sie wiedersehen?»

«Morgen.»

«Wo?»

«Im Bistro am Kai, wenn du willst, wie heute.»

Abblende. Dann wartet Éliane im Vorzimmer; nervös reibt sie sich mit einem Wattebausch Schminke auf ihr Gesicht. Anne tritt ein. Sie sehen sich schweigend an. Anne will vorbeigehen; ihre Mutter hält sie auf. «Wo kommst du her?»

Anne ist ein wenig blass; sie beißt sich auf die Lippen und gibt keine Antwort.

«Du willst es mir nicht sagen? Glaubst du, ich weiß es nicht? Der Argentinier, was? Und jetzt bist du stolz … Ich wette, du stellst dir schon all die Ketten und Ringe vor, die du haben wirst … Ach, meine arme Kleine … Du kennst das Leben noch nicht … Du wirst dich noch wundern …

Das Elend … und die Tränen … Und mach mir später bloß keine Vorwürfe … Ich habe alles getan, was ich konnte … Wie eine Blöde bin ich immer gewesen … Warum siehst du mich so an? Manchmal könnte man glauben, du hasst mich … Warum? … Was habe ich dir getan? … Nun sag schon, sag mir wenigstens … Ich kann dir helfen, ich kann dir einen Rat geben … du bist ja noch ein Kind … Hab wenigstens Vertrauen zu mir … Das habe ich nicht verdient … Anne …»

Anne sagt weich: «Es gibt nichts zu sagen …»

«Ach, du Sturkopf! Na schön, geh, mach, was du willst … Was soll ich mir darüber den Kopf zerbrechen? … Ein unglückliches Mädchen mehr auf der Welt … was macht das schon? Wie? Jemand anders würde dich in die Besserungsanstalt stecken, weißt du das? Und ich will nicht, dass du mich so ansiehst …»

Anne beginnt plötzlich zu schreien: «Lassen Sie mich doch in Ruhe, warum quälen Sie mich? Was habe ich denn Böses getan? Sie haben mich immer alleingelassen, mein ganzes Leben lang … Wenn man ein Kind hat, behält man es, man zieht es auf …»

Éliane zuckt traurig die Schultern.

«Sie hätten nur arbeiten müssen, dann hätte ich Sie geliebt und respektiert … Aber jetzt wäre das zu bequem … Lassen Sie mich mein Leben führen, wie ich es will, verstehen Sie?»

«Aber jetzt bist du es, du verlierst *dein* Leben, du armes Ding …»

«Das ist mir egal, es geht Sie nichts an …»

Éliane will aufbrausen, beherrscht sich dann und sagt ermattet: «Na schön, wie du willst. Später wirst du alles verstehen und bedauern, was du mir heute gesagt hast ... Ich habe das nicht verdient ... Im Übrigen brauche ich dich. Du hast mir einmal gesagt, dass du deine Tante gepflegt hast, als sie eine Lungenentzündung hatte. Kannst du Schröpfköpfe[7] setzen?»

«Ja, natürlich.»

«Willst du mit mir zu Ada gehen? Kennst du sie? Sie ist eine Freundin aus der Bar. Sie ist sehr krank. Ich habe es gestern selbst versucht mit den Schröpfköpfen, aber ich habe ihr nur wehgetan ... Kommst du mit?»

«Ja, gern.»

Bei Ada.

Ein dunkles Zimmer, an den Wänden fächerförmig angeordnete bunte Postkarten, und auf der alten Tapete das Bild einer Frau in einem roten, rüschenbesetzten Unterrock, die das Bein hebt: schwarze Strümpfe, großer Hut mit Federbusch. In riesigen Buchstaben: «Mademoiselle Ada, Starsängerin, im großen Theater von Saint-Étienne ... Casino von Étretat ... Montrouge-Palace ... 1910–1911 ...»

Ada sitzt auf dem Bett; Anne kniet vor ihr und setzt ihr Schröpfköpfe; man sieht Adas nackten Rücken, wenn sie sich bewegt, fällt das Licht auf sie, und unter ihrer Haut zeichnen sich ihre Knochen ab; mit ihrem kurzen, zerzausten Haar und dem schmalen Kopf sieht sie von hinten aus wie ein Junge; langsam dreht sie sich um; das Gesicht wirkt wie zerfressen, abgemagert und klein wie eine geballte Faust, die Nase spitz und die Zähne entblößt wie bei toten Pferden. Anne betrachtet sie entsetzt. Ada bemerkt es nicht, versucht, sich zu bedanken und beginnt sogleich zu husten, mit verzerrtem Gesicht und angstvoll aufgerissenen Augen.

Anne sagt: «Sie dürfen nicht sprechen …»

Ada bewegt die Hände. «Nein, nein, das macht nichts …» Man hört ihren pfeifenden Atem. «Wie dumm, mein Gott … Ich weiß nicht, warum ich so husten muss … Ich war schrecklich erkältet, ja, aber das ist doch lange vorbei … Ihr seid so nett, deine Mutter und du, dass ihr das für mich tut.»

«Wir müssen uns doch um Sie kümmern. Sie hatten eine kleine Bronchitis … Wo haben Sie sich die eingefangen?»

«Das muss an so einem Abend gewesen sein, ja, bestimmt, da sind wir in den Restaurants, wo es immer so heiß ist, und dann geht man hinaus … in den Regen, und es zieht, und schon ist man krank … Aber es ist nicht schlimm. Ich bin immer robust gewesen, auch auf der Brust … Und es ist schon viel besser geworden, bald werde ich wieder aufstehen können … Und dann fängt das schöne Leben wieder an … die schönen Ausflüge … ‹Willy's Bar› und das alles … Geht es allen gut? Letzte Woche hat Mutter Sarah mich besucht … Sag mal, Éliane, ist sie immer noch mit Bobby zusammen? … Er tut ihr nicht gut, er ist Gift für sie … Sie hat mir ihre Arme gezeigt, voller blauer Flecken, und dann fragt sie mich doch: ‹Was glaubst du, ob er mich liebt?› Wie kann man nur so dumm sein … Gott …»

Éliane berührt sie sanft an der Schulter. «Du redest zu viel …»

«Nein, nein, das tut mir gut. Allein ist mir langweilig, den ganzen Tag, das kannst du dir nicht vorstellen … Wenn man daran gewöhnt ist, wie wir alle, immer mit Freunden zusammen zu sein, Spaß zu haben, es ist verrückt, wie sehr man sich langweilen kann … Ich bin nämlich eigentlich ein fröhlicher Mensch, weißt du. Und dann kommen so schwarze Gedanken … Ich sage dir … Ich denke an Sachen …»

Éliane sagt weich: «Denk nicht daran, meine Liebe …»

«Ach, ich weiß doch …»

Sie schweigt, hält sich die Hand vors Gesicht.

Anne fragt in unwillkürlich gedämpftem Ton: «Stört Sie das Licht?»

Eine Weile sagt niemand etwas.

Ada murmelt: «Ein bisschen …»

Anne legt ein Stück Stoff über die Lampe und beschäftigt sich wieder mit den Schröpfköpfen.

Éliane nimmt einen Stuhl, setzt sich ans Bett und lacht bemüht. «Hast du dich jetzt genug aufgeregt? Jetzt schweigst du ein Weilchen, und ich erzähle dir den neuesten Klatsch und Tratsch, ja?»

Ada stützt sich auf einen Ellbogen und sagt begierig: «O ja, erzähl … Das alles ist so furchtbar langweilig für mich, wenn du wüsstest …»

«Also gut. Hubert hat Maud sitzen lassen …»

«Wirklich?»

«Ja. Ach, es ist ja schon lange nicht mehr gut gegangen. Also stell dir vor, da hat sie ihm gesagt, ihr Freund würde kommen – weißt du, der Alte, der Verheiratete aus Roubaix, der zweimal im Monat zu ihr kommt … nicht der Dicke … Ich weiß, an wen du denkst … nein, der andere … ein Alter, sehr nett, sehr zuverlässig … Natürlich misstraut ihr Hubert. Er bleibt zu Hause und taucht mitten in der Nacht bei ihr auf. Und wen findet er? Rate mal …»

«Keine Ahnung. Georges?»

«Nein, noch besser! Den Sohn des Hausmeisters. So ein großer, fader Blonder … Ich habe ihn einmal gesehen, da hat er die Treppe geputzt, als ich sie besuchte … schrecklich …»

«Das ist nicht wahr!»

«Doch, ganz sicher.»

Ada lacht. «Das ist zu komisch …»

Anne entfernt sich; sie steht am Fenster, betrachtet den kleinen, feuchten und schmalen Hof.

Ada seufzt. «Es sind immer die Gemeinsten, die Glück haben, was? Ganz anders als bei mir … Und doch bin ich nicht hässlich gewesen … Und ich hätte immer am liebsten ein solides Leben gehabt … Aber die Männer wollen das nicht …»

Éliane zündet sich eine Zigarette an und sagt nachdenklich: «Ja, sie haben immer Angst, eingewickelt zu werden … Deshalb fallen sie auf die Gemeinen herein und lassen sich an die Kandare nehmen. Das passt.»

Ada sagt in resigniertem Ton, friedlich und melancholisch: «Aber es kommt auch auf das Glück an … Es gibt welche, die sind gerissen genug und haben alles, um es zu schaffen, sind schön und schick und alles … und gefallen den Männern … und dann, niemand weiß, warum … sacken sie ab wie die anderen … Es kommt darauf an, dass man Glück hat …»

Sie schweigt.

Anne lauscht, ohne es zu wollen, fasziniert und entsetzt zugleich …

Ein kleines Bistro an einer Ecke, in der Nähe der Seine.

Arbeiter stehen am Tresen und trinken. Die Uhr zeigt halb fünf. Anne sitzt in einem Winkel; sie starrt die Illustrierten an, die auf dem Tisch liegen, ohne sie zu sehen; zwei Kleinbürger spielen Schach; man hört das leise Geräusch der Figuren, die auf dem Holzbrett hin und her ge-schoben werden. Dahinter bringen zwei betrunkene Ar-beiter das automatische Klavier zum Laufen; gellend und quietschend erklingt eine alte Melodie. Nachdem sie zu Ende ist, hört man die Arbeiter sagen: «Das ist gut, was? Das wollen wir noch mal hören …»

Und die Musik ertönt von Neuem. Man sieht die Rolle mit den eingestanzten Löchern sich langsam drehen. Der Wirt spült lärmend Gläser. Ein Arbeiter erzählt einem an-deren aufgeregt: «Da habe ich zu ihm gesagt: Das ist un-möglich, mein Lieber … Sie verhöhnen die ganze Welt … Und was machen Sie aus dem Achtstundentag? Dreckiger Bourgeois … Ausbeuter, habe ich gesagt … Wollen Sie mal wissen, wie sich meine Faust in Ihrem Gesicht anfühlt, habe ich gesagt … Da hat er den Mund gehalten … Prost, mein Freund …»

Anne wartet vergeblich.

Bei Éliane. Éliane und Anne haben gerade gegessen. Wurstreste in fettigem Papier sind auf den Tellern zu sehen. In der Küche spült Germaine das Geschirr und singt dabei. Éliane raucht und betrachtet kummervoll ihre reglos dasit-zende Tochter. Schließlich stößt sie hervor: «Anne!»

Anne fährt zusammen, hebt den Blick.

«Was ist los?»

«Nichts.»

«Was macht dir Sorgen?»

«Nichts.»

«Du bist doch nicht krank? Es ist dir doch nichts zu-gestoßen?»

Anne schaudert, dann sagt sie ungeduldig: «Nein, nein, bestimmt nicht.»

«Seit einiger Zeit bist du traurig. Hast du dir den Tod der armen Ada so zu Herzen genommen?»

«Ja.»

«Ach, was willst du? Ich könnte auch trübselig werden, wenn ich daran denke ... Aber so ist das Leben, meine arme Kleine ...»

Anne echot: «So ist das Leben ...»

«Sie ist jetzt glücklicher, da, wo sie ist, weißt du ...»

«Vielleicht ...»

Eine Minute Schweigen. Éliane streckt Anne vorsichtig, schüchtern die Hand hin. Anne macht eine unwillkürliche Geste der Abwehr und steht auf. Éliane zündet sich eine weitere Zigarette an, schnippt mechanisch die Asche ab. «Anne, leistest du mir heute Abend Gesellschaft? Maud hat uns eingeladen. Ihr Freund hat ihr ein Haus in Bellevue geschenkt ... Das wusstest du doch, oder?»

Anne sagt zerstreut: «Nein, das wusste ich nicht.»

«Heute Abend ist das Einweihungsfest ... Ich wollte dich eigentlich nicht mitnehmen, aber schließlich ... Dort oder anderswo ... Und ich mag es nicht, wenn du so ein trauriges Gesicht machst ...»

Stille.

Anne sagt nichts. Éliane betrachtet sie verstohlen, fast schüchtern, und mit einer tiefen und schmerzlichen Zärtlichkeit. «Kommst du mit?»

Anne sagt leise und mühsam: «Nein, ich habe keine Lust ...»

«Warum nicht?»

«Ich weiß nicht. Ich habe einfach keine Lust ...»

«Viele Leute werden da sein, alle meine Freunde, Nonoche, Louloute, Célia, Luc ...»

Anne fährt zusammen, zögert und sagt schließlich mit unsicherer Stimme: «Gut, dann komme ich mit ...»
Nacht.

Ein schönes Haus, dessen eine Seite in die Straße hineinragt; in einiger Entfernung sind der Park und der Wald von Meudon zu erkennen; der Himmel über Paris ist hell, wie von einem Projektor angestrahlt. In einem erleuchteten Fenster sind Jazzmusiker zu sehen; der riesige Schatten eines Negers, der die Backen aufbläst und schrille Töne auf seinem Saxofon spielt, tanzt auf den Fensterscheiben. Auf der Straße donnert ein Motorrad heran; seine grellen Scheinwerfer richten sich auf das Haus; im Beiwagen sitzt eine halb schlafende Frau; man sieht nur ihre weiße Mütze und einen großen Strauß Schlüsselblumen; auf dem Sitz zwei junge Männer mit Helmen. Sie halten an.

«Sag mal, hast du das gesehen?»

«Was?»

«Diese Leute da, die lassen es sich gut gehen, was?»

Sie sehen bewundernd zu dem Haus auf; hinter dem Fenster erkennt man deutlich das Gedränge der Tänzer, eine halb nackte Frau, aufrecht gehalten von den Armen betrunkener Männer.

Die jungen Männer auf der Straße lachen.

«Die ist nicht schlecht, die Puppe, was, Julot?»

«Kannst du laut sagen ...»

«Die Leute da oben langweilen sich nicht ... Sieh dir das an! Brauchst du Hilfe, meine Süße?»

Sie stoßen sich fröhlich in die Rippen. Aus dem Beiwagen in der Dunkelheit kommt eine schläfrige Stimme. Sie protestiert: «Willst du die ganze Nacht hier stehen bleiben, Mimile? ... Was ist denn da so interessant?»

Sie reckt den Hals, aber die zwei jungen Männer stehen ihr im Weg. Sie sieht nichts, setzt sich gähnend wieder hin und sagt jammernd: «Ach, ihr seid unmöglich ... Fahren wir heim, los. Kommt ihr endlich?»

Die Männer geben keine Antwort. Der eine murmelt leise: «Es gibt eben Leute, die Glück haben im Leben, tja ...» Dann, mit einem Seufzen: «Ach, diese Dreckskerle ...»

Jemand ist unvermerkt hinter die zurückgezogenen Vorhänge geschlüpft. Sie sehen Annes gequälte Miene. Nervös ringt sie die Hände, und ihr Gesicht wirkt so kindlich und elend, dass die Männer auf der Straße mitleidig sagen: «Siehst du die Kleine da?»

«Ja. Armes Mädchen ... Scheint nicht sehr froh zu sein, was? ... So ein hübsches Ding und so unglücklich ...»

Einer von ihnen legt die Hände an den Mund und sagt mit ersticktem Lachen: «He, Mademoiselle, können wir Ihnen helfen? ... Wir sind zu zweit hier unten, wir halten Sie warm ...»

Er sagt es nicht sehr laut, doch sein Kamerad weist ihn zurecht: «Hör auf, Mimile, du alter Lustmolch ...»

Das Mädchen im Beiwagen jammert: «Was gibt's denn da zu sehen, lieber Gott? Was ist denn los?»

«Ein Mädchen. Es weint.»

Sie richtet sich auf und wirft einen Blick zum Fenster. Dann sagt sie verächtlich: «Glaubst du? Das ist nur eine Betrunkene.»

Das Motorrad fährt weiter.

Man hört Trompetenklang, und eine Horde Maskierter läuft eilig die Treppe hinunter. Türen schlagen; in einer kleiner dunklen Bar liegen Menschen ineinander verschlungen auf weichen Sesseln. Éliane gibt einem vorbeikommenden Mann ein Zeichen. «Sag mal, hast du die Kleine gesehen?»

«Ja, sie war im Garten, ich glaube, sie ist gegangen …»

«Ach so – gut …»

Sie lächelt und ist offenbar erleichtert. Ein gut aussehender, dunkelhaariger junger Mann mit frischem und gefälligem Gesicht ruft fröhlich: «Da bist du ja endlich, Éliane … Man sieht dich ja nirgends mehr, unmöglich! Gestern war ich im ‹Maxim's›, und man hat mir gesagt, du wärst seit zwei Wochen nicht mehr da gewesen … Bist du krank? Du siehst aus, als würde es dir nicht gut gehen …»

Sie antwortet unbestimmt: «Ich hatte eine Menge Ärger …»

«Du Arme, aber von Ärger soll man sich nicht unterkriegen lassen! … Trinken wir was?»

«Gut.»

Er setzt sich auf ein kleines Sitzkissen zu ihren Füßen, entkorkt eine Flasche Champagner und füllt die Gläser.

«Auf deine Gesundheit, Éliane …»

«Auf dein Wohl, Jean-Paul …»

Sie trinken, dann winkt der junge Mann einem Vorbeikommenden zu: «Luc, trinkst du ein Glas mit uns?»

Luc hat es eilig, er bleibt nicht stehen.

«Was ist los? Seid ihr keine Freunde mehr?»

«Doch, doch. Ich weiß nicht, was er hat … He, Luc!»

Luc zögert, nähert sich; die Vorhänge, hinter denen Anne steht, bewegen sich.

«Was ist los mit dir, warum begrüßt du mich nicht ordentlich?»

Luc antwortet nicht, greift geistesabwesend zu einem Glas und leert es, nimmt dann die Flasche aus Jean-Pauls Hand und schüttet den Rest Champagner in sein Glas; er trinkt gierig. Jean-Paul sagt seufzend: «Hast du jetzt genug?»

«Was weißt du schon ... Die arme Maud, sie denkt, sie hat das große Los gezogen ... hat auf Païva gesetzt ...»

Jean-Paul schlägt Luc leicht auf die Schulter. «Immer nur Pferde im Kopf, was? Du machst ein Gesicht, als wärst du bei einer Beerdigung. Hast du denn neulich nicht auf Frelon II gesetzt?»

Éliane fragt: «Hast du gewonnen, Luc?»

«Ja.»

«Wie viel?»

«Zwei Riesen, mehr nicht ...»

«Mein Gott, das ist doch nicht schlecht ... Du hattest eine schwere Zeit ...»

«Ja, das stimmt.»

Jean-Paul fragt lachend: «Sag mal – ich hab dich schon so lange nicht mehr gesehen ... Ich frage nur, um nicht ins Fettnäpfchen zu treten ... Ihr seid nicht mehr zusammen, oder?»

Éliane sagt überrascht: «Wir waren doch noch nie zusammen ...»

«Aber du hast mir doch selbst gesagt ...»

Éliane lacht. «Ach, ja, natürlich, genau drei Nächte lang, aber das ist schon so lange her ... Ich hatte es vergessen ...»

Luc murmelt düster: «Ich auch ...»

Éliane protestiert gutmütig: «Er schmeichelt eben nicht gern, unser kleiner Rüpel.»

Sie schweigen.

Etwas später sind Éliane und Jean-Paul nicht mehr da; im leeren Zimmer ist nur noch Luc. Er sitzt da, den Kopf in die Hände gelegt. Er sieht Anne nicht, die ihn durch einen

Vorhangspalt hindurch betrachtet; sie hat alle Mühe, ihre Tränen zu unterdrücken.

Sanft und ruhig sagt sie: «Luc!»

Er hebt ruckartig, freudig überrascht den Kopf. «Mein Mädchen …»

Er hält sie in den Armen, drückt sie an sich. Sie zittert, sagt immer wieder in verzweifeltem Ton: «Luc, Luc, warum bist du nicht gekommen? Ich habe so lange auf dich gewartet, wenn du wüsstest … Warum? Warum?»

Er antwortet nicht; sie küssen einander und lachen nervös und zärtlich.

«Warum wolltest du mich nicht mehr? Warum?»

«Ach, weißt du, Anne, ich bin ein armer Kerl … Und ich liebe dich zu sehr, um … eine Nacht, von Zeit zu Zeit, bis du genug hast …»

Sie legt ihm die Hand auf den Mund. «Schweig, sag das nicht … Ich brauche kein Geld … Ich kann diese Leute nicht mehr sehen, dieses Leben … ich war ein dummes Kind … ich habe nichts begriffen … Bring mich nur von hier fort, und ich werde dir dienen … Ich werde dir keine Fragen stellen … ich brauche nichts … ich bin so allein, so unglücklich …»

Er seufzt. «Und ich … Ach, Liebste, ist das möglich? Glücklich sein, ein friedliches Leben führen, mit dir zusammen? Anne?»

Er sagt noch einmal zärtlich: «Anne … wie ich deinen Namen liebe … wie ich dich liebe, wenn du das wüsstest …»

Das Bild ihrer verschränkten Arme, ihrer miteinander verschmelzenden Lippen wird langsam ausgeblendet. Es ist dunkel, und das gedämpfte Liebesgeflüster mündet in Annes fröhliches und triumphierendes Lachen. Sie sitzen zusammen auf einem niedrigen, zu einem Bett umgebauten Sofa.

Es steht in Lucs winziger Wohnung; das einzige Zimmer ist möbliert, unaufgeräumt und dient offenbar als Schlafzimmer, Esszimmer und Wohnzimmer gleichzeitig. In einer Ecke ist eine Bar, wie es der neuesten Mode entspricht. Auf einem Stuhl liegen Lucs Kleider, Annes Strümpfe und ihr Kleid. Sie trägt Lucs Morgenrock; man sieht ihre nackten Beine, ihren nackten Hals. Luc scheint verändert zu sein; er küsst Annes Hände und ihre zarten Handgelenke.

Fieberhaft murmelt er: «Anne, bist du glücklich? Bereust du es? Schau mich an, lächle mich an. Sag ‹mein Liebster› zu mir, wie vorhin … Es klingt so zärtlich aus deinem Mund …»

Ernst und sanft flüstert sie: «Mein Liebster …»

«Anne, mein Mädchen, meine Liebste, was für ein grober Mensch ich gewesen bin … Stell dir vor, bis zur letzten Minute dachte ich: ‹Sie lügt mich an, es ist nicht möglich, dass ich der Erste bin …› Liebste, du bereust es doch nicht? Nein? Du wirst sehen … Ich werde dich lieben … Ich werde dafür sorgen, dass du ein schönes Leben hast, ich werde dich verwöhnen … Ich werde arbeiten, dich glücklich machen, das schwöre ich!»

Sie legt ihm rasch die Hand auf den Mund. «Schweig … Daran denke ich gar nicht … Es ist mir egal … Mit dir zusammen werde ich immer glücklich sein … Ich habe nicht geglaubt, dass man so glücklich sein kann.»

Ganz leise und fast schüchtern sagt er: «Anne … Ich will dich heiraten …»

Sie hebt leicht die Schultern.

«Ich will, dass du immer bei mir bist … Weil ich Angst

habe, dass diese Welt, diese Leute wieder Macht über dich gewinnen ...»

«Ach, die sind keine Gefahr für mich, das schwöre ich dir ...»

«Stimmt das, Liebste? Aber ja, für mich auch nicht ... Im Grunde bin ich für ein anderes Leben geboren, weißt du ... Man muss das im Blut haben, um in der Welt dieser Leute glücklich zu sein, aber ich – ich bin nur ein unglücklicher Mensch, ich bin faul ... Wenn ich nicht so früh allein gewesen wäre – ich glaube, ich wäre anders geworden ... Aber ich hatte keinen Menschen, den ich lieben konnte ...»

Er spricht leise und sichtlich erregt, voll fiebriger Freude; er streicht ihr übers Haar, berührt mit den Fingerspitzen ihre Lider.

«Luc, ich liebe dich ...»

Sie legt ihm die Arme um den Hals; in enger Umarmung sinken sie nach hinten.

Etwas später. Luc ist angezogen, doch Anne trägt noch immer den Morgenrock ihres Geliebten; ihre nackten Füße stecken in Männerpantoffeln, die ihr zu groß sind. Auf dem kleinen Tisch sieht man Obst und Wein. Luc sieht besorgt aus; er nimmt seinen Hut, fährt mit der Hand darüber.

Anne sagt leise: «Kommst du bald zurück?»

«Ja, Liebste. Zuerst besuche ich Mutter Sarah, um meine Krawattennadel zu versetzen. Sie gibt mir bestimmt sechs- oder siebenhundert ... sie ist zweitausend wert ... Und dann kümmere ich mich gleich um eine Stelle ... Ja, das mache ich lieber sofort, weil ...»

Er unterbricht sich: «Na ja, es ist besser ... Aber es sollte nicht allzu schwer sein, glaube ich ... Ich kenne den jungen Lapeyre, von der Firma Lapeyre; er wird mir bestimmt eine

Stelle im Büro verschaffen, für den Anfang ... Wir brauchen ja nicht viel, Anne, nicht wahr?»

«Nein, Luc, wir brauchen nur uns ... Außerdem werde ich auch arbeiten, es wird mir Freude machen zu arbeiten, weißt du ...»

Er nimmt ihr Gesicht in die Hände, zieht es zu sich, sieht ihr tief in die Augen. «Anne, hast du keine Angst?»

«Nein, wovor denn? Ich bin mutig, du wirst sehen.»

Sie begleitet ihn zur Tür, sieht ihm nach, lauscht seinen Schritten auf der Treppe; dann räumt sie das Zimmer auf, singt dabei leise. Es klingelt; sie fährt auf, ist offenbar verwundert, sieht auf die Uhr; erneut ist das Klingeln zu hören; verlegen sieht sie an sich hinunter. Es klopft. Sie hört Élianes Stimme. «Mach auf, Anne, ich bin's.»

Unversehens verändert sich Annes Miene, wird hart und scheint in einem kalten und unerbittlichen Ausdruck zu gefrieren; langsam öffnet sie die Tür; Éliane tritt ein. Einen Moment lang sehen sie einander schweigend an.

Dann sagt Éliane schmerzlich überrascht: «Du bist hier? Armes Kind ... Maud hat mir gesagt, dass du mit Luc weggegangen bist ... Ich wollte es nicht glauben ... Ich habe die ganze Nacht auf dich gewartet, Anne ...»

«Heute Nachmittag wäre ich zu Ihnen gekommen, um Ihnen Lebwohl zu sagen.»

«Wie bitte? Du bist verrückt geworden.»

Anne sagt kalt: «Warum?»

«Du bist in diesen Jungen vernarrt, diesen Taugenichts? Ihr werdet beide hungers sterben!»

«Nein. Erstens wird er arbeiten. Und zweitens habe ich keine Angst vor der Armut.»

«Natürlich! Du weißt ja gar nicht, was das ist.»

Anne presst schweigend die Lippen aufeinander.

«Ich lasse es nicht zu, dass du so eine Dummheit machst. Du wirst mit mir kommen, und zwar sofort.»

«Nein.»

«Nein? Das werden wir sehen!»

Sie macht einen Schritt vorwärts.

Anne schreit: «Nein, lassen Sie mich los, ich will nicht! Hören Sie mich? Ich will nicht! Ich werde nicht mit Ihnen kommen! Eher sterbe ich, als mit Ihnen zu kommen! Und ich hasse Sie! Ich verfluche Sie! Sie haben mich unglücklich gemacht! Und jetzt könnte ich endlich so sein wie alle, glücklich, geliebt, und Sie wollen mich mitnehmen, weil Sie eifersüchtig sind!»

«Was?»

Sie wiederholt voller Wut: «Eifersüchtig. Ich weiß es. Ich weiß es genau ... Sie haben ... Sie sind auch in Luc verliebt gewesen ... Ich habe es bei Maud gehört, in der Nacht. Ich war hinter dem Vorhang versteckt, in der Bar ...»

Éliane sagt traurig: «Ach! Mein armes Kind, wenn du wüsstest ... Verliebt in deinen Luc ... Du kannst ihn haben, deinen Luc, diesen ...»

Anne, erhobenen Hauptes, mit geballten Fäusten, schreit: «Schweigen Sie! Ich hasse Sie! Hören Sie mich? Ich hasse Sie und verachte Sie! Gehen Sie!»

Sie fährt fort: «Lieber Gott, warum quälen Sie mich so? Ich brauche Sie nicht! Ja, als ich klein war, allein und krank, als ich die Nächte durch weinte und niemanden hatte, den ich lieben konnte ... Damals hätten Sie alles mit mir machen können! Ich hätte Sie trotzdem geliebt ... Jetzt brauche ich nur noch Luc, und keinen anderen Menschen ...»

Éliane versucht es erneut, in verzweifeltem Ton: «Anne,

komm, gehen wir ... Das ist Wahnsinn ... Du wirst es bereuen, wenn du es verstehst, morgen ... Wie egoistisch, wie
böse du bist ... Ich kann es nicht zulassen, dass du dein
Leben zerstörst ... Wenn du nur wüsstest ... Ich habe es
so oft erlebt ... Ich selbst ... in deinem Alter ... So habe
ich mein Unglück selbst herbeigeführt ... als ich von zu
Hause wegging ... Ich war sechzehn ... und dann ... ich
bin fast gestorben vor Hunger, und ich hatte dich im Arm,
weißt du ... Ach, die Liebe, die Liebe, mein armes Kind,
wenn du wüsstest, wie schnell das vorbei ist ... Und das
Unglück, die Verlassenheit, die Einsamkeit ... Wenn du nur
wüsstest, wenn ... Ach, ich bin ja verrückt gewesen, als ich
so traurig war, weil du in Saus und Braus leben wolltest.
Hübsch, wie du bist ... Und im Grunde ist alles dasselbe ...
Aber das ... Anne, hör mir zu! Gestern habe ich den Argentinier wiedergesehen! Erinnerst du dich? Er ist reich und
er mag dich. Wer weiß? Oft fängt es so an, und dann hat
man den Mann für sich gewonnen, und er heiratet einen.
Wer weiß? Willst du, dass ich ihm sage ... dass ich versuche ...?»

Anne macht eine rasche Bewegung und sagt sehr leise
und sehr deutlich: «Ich bitte Sie zu gehen, Sie machen mir
Angst ...»

Éliane wird blass, hebt die Hand, als fühlte sie den
Schmerz eines Schlags mitten ins Gesicht. Langsam holt sie
ihre Handtasche und ihren Hut, den sie beim Eintreten auf
dem Tisch abgelegt hatte, und geht. Auf der Schwelle bleibt
sie stehen, zeigt noch einmal ihr gequältes, gealtertes Gesicht und stößt mit Mühe hervor: «Das habe ich nicht verdient ... Ich bin dir nie eine schlechte Mutter gewesen ...»

«Sie haben mir mein ganzes Leben lang wehgetan!»

Éliane zuckt resigniert die Achseln und sagt müde: «Das habe ich nicht gewollt. Und du zahlst es mir jetzt mit gleicher Münze heim. Aber ich denke an dich. Pass auf, Anne. Du stürzt dich ins Unglück. Bald wirst du allein sein. Nun komm, komm mit mir ...»

Anne beißt die Zähne zusammen. «Niemals!»

Éliane geht.

Nacht. Anderthalb Jahre später. Sommerliche Hitze. Durch das offene Fenster sieht man das leuchtende Schild eines Restaurants. Man hört die lauten Klänge einer Musikkapelle, die in einem Café im Freien spielt. Das Zimmer ist nur vom Licht der Straße und vom phosphoreszierenden Schein einer Uhr auf dem Tisch erhellt. Anne sitzt auf dem Bett und stillt ihr Kind. Zerstreut trällert sie: «Schlaf, Kindchen, schlaf ...», ohne von der Uhr aufzusehen, deren Zeiger auf elf Uhr stehen und langsam weiterwandern.

Von Zeit zu Zeit, wenn die Kapelle zu spielen aufhört, hört man Schritte und Stimmen auf der Straße, und Anne macht unwillkürlich Anstalten, ans Fenster zu laufen; doch das Kind fängt an zu wimmern; sie setzt sich wieder und fängt erschöpft zu singen an: «Schlaf, Kindchen, schlaf, am Himmel ziehn die Schaf, die Sterne sind die Lämmerlein ...»

Plötzlich hält sie inne, stößt einen kleinen Schrei aus: Luc öffnet die Tür; sein Gesicht ist abgespannt, seine Kleidung zerknittert.

Anne sagt zitternd: «Endlich, endlich – wo warst du? Bist du nicht im Büro gewesen?»

«Woher weißt du das?»

«Ich habe angerufen, Luc. Hätte ich das nicht tun sollen? Was ist … Was ist mit dir passiert? Was hast du getan, Luc?»

Sie flüstert, um das Kind nicht aufzuwecken; mit unendlicher Vorsicht hält sie den kleinen, kahlen, spitzen Kopf des Neugeborenen, das friedlich schläft, doch ihre Hände zucken nervös.

Luc sagt mit düsterer Stimme: «Ich habe verloren.»

«Was? Verloren? Wo?»

«Beim Rennen. Ich habe alles beim Rennen verloren, Anne.»

«Du hast gespielt? Wann denn? Und mit welchem Geld?»

Er schweigt. Mit wachsendem Entsetzen fährt sie fort: «Deine tausend Franc Gehalt sind längst ausgegeben. Wir leben jetzt schon seit acht Tagen auf Pump und … Hat dir jemand Geld geliehen?»

Er schüttelt den Kopf und sagt: «Nein. Ich hab's mir genommen.»

«Du hast …»

«Gestohlen, ja. Seit über einem Jahr habe ich Geld aus der Kasse genommen, um zu wetten … Anne, sieh mich nicht so an … Ich habe es für dich getan, für die Kleine, damit wir etwas zu essen haben …»

«Wie viel hast du verloren?»

«Zehntausend.»

«Was?»

Er wiederholt mit lauter Stimme: «Zehntausend.» Und unvermittelt bricht er in krampfhaftes Schluchzen aus. «Diese Stelle, diese Stelle, die ich mit so viel Mühe gefunden habe … Sie werden mich ins Gefängnis werfen, Anne … Aber umso besser, ich habe es verdient, ich bin ein unglücklicher, ein elender Mensch … Aber du! Und die Kleine …

auf der Straße ... Ihr werdet auf der Straße leben, wegen mir, der euch mehr liebt als alles auf der Welt. Verzeih mir, Anne, verzeih mir ...»

Er kniet vor ihr; er weint wie eine Frau; sie macht eine erschrockene Bewegung: «Sei still, ich bitte dich ... du wirst das Kind noch aufwecken ... Es hat so lange gedauert, bis sie endlich eingeschlafen ist ... Ich habe fast keine Milch mehr.»

Er steht auf, sieht sie verzweifelt an, sagt sehr leise: «Was sollen wir tun, mein Gott? Was tun? Anne? Anne, denk nach, ich kann es nicht mehr, ich kann nicht mehr denken ... Ich weiß, ich sollte ins Wasser gehen ... Aber dazu fehlt mir der Mut ... Ist es denn nicht möglich – wir sind doch beide jung, ich bin stark, ich werde arbeiten, man wird Mitleid mit uns haben ... Man wird uns das Geld vorstrecken! Ja? Glaubst du nicht, Anne?»

Sie legt ihm sanft die Hand auf die Schulter; sie zittert dabei; sie streicht ihm übers Haar. «Doch, doch, mein Kleiner ...»

Ein langes Schweigen. Ein paar Schritte vom Fenster entfernt beginnt erneut die Kapelle zu spielen; sie schrecken auf, stellen sich näher zusammen und schützen, sich an den Händen fassend, das schlafende Kind vor dem Lärm.

Anne sagt: «Und wenn du zu Lapeyre gingst?»

«Daran habe ich schon gedacht, aber er ist in Amerika.»

«Du hast keinen Menschen, niemanden aus deiner Familie, niemanden?»

Er schüttelt traurig den Kopf.

«Nur entfernte Cousins, von denen ich nicht einmal die Namen kenne. Und ich muss das Geld morgen haben, verstehst du, Anne, morgen, bevor die Woche anfängt. Sonst wäre es besser, ich ginge gleich zur Polizei … Nur das nicht …»

«Nein, Luc, sag das nicht, das ist feige … Hör zu, und wenn du zum Wirt von ‹Willy's Bar› gehen würdest, du kennst ihn doch gut? Er ist reich … Ich weiß noch, dass er einmal einem Jungen Geld geliehen hat. Weißt du noch, diesem Jungen, den sie den kleinen Baron nannten?»

«Ja, er hat an der Börse spekuliert, dieser Kleine … sein Vater war Millionär … Er war sterbenskrank … Unter solchen Bedingungen könnte ich morgen auch Geld auftreiben … Nein, wir können nichts tun …»

Er schweigt. Dann sagt er unvermittelt: «Anne! Und … deine Mutter?»

Anne macht eine heftige Bewegung, sieht ihn fast hasserfüllt an. «Nein.»

«Anne! Warum nicht?»

«Niemals. Verlange das nicht von mir. Und außerdem würde sie uns nichts geben, und sie könnte es auch nicht … nein, nein, nein!»

Luc senkt den Kopf. «Dann also … Dann können wir nichts mehr tun …»

Er legt sein Gesicht in die Hände. Abblende.

Am nächsten Morgen. Man spürt, dass große Hitze herrscht; in Annes Wohnung sind die Läden geschlossen; auf dem Bett schläft Luc, vollständig angezogen. Anne wäscht Windeln, hängt sie auf einer Leine vor dem Fenster auf; das Kind schläft in einem Korb; von Zeit zu Zeit kommt Anne, um die Fliegen zu verscheuchen, die sich auf der Stirn der Kleinen sammeln. Draußen gehen Frauen vorbei, die sich fröhlich zurufen: «Was für eine Hitze … Es gibt heute sicher noch ein Gewitter …» Anne, am Rand der Erschöpfung, hält einen Moment inne, geht ans Fenster, öffnet die Läden halb und sieht hinaus; ihr gegenüber eine alte Frau, die im schmalen Schatten der Hintertür sitzt und strickt. Die Terrasse des Cafés ist voller dicker Männer mit Strohhüten auf dem Kopf; sie trinken; die Gläser sind mit zerstoßenem Eis gefüllt. Anne seufzt und nimmt dann energisch ihre Arbeit wieder auf; sie spült die Wäsche; dabei streicht sie sich immer wieder mit dem nackten Unterarm die Haarsträhnen aus dem Gesicht. Das Kind bewegt sich in seinem Bett, beginnt zu weinen; Anne wischt sich die seifigen Hände ab, beugt sich über den Korb, rückt zärtlich das Köpfchen auf dem Kissen zurecht und murmelt: «Schlaf schön weiter, sei artig ... Wir dürfen Papa nicht aufwecken ... der arme Papa ...» Das Kind weint stärker; Anne wirft einen verzweifelten Blick auf Luc, der sich umdreht und stöhnt. Sie nimmt das Kind auf den Arm, wiegt es, doch es hört nicht auf zu weinen; sie gibt ihm die Brust, und es saugt gierig daran, um sie gleich darauf zurückzuweisen; sie drückt mit aller Kraft heftig auf ihrer nackten Brust herum, doch es kommt kein Tropfen Milch heraus. Sie herzt das Kind und flüstert: «Mein Töchterchen, Françoise, verzeih mir, verzeih mir! ...» Draußen hört man Rufe, Flüche eines Fuhrmanns, der seine Tiere die abschüssige Straße hinauftreibt. Anne steht am Fenster und sieht zu; man hört wilde Schreie, Peitschenhiebe, das Quietschen von Rädern, und die Pferde tauchen auf; sie sind mager und schleppen sich halb tot vorwärts, während der Kutscher auf dem Bock sie antreibt und den gaffenden Frauen zulacht. Anne drückt verzweifelt ihr Gesicht ans Fenster. Das Kind saugt an der leeren Brust, dreht dann wimmernd den Kopf, und Anne schaukelt es mit bebenden Lippen und murmelt undeutliche Worte.

Es ist Nacht; in Élianes Wohnung sitzt Anne im Esszimmer und wartet auf ihre Mutter; die Uhr schlägt; Anne regt sich nicht, starrt auf den unendlich langsam weiterkriechenden Zeiger. Endlich hört sie das Geräusch des Schlüssels, der sich im Schloss dreht, Élianes Schritte und die Stimme eines Mannes. Sie steht auf. Éliane taucht auf der Schwelle auf; sie stößt einen gedämpften Schrei aus, dreht sich rasch um, sagt etwas; in der männlichen Stimme, die ihr antwortet, spürt man Irritation; krachend wird eine Tür zugeschlagen. Éliane erscheint wieder, geht auf Anne zu.

Anne sagt: «Ich bin gekommen, um Sie zu bitten, mich zu retten …» Sie hält inne, sagt dann: «… Uns zu retten … meinen Mann, mein Kind, mich …» Leiser und unter nervösem Händeringen fügt sie hinzu: «Ich brauche Geld. Wenn Sie nicht helfen können … wenn Sie nicht wollen … dann bleibt uns nur, uns heute Nacht in die Seine zu stürzen … Ach, wenn es nur meinetwegen wäre, das wäre mir egal … im Gegenteil, mein Gott, endlich Ruhe … Aber die Kleine … Hören Sie – wenn Sie nicht helfen können … Sagen Sie es mir gleich, versuchen Sie nicht, mich hinters Licht zu führen … Ich brauche es sofort, vor acht Uhr morgen früh …»

«Wie viel?»

«Hunderttausend Franc.»

«Hunderttausend Franc?»

«Ja.»

Sie sagt mit einer Art von Trotz: «Ich sage nicht, dass es ein Darlehen ist, dass wir arbeiten werden, dass wir es Ihnen zurückgeben … Ich weiß nichts, gar nichts, und ich will Sie nicht belügen … Vielleicht … Es kann sein, dass das alles gar nichts nützt und Luc wieder anfangen wird …

Ja, Luc ist es gewesen ... er hat ... er hat Geld genommen, das ihm nicht gehört, aber nicht für eine andere Frau oder so etwas, sondern für uns ... damit wir leben können, etwas zu essen haben ... Er hat tausend Franc im Monat verdient ... und das Kind ... Es stimmt auch, dass wir nicht gut zurechtkamen ... Wir haben auf alles verzichtet, und dann hat Luc eines Tages Kaviar zum Abendessen mitgebracht und ... Aber jetzt, jetzt, wo das Baby da ist, ist alles anders ... Es ist nur Pech gewesen ... Sie können sich das nicht vorstellen ... Ich bin ständig krank ... Wenn Sie uns helfen, wenn dieser Albtraum von uns genommen ist, werde ich die Kleine einer Amme geben, ich werde arbeiten, ich bin stark, ich bin jung und ... Aber das kommt morgen, morgen ... Wenn ich das Geld nicht bekomme, wird Luc verhaftet ... Ach, mein Gott, wenn das Kind nicht wäre, ich schwöre Ihnen, dann würden wir nicht lange fackeln, noch heute Nacht wäre alles zu Ende ...»

Leiser und mit Mühe fügt sie hinzu: «Ich weiß wohl, dass ich Ihnen gegenüber schlecht gehandelt habe und Sie mich nur noch hassen können.»

Sie schweigt; sie sieht Éliane an; sie scheint sie zum ersten Mal zu sehen.

Sie sagt: «Verzeihen Sie mir.»

«Ich habe dir nichts zu verzeihen, meine arme Anne. Damals, in einer anderen Zeit, habe ich mich selbst schuldig gemacht. Wie oft, als ich dich im Leib trug, habe ich gewünscht, du wärst tot ... Und später habe ich dich im Stich gelassen; ich hätte alles für dich aufgeben müssen, hätte arbeiten sollen. Ja, das hätte ich tun sollen ... Aber das Leben ist schwierig, weißt du ...»

«Jetzt weiß ich es.»

Sie schweigen beide, verharren reglos und blicken einander unverwandt in die Augen. Schließlich steht Éliane auf, öffnet eine verschlossene Schublade, nimmt eine Schatulle heraus; ihre Hände zittern so stark, dass sie es kaum vermag, den Deckel zu öffnen; sie zuckt ungeduldig die Achseln, stellt mit einer brüsken Bewegung die Schatulle auf den Tisch und sagt, ohne Anne anzusehen: «Morgen früh um acht brauchst du das Geld?»

Anne nickt. «Können Sie helfen?»

«Ja. Komm mit. Wir gehen jetzt gleich zu Mutter Sarah. Nur sie kann uns das Geld heute Nacht noch geben.»

«Sie werden – Ihre Kette verkaufen?»

«Ja. Sie ist genau hunderttausend Franc wert. So ein Glück, was?» Sie schweigt, nimmt eine Zeitung, wickelt die Schatulle darin ein. «Nun komm. Du siehst so traurig aus, meine arme Tochter ...»

«So sehe ich erst aus, seit ich das Baby habe.»

«Ach ja, stimmt, du hast ein Kind ... wie seltsam ... Wie heißt es?»

«Françoise.»

Éliane seufzt. «Françoise ...» Nach einer Weile sagt sie leise: «Nun komm ...»

Langsame Abblende. Man hört nur noch Élianes Stimme, die noch einmal leise sagt: «Françoise ...»

Dann Annes Stimme, lauter und freudig: «Françoise! Françoise! Komm schon, beeil dich, meine Kleine ...»

Die Stimme eines Kindes: «Ich komme, Maman!»

Die großen Boulevards sind von Neujahrsbuden gesäumt. Ein kleines Mädchen, etwa zehn Jahre alt, läuft hinter Anne her. Anne ist verändert, fülliger geworden; sie sieht ruhig und glücklich aus; ihre Kleidung ist schlicht, und sie trägt Pakete in der Hand; das kleine Mädchen hüpft über ein Brett. Es sieht seine Mutter stolz an. «Siehst du, Maman, ich kann genauso weit hüpfen wie Michel!»

«Ja, ja, aber beeil dich, sonst wird das Abendessen nie fertig.»

«Gibt es etwas Besonderes, Maman? Was essen wir heute?»

«Du bist zu neugierig, ich sag's dir nicht ...»

«O doch, bitte, liebste Maman ... Und das große Paket da, sind da Sachen zum Essen drin oder Geschenke für mich und Michel?»

Anne protestiert lachend: «Geschenke? Zu welchem Anlass denn? Bestimmt nicht, um die Noten zu feiern, die ihr aus der Schule mitbringt, dein Bruder und du ...»

«Ach, Maman, an Silvester darf man nicht böse sein.»

«Das glaubst du also, mein schlaues Mädchen?»

Sie haben die Boulevards hinter sich gelassen und biegen in eine dunkle Straße ein. Françoise geht neben ihrer Mutter her, gibt ihr die Hand.

«Ich weiß, dass wir nicht besonders gut sind, Michel und ich ... Aber wir sind ja noch klein ... Warst du gut in der Schule, als du klein warst?»

«Sehr gut.»

«Und Papa?»

«Ach, ich weiß nicht, das musst du ihn selbst fragen.»

«Habt ihr euch da noch nicht gekannt?»

«Nein.»

«Das ist ja komisch ...»

Anne lacht. «Warum?»

«Ich weiß nicht.»

«Du bist wirklich ein Dummerchen, Françoise ...»

Unversehens öffnet sich eine Tür; man hört einen lauten Streit, das Lachen betrunkener Frauen, Fetzen von Musik; eine alte, stark geschminkte Frau tritt vor das Haus; ihr grelles Lachen ist das einer Wahnsinnigen; auf ihrer zerkratzten Wange ist Blut zu sehen; sie steht schwankend da in ihrer aufdringlichen Aufmachung; ihre Augen sind starr und liegen tief in den Höhlen.

Der Barmann, der hinter ihr hergekommen ist, sagt ihr leise und in ernstem Ton: «Gehen Sie nach Hause und schlafen Sie Ihren Rausch aus. Und dass das nicht noch einmal passiert, ja? Der Wirt will hier kein Aufsehen. Wenn Sie so weitermachen, wird er Ihnen noch den Eintritt verwehren. Sie sollten dankbar sein, dass Sie hier etwas zu essen bekommen ... Stattdessen führen Sie sich so auf und schaden dem Lokal.»

Er schließt die Tür hinter ihr; sie bleibt stehen, schreit Beleidigungen und lacht. Anne hat sie gesehen; sie zieht Françoise an sich und überquert rasch die Straße; das kleine Mädchen schweigt erschrocken. In der Straße sieht man den leuchtenden Schriftzug von «Willy's Bar».

Die Frau entfernt sich schwankend und singend; unter einer Straßenlaterne bleibt sie stehen; ihr Gang ist unsicher und müde wie der einer alten Bettlerin, die durch die Stadt streift; sie scheint bald wieder nüchtern zu sein, hebt die Hand und wischt sich gleichmütig das Blut vom Gesicht; dann geht sie stolpernd weiter. Anne beobachtet sie, sie ist stehen geblieben wie festgenagelt.

Das kleine Mädchen flüstert: «Wer ist diese Frau, Maman, sag? Kennst du sie, sag, Maman? Au! Lass meine Hand los, Maman, du tust mir weh!»

Anne antwortet nicht, beschleunigt ihren Schritt, zieht

das Mädchen an sich; Françoise' neugierige und ein wenig erschrockene Stimme ruft: «Maman, Maman, Maman!»

Die Stimmen sind nicht mehr zu hören. Die Straße ist leer. Die vereinzelten trübseligen Laternen zucken und verdoppeln sich im Herbstnebel, sie sind umgeben von einem leichten, hellen und zitternden Schein wie Lichter hinter einem Tränenschleier.

ANMERKUNGEN

1 Der Pariser Salon ist eine jährlich stattfindende Kunst-
ausstellung, deren Geschichte bis ins Jahr 1667 zurück-
reicht. Zunächst den Mitgliedern der *Académie royale de
peinture et de sculpture* vorbehalten, durfte ab 1737 jeder
Künstler dort ausstellen, wenn seine Werke von einer Jury
für würdig befunden wurden. Im 18. und 19. Jh. war der
Salon extrem einflussreich; ausstellenden Künstlern war
eine Karriere sicher. Ende des 19. Jh. verlor der Salon an
Einfluss, vor allem weil er sich avantgardistischen Kunst-
strömungen verweigerte. Es entstanden zahlreiche Kon-
kurrenzveranstaltungen in Paris, die zum Teil immer noch
bestehen.

2 Ida Rubinstein (1885–1960), russ. Tänzerin und Schauspielerin, in den 1920er- und 1930er-Jahren sehr berühmt wegen ihres expressiven, freizügigen Tanzstils.

3 Hier ist Irène Némirovsky offenbar ein Fehler in der Chro-
nologie unterlaufen. Jedenfalls handelt es sich nicht um
die Schwangerschaft mit Nicole, der Ich-Erzählerin, die sie
«spät» bekommen hat (vgl. S. 83).

4 *T'en fais pas, Bouboule:* Lied aus dem Film *Le roi du ci-
rage* (1931, dt. *Falscher Glanz und Stiefelwichse*).

5 Die *Académie française* ist eine 1635 gegründete Gelehr-
tengesellschaft. Eine Aufnahme in die *Académie* ist die
höchste Auszeichnung für einen frz. Intellektuellen. Jedes

der 40 Mitglieder wird auf Lebenszeit von den übrigen Mitgliedern gewählt.

6 Span. «Arschloch», wörtlich «Hurensohn».

7 Schröpfköpfe oder Schröpfgläser sind kleine, an einer Seite offene Glasgefäße, die unter Vakuum auf die Haut gebracht werden (entweder mittels einer Pumpe oder indem Alkohol im Inneren des Glases entzündet wird). Die Wirkung des Schröpfens, das seit vorchristlicher Zeit bekannt ist, basiert auf der Annahme, dass die Reizung bestimmter Hautareale auf bestimmte Organe wirkt.

NACHWORT

Das Schicksal kündigte sich mit einem Schlag an, wie die Schriftstellerin ihn nicht hätte erfinden mögen. «Ich habe meinen Füller verloren», notiert Irène Némirovsky im Juni 1942. Dann erst widmet sie sich den weiteren Aspekten einer ins Grauen führenden, sehr nahen Zukunft: «Es gibt auch noch andere Sorgen wie z. B. drohendes Konzentrationslager.»

Mit dem geliebten Füllfederhalter, einem Geschenk ihres Mannes Michel Epstein, und stets mit der Waterman-Tinte «Bleu des mers du sud» hatte sie in einer winzigen, vorwärtsdrängenden Schrift all ihre Romane und Novellen verfasst. Bis hin zu ihrer Novelle *Die Jungfern*, an der sie im späten Frühjahr des Jahres 1942 zu arbeiten begann.

Der Erzählung ist die ganze Verzweiflung der Neununddreißigjährigen eingeschrieben. Bis zum Einmarsch der Deutschen war sie eine der gefragtesten Schriftstellerinnen Frankreichs gewesen und wurde in einem Atemzug mit Stars wie Paul Morand und Jean Cocteau genannt. Doch nun, in diesem späten Text, ist von Hoffnung nichts mehr zu spüren. «Das Leben ist schrecklich», sagt die Hauptfigur: «Ihr lebt abseits des Lebens, ihr habt recht. Das Leben kann nur schaden, verletzen, beschmutzen. Schaut mich an. Ich bin jetzt allein, wie ihr, aber ich habe mir die Einsamkeit nicht ausgesucht, es ist die schlimmste Art von

Einsamkeit, in der ich mich befinde, die gedemütigte, bittere Einsamkeit der verlassenen, verratenen Frau.»

Unter dem Pseudonym Denise Mérande, einem letzten Gruß an die Tochter, erscheint die Novelle *Les vierges* am 15. Juli 1942 in der Pariser Wochenzeitschrift *Présent*. Doch Irène Némirovsky wird schon das nicht mehr erfahren. Sie ist bereits Gefangene in der Gendarmerie von Toulon-sur-Arroux. Zwei Tage zuvor hatte sie sich von ihrem Mann und ihren Töchtern Denise und Élisabeth verabschieden müssen. Ein Wiedersehen wird es nicht geben. Zwei Gendarmen holen sie in ihrem Zuhause in Issy-l'Évêque ab, wohin sich die staatenlose Jüdin und ihr Mann aus Angst vor Verhaftung schon im Mai 1940 zurückgezogen hatten.

Nur hastig kann Irène Némirovsky ein paar persönliche Dinge zusammensuchen. Den Töchtern lügt sie vor, sie verreise für ein paar Tage, vielleicht auch ein wenig länger. «Wir haben uns an einen alten russischen Brauch gehalten, nämlich zu schweigen, wenn ein Familienmitglied allein weggeht», wird sich Denise Epstein Jahrzehnte später an diesen Abschied von der Mutter erinnern. Am 16. Juli kommt Irène Némirovsky ins Konzentrationslager Pithiviers. Von dort gelingt es ihr, eine letzte Nachricht an die Familie zu senden: «Mein Geliebter, meine kleinen Herzliebsten, ich glaube, dass wir heute abfahren. Mut und Hoffnung. Ihr seid in meinem Herzen, meine Vielgeliebten. Möge Gott uns allen helfen.»

Doch kein Gott half. Rettung ist ausgeschlossen. In Paris arbeitete der Leiter des Judenreferats, Theodor Dannecker, unter Hochdruck an der massenhaften Deportation französischer Juden – mit dem Ziel, Frankreich im Sinne Adolf Hitlers schnellstmöglich «judenfrei» zu haben. Ein erster Massentransport nach Auschwitz verlässt das Land am 27. März 1942. Irène Némirovsky wird am 17. Juli zusammen mit neunzehntausend weiteren Juden, davon ein Fünftel Kinder, vom Lager Pithiviers nach Auschwitz-Birkenau deportiert. Dort stirbt sie, völlig entkräftet, kaum einen Monat später am 19. August.

Michel Epstein hatte in den Wochen nach der Verhaftung nichts unversucht gelassen, die Freilassung seiner Frau zu erwirken. Sogar an Marschall Philippe Pétain hatte er geschrieben, der als Staatschef die Führung des mit dem nationalsozialistischen Deutschen Reich kollaborierenden Vichy-Regimes übernommen hatte. Statt erhoffter Hilfe kam das Gegenteil: Nun wurde auch er in Issy-l'Évêque abgeholt – und im Oktober 1942 in den Gaskammern von Auschwitz ermordet. Nur die beiden Töchter, von Freunden der Eltern in einem Kloster und später in Höhlen versteckt, überlebten den Holocaust.

Der Krieg löschte die Erinnerung an Irène Némirovsky aus. Mehr als ein halbes Jahrhundert musste vergehen, bis ihr eigentliches Opus Magnum, *Suite française*, entdeckt wurde – aber dann, von einem Moment zum anderen, zählte sie zu den ganz Großen der französischen Literatur. Dabei hatte der Zufall seine Hand im Spiel. Kurz vor seiner Deportation hatte Michel Epstein den Töchtern einen Lederkoffer anvertraut mit den Worten, ihn um keinen Preis je aus der Hand zu geben, und seien sie auf der Flucht. Und die Mädchen hielten sich daran. Jahrzehntelang. Treu wachten sie über den Inhalt: Familienpapiere, Fotografien, auch Texte. Erst in den 1980er-Jahren, als sie den Gedanken an den Tod der Mutter zulassen konnten, machten sie sich an die Lektüre. Mühsam entzifferte Denise Epstein unter einer Lupe die in der winzigen Schrift verfasste *Suite française*, eine unvollendet gebliebene, stark lückenhafte Arbeit – und tippte sie ab.

Was zutage trat, war ein Text über den Untergang Frankreichs. Eine anrührende, aufregende, erregende Arbeit, von der die Tochter sich zunächst nur bescheiden wünschte, dass sie nicht verloren ginge. Doch der Veröffentlichung im Jahr 2004 folgte ein Sturm: Das Buch wurde als die spektakulärste literarische Entdeckung der vergangenen Jahre gefeiert. Kein Vergleich schien der Kritik zu hoch gegriffen: ob Balzacs *Menschliche Komödie* oder Tolstois *Krieg und Frieden*. Bis heute wurde die *Suite française* in mehr als dreißig Sprachen übersetzt, als erstes Werk posthum mit dem *Prix Renaudot* geehrt und 2016 in einer internationalen Koproduktion verfilmt.

So sehr ist ihr Name inzwischen mit diesem Werk verbunden, dass man darüber die ungeheure Produktivität von Irène Némirovsky fast übersehen könnte – ein ausuferndes Œuvre, für das sie sich den unterschiedlichsten Genres geöffnet hatte.

Irène Némirovsky kam 1903 als Tochter einer wohlhabenden jüdischen Bankiersfamilie in Kiew zur Welt und wuchs in Sankt Petersburg in jenem russischen Großbürgertum auf, das die französische Sprache und Kultur selbstverständlich pflegte. Als Fünfzehnjährige floh sie mit den Eltern vor den Schrecken der russischen Revolution über Finnland und Schweden nach Paris. Dort erst begann sie zu schreiben, ausschließlich auf Französisch; viel Zeit blieb ihr nicht. Und doch verfasste sie zwischen 1921 und 1942 neben fünfzehn Romanen und einer Biografie über Anton Tschechow mehr als fünfzig Novellen sowie Drehbücher und Skizzen fürs Kino – von denen dieses Buch elf aus der Zeit von 1929 bis 1942 versammelt.

Die Texte machen deutlich, dass die gefeierte Romanautorin es auch mit kurzen Texten zur Meisterschaft brachte. Die Novellen offenbaren, dass es ihr nicht an der Freude am Experiment mangelte. Denn so sehr ihre Stoffe häufig dem russischen neunzehnten Jahrhundert verpflichtet waren, so zeigt sich gerade hier, dass ihre Wahl der Mittel von der Verdichtung über die Verschlüsselung bis zum Gebrauch der Ellipse überaus modern war. Ihre Zeitgenossen verstörte sie damit in nicht geringem Maße, etwa mit der Methode der *caméra stylo*, einer neutralen Erzählposition, die sich, statt zu psychologisieren, so sehr an die Oberflächlichkeit der Dingwelt hält, dass man am liebsten von filmischen Erzählungen sprechen möchte. Erst zwanzig Jahre später wagte sich der Nouveau Roman an dieses Stilmittel.

Vor diesem Hintergrund war es nur konsequent, dass Irène Némirovsky Anfang der Dreißigerjahre begann, Drehbücher zu schreiben. Das Kino war für sie das Sinnbild des modernen großstädtischen Lebens. Schon in ihrem Debüt 1921, zu einer Zeit also, in der das Kino noch stumm war, hatte sie ihre erste Heldin sagen lassen: «Ich liebe das Kino.» Und über sich selbst notierte sie zehn Jahre später: «Ich sehe Bilder, meine Figuren bewegen sich vor meinem inneren Auge. Ich erfinde nur Gefühle.» Selbst in den Texten, die nicht explizit als Filmstoffe gedacht waren, arbeitete sie zu dieser Zeit mit gewagten Schnitten, Rückblenden, Synkopen und Plansequenzen.

Nicht nur der Roman *David Golder*, ihr erster Erfolg, ist von der Sinnlichkeit des Blicks bestimmt. Das visuelle Element beherrscht auch kleinere Novellen wie *Echo* (1934) oder *Magie* (1938), Texte, die eindringliche Bilder, oft von hemmungsloser Drastik, entwerfen, die vom Betrachten zum Erkennen führen. In *Echo* gelingt es Irène Némirovsky mit wenigen Strichen, Impressionen eines gleißenden Sommers auf dem Land zu projizieren, die das seelische Elend des Jungen nur umso grausamer erscheinen lassen: Der Himmel leuchtet, die Rosen stehen in voller Pracht, als das Kind im Garten einen weißen Schmetterling entdeckt, in dem «die ganze Schönheit, das blühende Geheimnis des Sommers» zum Vorschein kommt. Der Sohn will den Falter der Mutter schenken, doch die weist ihn schroff zurück. Diesen «kleinen, unbedeutenden Zwischenfall» schildert der Schriftsteller als Ursprung seines Gefühlslebens, ja als Kern seines schriftstellerischen Werks überhaupt, «in dem die Menschen sich unter ihresgleichen bewegen, ohne von ihnen verstanden zu werden, jeder eingemauert in seinem eigenen Gefängnis».

Die Novelle beschreibt eine der zentralen Quellen, aus denen sich das gesamte Werk Irène Némirovskys speist: die Aufarbeitung einer unglücklichen Kindheit. Das war natürlich autobiografisch. Zeitlebens hatte sie sich als die ungeliebte Tochter einer selbstherrlichen Mutter empfunden. Nur das Blut einer alten Wunde, notierte sie, «kann einem Kunstwerk die richtige Farbe verleihen». Und sie verhandelt in dem abgründigen Text ein weiteres Lebensthema, kaum weniger grausam in seiner Konsequenz: dass Erfahrung nicht existiert, sondern es immer nur den jeweiligen Moment gibt. Dass Menschen, umstellt von ihrer Gegenwart, nicht fähig sind, aus der Geschichte zu lernen. Und prompt weist der Schriftsteller in der Novelle – nicht anders als einst seine Mutter ihn – sein eigenes, gerade fünf

Jahre altes Kind zurück, als es ihn mit einer Bemerkung aus den Erinnerungen an jenen Sommer reißt. Statt einer Lehre aus der Vergangenheit, so lautet die bittere Erkenntnis, gibt es nur ein schicksalhaftes Echo im Denken und Tun der Protagonisten, dessen fatale Kontinuität sich nicht unterbrechen lässt. Es ist eine erbarmungslos erkaltete Welt, die Irène Némirovsky uns schon als Einunddreißigjährige präsentiert.

Nicht nur Bilder und Farben, sondern auch Klänge und Töne werden in diesen sinnlichen Erfahrungsstücken sprachlich geformt. Ob wir das leise Gurren der Tauben im Garten von *Echo* vernehmen oder den Lärm der Metropole Paris wie in der unvollendeten Filmskizze *Pariser Symphonie* (1931). Die Geräusche der Großstadt werden in dieser Aufzeichnung über einen jungen Komponisten, der ziellos durch die Stadt streift, zum prägenden Moment. Das Stück ist eine Hommage an den deutschen Filmregisseur Walter Ruttmann, dessen Film *Melodie der Welt* aus dem Jahr 1929 Irène Némirovsky verehrte. Gleich den Klängen eines Orchesters beim Einstimmen vor dem Konzert verweben sich die Glocken von Notre-Dame, das Plätschern der Springbrunnen und das Klingeln der Straßenbahnen in ihrer Folge von Tönen, Akkorden und Melodiefragmenten zu einem chromatischen Klangteppich. Die dissonanten Geräusche von Paris begleiten die Gedanken des Komponisten nicht nur, sie formen sie überhaupt erst. Und bilden dabei sprachlich-musikalisch nicht nur die Orientierungslosigkeit des jungen Mannes nach, sondern die gebrochene Subjektivität des modernen Menschen überhaupt.

Entschieden mehr als in ihren Romanen und Novellen setzt Irène Némirovsky in Filmtexten wie der *Pariser Sym-*

phonie um, was sie sich damals vom neuen Medium Film erhofft: die grundlegende Erneuerung des Romans. «Bis heute ist der Einfluss des Kinos auf die Literatur nicht sehr groß, aber das wird nicht so bleiben», erklärt die Autorin Anfang der Dreißigerjahre einer Handvoll Journalisten in einem Interview. Vom Kino erhofft sie sich jene Impulse und Neuerungen, auf die der Roman, wie sie sagt, so dringend angewiesen sei.

Die zeitgenössische Kritik nimmt ihr diesen Avantgardismus übel. Schon 1929 unterstellten Rezensenten der Autorin, sie habe ihren Erfolgsroman *David Golder* eigens für eine Verfilmung geschrieben. Und wenn schon! Tatsächlich wird der in erlebter Rede geschriebene Roman, der mit Perspektivwechseln und Rückblenden aus der Sicht der jeweiligen Person aufwartet, als erster «sprechender Film» fürs französische Kino verfilmt. Andere halten zu ihr. Der Schriftsteller Paul Morand sagt nach der Premiere wie ein frisch Bekehrter, ein Autor müsse sich ans Kino wenden und keineswegs ans Theater, «wenn er nicht verraten werden» wolle, und ermutigt die jüngere Kollegin, künftig doch gleich eigene Drehbücher zu veröffentlichen. Sie nimmt es sich zu Herzen. Statt weiterer Romane folgen auf *David Golder* in den kommenden beiden Jahren Filmtexte, darunter neben der *Pariser Symphonie* ein Text mit dem an Eindeutigkeit nicht zu übertreffenden Titel: *Film parlé – Ein Film.*

In diesen «literarischen Drehbüchern» oder «filmischen Novellen», wie Irène Némirovsky diese Textsorte nennt, treibt sie den Versuch, filmische Erzähltechniken literarisch zu verwerten, auf die Spitze. Und wird, als 1935 vier Texte unter dem Titel *Films parlés* erscheinen, wiederum heftig kritisiert. Kein anderes ihrer Bücher wird so schlecht besprochen. Die Kritik will der Autorin ihr Abweichen vom traditionell realistischen Erzählstil nicht verzeihen. Auch stört man sich an der unvermittelten Folge gegenwärtiger Bilder und visueller Erinnerungen der Figuren. Und was gibt es nicht noch alles, was man ihr zum Vorwurf macht: Überblendungen etwa oder die Außenperspektive auf die Figuren. Dabei ist es für uns heute gerade der Entschluss, auf einen auktorialen Erzähler zu verzichten, der den Leser auch über das Innenleben der Figuren in Kenntnis setzt, und stattdessen erzählerisch Distanz zu wahren, der den Text so reizvoll macht.

Die visuelle Novelle *Ein Film*, die fast völlig ohne Psychologisierung auskommt, erzählt von einer Mutter-Tochter-Verbindung. Mithin vom Kino inspiriert und fürs Kino geschrieben, berauscht sich Irène Némirovsky hier buchstäblich am filmischen Prozess. Der Beginn der Novelle gleicht einer minutenlangen Kamerafahrt, von der Totalen der Stadt in die Szenerie des Bordells mündend. Das ist fast revolutionär und wird erst später, von Orson Welles etwa, Robert Altman und dieser Tage Alejandro González Iñárritu, mit letzter Konsequenz in ihren «Tracking-shots» umgesetzt. Doch bei aller visuellen und akustischen Intensität und auch der Fokussierung auf Dialoge ist die stilistische Handschrift der Autorin gleichwohl unverkennbar, die auch in «Ein Film» den Blick in kurzen Skizzen und Aperçus aufs Wesentliche lenkt. Dem Mutter-Tochter-Thema, ihrem Thema, nähert sie sich in *Ein Film* in ungewohnter Weise.

In Romanen wie *Le vin de solitude* (1935), der 2012 unter dem Titel *Die süße Einsamkeit* auf Deutsch erschien, oder

Jézabel (1936) ist das zentrale Motiv stets die hasserfüllte Rivalität zwischen Müttern und Töchtern. Mütter treten ihren weiblichen Nachkommen als unmenschliche Egomaninnen gegenüber. Sie sind, ob sie nun Gloria Golder heißen, Bella Karol oder Gladys Eisenach, ausgeprägte Narzisstinnen, die wie besessen ausschließlich um sich selbst und ihre Liebhaber kreisen. In ihren Töchtern sehen sie nichts anderes als Konkurrentinnen. Diese wiederum leben nicht etwa am Rande der Verzweiflung, sondern mittendrin – in großer innerer Einsamkeit und trotz der neurotischen Abhängigkeit zur Mutter in einer Leere, die es ihnen unmöglich macht, eine andere Existenz jenseits des Mütterlichen zu finden. In dieser fatalen Ausweglosigkeit scheinen diese Schicksale jene von Emma Bovary und Effi Briest noch zu übertreffen.

«Man vergibt seine Kindheit nicht», notierte Irène Némirovsky einmal. «Eine unglückliche Kindheit ist so, als wäre deine Seele ohne Begräbnis gestorben. Sie stöhnt bis in alle Ewigkeit.» Vor diesem Hintergrund überrascht *Ein Film*, denn die Prostituierte Éliane ist eine der wenigen Mütter bei Irène Némirovsky, die sie selbstlos und gütig schildert. Éliane hindert ihre Tochter Anne nie daran, sich nach ihren Wünschen zu entfalten, auch wenn sie mit Annes Entscheidungen nicht einverstanden ist. Und obwohl sie mit ihren Mahnungen recht behalten soll und die Tochter auf die Versprechungen eines notorischen Spielers hereinfällt, ihn heiratet und ein Kind von ihm bekommt, überlässt ihr die Mutter ihren Schmuck – ihre einzige Altersversorgung.

Die junge Familie hat sich mit dem kostbaren Geschenk aus der Misere befreit, aber als nach ein paar Jahren Éliane noch einmal auftaucht, ist sie von Armut und Alkohol gezeichnet. Und wie die Erzählung begonnen hat, so endet sie: mit der atmosphärischen Dichte einer Filmsequenz. Ironie der Geschichte: Weder *Ein Film* noch ihre anderen Drehbücher werden je verfilmt. Irène Némirovsky verhehlt ihre Enttäuschung nicht – und beendet ihren Ausflug in den Film. Von dem einmal entdeckten filmischen Schreiben jedoch wird sie sich nicht mehr verabschieden, sondern verfolgt ihren Ansatz auch in künftigen Texten mal mehr, mal weniger intensiv.

Im scharfen Kontrast zur Geschichte *Ein Film*, deren junger Heldin es letztlich gelingt, die familiäre Disposition aufzukündigen, stehen die späten Novellen. Deren Figuren ist es nicht mehr vergönnt, sich neu zu orientieren und eine rettende Zuflucht zu finden. Sie sind verlorene Gestalten. Vermeintliche Nähe zwischen den Menschen und der Glaube, irgendwo dazugehören zu können, entpuppt sich stets als Illusion. Glück gibt es nicht: Das ist die fatale Konstante der späten Texte.

Dass es Irène Némirovsky 1940 verboten wird, zu publizieren – ihr Mann hat da seinen Posten bei der Pariser Bank bereits verloren –, kann sie vom Schreiben indes nicht abhalten. Verstärkt widmet sie sich aufs Neue der kurzen Erzählform, nicht zuletzt auch, um der Familie ein Einkommen zu ermöglichen. In den kommenden beiden Jahren erscheinen neben ihrem letzten zu Lebzeiten veröffentlichten Roman *Les chiens et les loups* (*Die Hunde und die Wölfe*, 2008) immerhin acht Novellen – alle unter Pseudonym.

Die sprachlichen Experimente der frühen Jahre sind einem realistischen Stil gewichen, der eher an Maupassant als an Tschechow erinnert. Die Texte erklären kaum je, sondern lassen die beklemmenden Ereignisse für sich ste-

hen. In der kurzen Erzählung *Die Angst*, unterzeichnet mit
«Michaud», schildert Irène Némirovsky die traumatischen
Folgen des Krieges, der jede Form vom Humanität zerstört:
Es kann keine Rettung geben, selbst für diejenigen nicht,
die meinen, im Recht zu sein.

Die ländliche Umgebung, in der Irène Némirovsky mit ihrer Familie seit Mai 1940 lebt, die Wälder und Täler um Issy-
l'Évêque, das Dorf mit der Kirche und den schiefergedeck-
ten Häusern sowie das Schloss Monjeu fließen nicht nur in
Die Angst, sondern auch in andere Texte dieser Zeit ein.
Die Diebin von 1941 ist die bestürzende Geschichte eines
adoptierten Mädchens, das Geld eigens entwendet, um dasselbe Schicksal auf sich zu nehmen wie ihre Mutter, die einst
als Diebin vom Hof gejagt wurde – dabei wurde sie, wie
sich später herausstellt, von der herrischen Großmutter zu
Unrecht beschuldigt. Gerade mit dieser Novelle, in der die
bäuerliche Bevölkerung in ihrer ganzen verlogenen Boden-
ständigkeit und mit ihren kruden Dialogen eingefangen ist,
beweist Irène Némirovsky ihre geradezu mimetische Fähig-
keit, sich in ihre jeweilige Umgebung einzufinden.

Die Erzählerin in *Die Geister*, ebenfalls 1941 verfasst,
möchte, mitten im Krieg in Paris, die immer wieder auf-
tauchenden Erinnerungen an vergangene, glücklichere Zeiten in Monjeu nur noch verdrängen und auslöschen – wie
man «einen Hund daran hindert, sich mit seiner verletzten
Pfote zu beschäftigen.» Für sie gilt, was auch für die Mutter in der Erzählung *Die Jungfern* zutraf: dass nicht die Lügen und Schläge des Ehemannes der Horror ihres Lebens
waren, sondern die Zeiten voller Leidenschaft dazwischen.
Denn sie waren es, die sie zuletzt immer wieder daran hin-
derten, gegen ihr Elend zu rebellieren.

Diese späten Erzählungen Irène Némirovskys folgen einem magischen Realismus; in ihnen ist von spirituellen Sitzungen die Rede oder – wie in *Die Geister* – von einer Mutter, deren Gedanken sich als Phantomerinnerungen auf ihre Söhne übertragen. Die Söhne kennen plötzlich das Haus, in dem ihre Mutter die Kindheit verbrachte, sprechen mit Verstorbenen und wissen von Ereignissen, von denen sie nicht wissen können. Mit aller Macht, aber vergebens, versucht die Mutter den Spuk der Dämonen ihrer Vergangenheit zu beenden, denn davon ist sie überzeugt: «Unser schwaches Gedächtnis bewahrt die kleinste Spur des Glücks, die zuweilen so tief eingeprägt ist, dass man an eine Wunde denken könnte.»

Erinnerungen: Sie münden bei Irène Némirovsky am Ende fast immer in Angst und Erschrecken. «Die Zeit macht uns hart». Bei den Müttern, bei den Söhnen, bei dem Schriftsteller, dessen schöner Schmetterling einst verschmäht wurde: «Wie jedes Kind war ich das unglücklichste, das schwächste Geschöpf der ganzen Welt.» Erinnerungen an eine bessere Zeit evozieren keine Momente des Glücks. Vielmehr bringen sie, indem das Gedächtnis diese Bilder bewahrt, allenfalls qualvolle Reue über deren Verlust und Verbitterung über die Gegenwart. Selbst positive Erfahrung aus der Vergangenheit stellt mithin, wie dies die Literaturwissenschaftlerin Martina Stemberger in ihrer Schrift über «Phantasmagorien der Fremdheit» bei Irène Némirovsky herausarbeitet, eine Bedrohung dar.

Wo aber gibt es dann Trost? Wenn man sich der Vergangenheit nicht sicher sein kann und die Flucht in eine bessere Zukunft utopisch bleibt? Wenn das Leben wie in einem Eiskristall eingefroren bleibt im jeweiligen Moment?

Vielleicht, möchte man spekulieren, sind es die Erfahrungen ihrer Figuren, aus denen Irène Némirovsky ganz unbewusst für sich eine fatale Konsequenz zieht. Denn auch, als sich ihre Situation immer mehr zuspitzt, die Gefahr für Leib und Seele beim besten Willen nicht mehr zu übersehen ist, denkt sie keine Sekunde daran, aus Frankreich, diesem «schönsten Land der Welt», zu fliehen.

Am Ende aber wird sie zum Opfer eines naiven Irrglaubens. «Ich habe doch nichts getan, warum sollte man mich festnehmen», schreibt sie. Da ist der Krieg längst in vollem Gange. Diese Haltung und ihr Vertrauen auf das Land der Menschenrechte, bezahlt sie mit dem Tod. Weder ihre späte Taufe noch ihre Pariser Beziehungen können sie retten.

Nach ihrer Flucht aus dem revolutionserschütterten Russland hatte sich Irène Némirovsky 1919 die französische Welt eröffnet. Sechsundzwanzig Jahre später verschlossen sich diese Tore wieder. Warum hat Irène Némirovsky nicht versucht, sich und ihre Familie in Sicherheit zu bringen? Dabei war die Demarkationslinie, hinter der sich bis zum Mittelmeer die sogenannte freie Zone ausdehnte, nur wenige Kilometer von Issy-l'Évêque entfernt. Ein Katzensprung. Ein unauffälliger Spaziergang. Oder eine Wanderung bei Nacht. Im Ernstfall dann eben ein kurzer Sprint. Doch sie fühlte sich in dem burgundischen Dorf, in dem sie mehr als zwei Jahre lebte, seltsamerweise sicher, umgeben von Menschen, die sie kannten und von denen manche sogar ihre Bücher gelesen hatten. Einer von ihnen muss sie verraten haben, mutmaßt ihr Biograf Olivier Philipponnat.

War es politische Naivität? War es Trotz? Lag es daran, dass sie die Gefahr schon so gut kannte? Die Schriftstellerin hatte das Pogrom in Kiew miterlebt, die russische Revolution, den finnischen Bürgerkrieg. «Ich habe nie eine friedliche Zeit gekannt», erklärt sie in einem Rundfunkgespräch 1934: «Ich habe immer in der Furcht und häufig in der Gefahr gelebt.»

Am 11. Juli 1943 schreibt sie ihrem Pariser Verleger Sabatier aus Issy-l'Évêque in ruhiger Handschrift: «In letzter Zeit habe ich viel geschrieben. Ich vermute, es werden posthume Werke sein, aber es vertreibt mir jedenfalls die Zeit.» Zwei Tage später stehen um zehn Uhr morgens zwei französische Gendarmen mit einem Haftbefehl vor ihrer Tür.

Sandra Kegel

«Ein Film» («Film parlé») erschien erstmals im Juli 1931 in der Zeitschrift *Les Œuvres libres*; in Buchform 1935 in dem Band *Films parlés*, zusammen mit drei weiteren Filmskizzen.

Das Manuskript zu «Pariser Symphonie» («La Symphonie de Paris») hat Irène Némirovsky im September 1931 bei der *Association des auteurs des films* eingereicht, in deren Archiven es 2009 wiederentdeckt wurde. Der Text erschien erstmals 2012 in dem Buch *La Symphonie de Paris et autres histoires* bei Éditions Denoël.

Die folgenden Erzählungen erschienen in Zeitschriften: «Echo» («Écho», Juli 1934), «Magie» («Magie», August 1938), «Die Geister» («Les revenants», unter Pseudonym, September 1941), «Die Jungfern» («Les vierges», unter Pseudonym, Juli 1942).

Alle anderen in diesem Band enthaltenen Erzählungen sind nach dem großen Erfolg des Romans *Suite française* (2004) entdeckt und erstmals 2009 in dem Erzählungsband *Les vierges et autres nouvelles* bei Éditions Denoël veröffentlicht worden. Die Entstehungsdaten dieser Erzählungen sind im Manuskript wie folgt angegeben: «Umständehalber» («En raison des circonstances», Paris, Ende November, Krieg), «Die Angst» («La peur», Herbst 1940), «Die Unbekannte» («L'inconnue», April 1941), «Die Diebin» («La voleuse», April 1941), «Der Freund und die Frau» («L'ami et la femme», ohne Datum, vermutlich 1942).

INHALTSVERZEICHNIS

Der moderne Klassiker
jetzt endlich bei Penguin

HENRY JAMES

DIE EUROPÄER

ROMAN

Ohne Geld, aber im Vertrauen auf eine gute Partie reisen
Baronin Münster und ihr Bruder Felix nach Neuengland.
Mit Adelstitel und Charme umgarnen die beiden rasch ihre
Verwandtschaft, den Onkel samt seinen drei erwachsenen
Kindern. In wechselnden Paarungen konkurrieren Tem-
peramente und Vorstellungen der Alten Welt mit Werten
und Moral der Neuen. Doch was unterscheidet eigentlich
Europäer von Amerikanern? In seiner leichtfüßigen
Komödie bringt Henry James die Frauen und Männer
von beiden Seiten des Atlantiks erst ins Gespräch und
dann unter die Haube … Für seine eleganten, doch oft
irritierend komplexen Romane berühmt, zeigt er sich in
diesem Fundstück als lustvoller Matchmaker mit Tiefgang.

PENGUIN VERLAG

Der moderne Klassiker
jetzt endlich bei Penguin

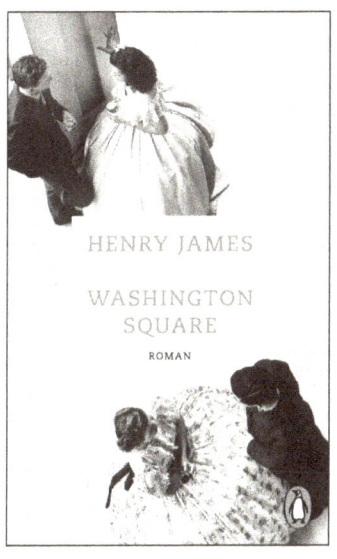

Catherine Sloper ist ein schüchternes, in jeder Hinsicht blasses Mädchen – und eine der besten Partien New Yorks. Als ihr der attraktive Abenteurer Morris Townsend den Hof macht, geht sie bereitwillig auf sein Werben ein. Doch Catherines Vater vermutet in Townsend einen Mitgiftjäger und will eine Heirat um jeden Preis verhindern. Liebt er sie, oder liebt er sie nicht? Selten waren Herzensangelegenheiten undurchsichtiger als in diesem Roman, einem von James' bekanntesten und beliebtesten Werken, das seine Meisterschaft in der Analyse menschlicher Abgründe offenbart.